D1513513

COLLECTION « LES ÉTRANGÈRES »
DIRIGÉE PAR FRANÇOISE TRIFFAUX

Le Poids de l'eau, Anita Shreve, 1997
Mauvaise mère, A. M. Homes, 1997
Appelle-moi, Delia Ephron, 1997
Objets dans le miroir, Katharine Weber, 1997
Un été vénéneux, Helen Dunmore, 1998
De l'autre côté du paradis, Dawn Turner Trice, 1998
Les Consolatrices, Nora Okja Keller, 1998
Le Don de Charlotte, Victoria Glendinning, 1999
L'Africaine, Francesca Marciano, 1999
La Femme perdue, Nicole Mones, 1999

ILS IRAIENT
JUSQU'À LA MER

Dans l'ombre de Zennor, Autrement, 1995
Un hiver enchanté, Autrement, 1996
Un été vénéneux, Belfond, 1998

HELEN DUNMORE

ILS IRAIENT JUSQU'À LA MER

*Traduit de l'anglais
par Marie-Claire Pasquier*

belfond
12, avenue d'Italie
75013 Paris

Titre original :
YOUR BLUE-EYED BOY
publié par Viking, Londres.

Cet ouvrage a été traduit
avec le concours du Centre national du livre.

Si vous souhaitez recevoir notre catalogue
et être tenu au courant de nos publications,
envoyez vos nom et adresse, en citant ce livre,
aux Éditions Belfond,
12, avenue d'Italie, 75013 Paris.
Et, pour le Canada, à
Havas Services Canada LTEE,
1050, boulevard René-Lévesque-Est,
Bureau 100,
Montréal, Québec, H2L 2L6.

Pour Ollie

Prologue

Si le chantage vient un jour frapper à votre porte, mieux vaut savoir une ou deux choses à son sujet. Il y a ce qu'il vous fait, et puis il y a ce qu'il vous fait faire. Jadis, je croyais savoir ce qu'on pouvait ou non me faire faire.

Le chantage, ce n'est pas du tout ce que je croyais, s'il m'arrivait seulement d'y réfléchir. Ça ne vient pas briser la vitre transparente d'une vie comme une pierre qui casse un carreau. Il y a un complice dans la place, c'est une attaque de l'intérieur. Quelqu'un dans la maison a laissé cette petite fenêtre entrouverte, à peine à peine. La personne qui fait ça ne sait pas elle-même pourquoi. Ou bien ne veut pas le savoir. Du dehors, une main se faufile dans l'ouverture, et la fenêtre s'ouvre en grinçant un peu. L'air froid s'engouffre. Chaque fois que je ferme les yeux pour m'endormir, je continue à voir cette main. Quelquefois, c'est une lourde patte qui m'est étrangère, la main d'un inconnu. Je peux compter les poils sur les articulations. Mais d'autres nuits je sens les doigts bouger et je comprends que ce sont mes doigts à moi.

Il faut, en parcourant les méandres de votre moi, rechercher qui a laissé la fenêtre entrouverte. Vous finirez par y parvenir. Vous comprendrez comment vous vous êtes trahi vous-même, à un moment donné qui n'avait a priori rien de particulier.

Quand le chantage entre dans votre maison, vous pouvez apprendre à vivre en sa compagnie, en le nourrissant au plus juste, en essayant de deviner ce qu'il faut faire pour qu'il s'en aille avant d'avoir pris trop d'importance. Puis vous commencez à vous rendre compte qu'il ne s'en ira jamais. Plus vous le nourrissez, plus il prend des forces. *Pourquoi te sens-tu coupable, si tu n'as rien à cacher ? De quoi as-tu peur ? Regarde-moi secouer ta vie comme un sac sous tes yeux. Tu sais ce qu'il y a dedans, non ? Regarde ce qui en sort.*

Il y a des maîtres chanteurs qui veulent de l'argent et rien d'autre. C'est inquiétant, mais au moins on sait à quoi s'en tenir, on sait qu'il ne s'agit après tout que d'une liasse de billets usagés. De l'argent, je n'en ai pas.

Et puis il y a ceux qui font pression sur vous sans vous dire ce qu'ils veulent. Ils vous manœuvrent pour vous amener là où vous ne voulez pas aller, mais d'une façon si subtile que vous êtes obligé de céder. Ils en savent plus long sur vous que vous n'en savez vous-même. La pression qu'ils exercent vient de ce qu'ils ne disent pas. Ils attendent, ils attendent, jusqu'au moment où vous n'en pouvez plus d'attendre et où vous feriez n'importe quoi pour savoir pourquoi ils sont venus. Ça commence à ressembler à la liberté.

Quand le chantage vient frapper à votre porte, levez-vous pour aller ouvrir. Vous ne trouverez personne. Il n'y aura que la gueule grande ouverte de la nuit noire, emplie de vent mais sans étoiles. Et déjà le vent s'infiltre dans toute la maison, vous lèche le creux des genoux pendant que vous êtes là, les yeux ronds. D'où vient-il ? La fenêtre du fond. Déjà, il y a quelqu'un qui s'est glissé par la fente comme une anguille. Déjà, les rideaux se soulèvent et claquent, les portes gauchissent, et les lattes du plancher tanguent comme les planches d'un bateau.

Le vent souffle plus fort et la maison commence à bouger sur une mer qui est là depuis toujours, sous la croûte de la terre. Et vous avez peur mais vous commencez à bouger vous aussi.

Un

C'est la fin de la saison, et les estivants sont repartis, prêts à affronter la ville. Certains viennent à Annassett chaque année et croient faire partie du paysage, mais non. À peine ont-ils claqué les portières de leur voiture et ont-ils repris la route qu'ils sont oubliés. La mer recouvre les éclaboussures de leur séjour.

Maintenant commencent les jours les plus parfaits, si rares qu'on peut soupeser chacun d'entre eux au creux de la main comme des œufs frais pondus. Les nuits sont plus froides et les matins brumeux, parce que la mer est plus chaude que la terre. La brume apporte des relents d'automne, jusqu'à ce que le soleil prenne des forces et les dissipe. Les soirées sont plus bleues, le soleil, lui, mûr et jaune comme une poire. On ne fait plus la queue à l'épicerie, et à nouveau on bavarde, dans une sorte de convalescence paresseuse. Les journées sentent les algues desséchées, le goudron, la peinture antirouille et le jeune bois plein de sève qu'on a raboté en longs copeaux. On entend le gémissement de la perceuse, le frottement régulier du rabot. Simone est accroupie sur le dock et regarde Michael qui applique la peinture à coups de pinceau longs et souples. Il repeint l'extérieur du yacht des Boesak. Les Boesak sont rentrés à New York. Michael passe le pinceau, et Simone écoute le bruit que cela fait, un bruit de langue râpeuse. Elle frissonne, même s'il fait bon dans la flaque de soleil où elle est accroupie. Le bateau, la chaleur, l'odeur de la peinture : tout cela leur appartient maintenant. Elle plisse les yeux et observe les muscles de l'avant-bras de Michael. C'est un homme précis. Un bon ouvrier, c'est la réputation qu'il a. Il se retourne pour la regarder. La lumière du soleil joue à présent sur l'eau, faisant danser sa surface. De la main qui ne tient pas le pinceau, il s'abrite les yeux. Est-ce qu'il sourit ? Oui, c'est possible. Il retourne à son travail. Elle l'observe. Ses cheveux tombent en avant et encadrent son visage. Si elle était plus près, elle sentirait l'odeur de soleil sur lui, sur son haut de survêtement, et sur le tee-shirt qui était resté sur le rebord de la véranda et qu'elle lui a rapporté ce matin, humide, mais qu'il a mis quand même. Il sentait l'air de la nuit.

Michael a du pain sur la planche pour l'hiver. Les gens de la ville lui demandent pourquoi il reste là, à Annassett. C'est un endroit magnifique et qu'ils adorent, mais ça doit être complètement mort l'hiver. Et la plupart des jeunes s'en vont. Ils partent faire leurs études et ne reviennent pas. Michael, occupé à ci ou ça, lève les yeux vers eux sans que ses mains s'arrêtent de travailler.

« Partir, je l'ai déjà fait. C'est pour ça que je suis revenu », dit-il, et généralement ils cessent de lui poser la question, parce qu'ils connaissent un peu l'histoire. C'est leur histoire, à eux aussi. Ils observent les gestes que font ses mains, et c'est lui qu'ils veulent pour réparer leur bateau, personne d'autre.

La saison touche à sa fin. On a le temps d'effectuer les réparations qu'on ne peut pas faire quand les bateaux sortent en mer tous les jours. Les bateaux qui appartiennent à des particuliers, les bateaux de pêche et les bateaux pour touristes qui doivent être en mer toute la journée pendant les mois d'été, à gagner l'argent qui durera tout l'hiver. Le matin, quand elle court jusqu'au hangar à bateaux, Simone sent le froid sur ses jambes nues.

Tout le monde repart, mais pas Simone. Elle sera encore là pendant la saison des pommes et la saison des citrouilles, elle restera jusqu'au moment où les barques seront tirées sur le rivage et le hangar à bateaux cadenassé. Elle ramène ses pieds sous elle. Elle soupire. Il y a le dock avec son bois pâle, délavé, la mer qui bouge à peine mais brille doucement comme une énorme bête qui se serait soulevée pour respirer. Si elle regarde bien, elle verra bouger ses flancs. La mer est pleine de poissons, et de baleines qui passent sans s'arrêter, gagnant le large, en direction du sud. Est-ce que c'est vrai ? Elle ne sait plus ce qui est vrai, elle sait seulement ce que Michael lui a dit.

Le travail est terminé. Il fait nuit, ils sont dans le hangar à bateaux, allongés sur les coussins de toile orange à la couleur passée que Michael a entassés pour en faire leur lit. C'était trop loin d'aller jusqu'au cabanon. Il est allongé à ses côtés, ses cheveux longs viennent recouvrir son visage dans son sommeil. Son corps est agité de secousses. Une de ses mains tape contre le coussin puis s'immobilise. Un frisson parcourt sa chair. C'est comme ça toutes les nuits. Son visage se crispe, et il crie des choses à des gens qui ne sont plus ni ici ni nulle part. Le matin, elle ne veut pas lui en parler, parce qu'il ne veut pas le savoir. Quelquefois, il crie des noms, mais pour Simone ce ne sont que des mots.

Simone se penche sur Michael. Elle voit luire son visage, sur lequel vient jouer le mince rayon de lune qui passe par la porte du hangar. Elle respire l'odeur âcre, animale de sa sueur nocturne. Elle écoute les vagues qui, dehors, claquent doucement contre les pierres, dans le noir. La marée est haute. Bientôt, ce sera l'aube. Le vent

15

commence à se lever, comme souvent juste avant l'aube. Il pousse l'eau, fait rouler les bateaux, déclenche un tintement dans les mâts et le claquement nerveux de la mer contre les coques.

Elle se rallonge. Hier soir, ils sont venus s'affaler ici. Ils savaient qu'ils n'arriveraient pas jusqu'au cabanon. Elle avait les jambes qui tremblaient, et elle tenait à peine debout. Ils avaient bu une bonbonne de vin blanc, mais ce n'était pas ça. Ils étaient restés debout sur le rivage, tout près de l'eau, à regarder sa noirceur avant que la lune se lève. Elle sentait la terre qui lui picotait le dos, et elle avait l'impression que, si elle se retournait, il ne resterait rien de ce qu'elle connaissait. Ni le dock, ni le hangar à bateaux, ni les lumières en groupes serrés à l'emplacement de la ville, ni les lumières disséminées le long de la baie, formant un cercle jusqu'à la pointe. Il n'y aurait rien. La terre serait couverte d'une fourrure de forêt, et dans la forêt les anciens villages indiens dormiraient, entourés de leurs récoltes, vivant et respirant. L'immensité de la terre se rapprochait d'elle, à pas fourrés de mère-grand. Elle avait froid alors même qu'ils se tenaient serrés l'un contre l'autre au bord de l'eau, comme un seul corps.

Maintenant Simone a froid. Elle repense à la chaleur de la nuit, aux sinuosités humides, glissantes de leur chair, aux cris de Michael. Mais quelquefois, le matin, il se conduit comme si rien de tout cela n'avait eu lieu. Elle soupire mais ne bouge pas, parce qu'elle ne voudrait pour rien au monde le réveiller.

À midi, il fait bon. Michael a la main posée sur la cuisse de Simone.

« Allez, dit-il. Ne sois pas comme ça. »

La porte du hangar à bateaux est ouverte et donne sur un carré blanc de mer et de ciel. Plaquée en plein milieu du carré de lumière se dessine la silhouette d'un corps d'homme, de longues jambes maigres, un torse efflanqué, les mains jouant avec une petite boîte noire. Calvin. Il était censé être à Boston pour toute la semaine, mais il est revenu ce matin à dix heures. Il ne peut pas les laisser tranquilles. Comme Michael, Calvin a dix ans de plus que Simone. Ils sont sortis du lycée la même année. Intelligents comme ils l'étaient, ils auraient pu devenir étudiants. Ils avaient toutes les qualités requises. Mais ils sont allés au Vietnam, et maintenant ils passent ici tout l'été et la morte-saison, offrant leurs services aux citadins et à leurs bateaux.

Simone, à huit ans, les avait regardés à la télévision. Si ce n'était pas eux, c'était tout comme. Elle les avait regardés courir. Tous les soirs, elle voyait la carte qui disait au monde entier où ils se trouvaient. Elle avait vu des rangées d'étudiants surgir devant la caméra, protestant contre la conscription. Elle mettait toujours la télévision aussi fort qu'elle le pouvait. La télévision était une couverture dans laquelle elle s'enveloppait, tandis que sa mère, perpétuellement en mouvement, fendait l'espace derrière elle. Sa mère se déplaçait d'un pas vif, d'une pièce à l'autre, faisant des vérifications, allumant la lumière puis replongeant les pièces dans le noir. Il fallait qu'elle voie les choses pour s'assurer qu'elles étaient bien là. La télévision beuglait, et Simone et sa sœur, accroupies devant l'écran, sans vraiment le regarder, coloriaient pour l'école des cartes de la Grande-Bretagne au temps des Romains.

Or, Simone estime que c'est un tort de voir tant de choses et d'en comprendre si peu. Mais c'est comme ça, depuis le Vietnam. La terre est couverte de guerres télévisuelles. Elle revoit vaguement des jeunes gens avec des fleurs, qui les brandissent devant le canon des fusils. C'est la guerre de Michael et celle de Calvin, pas la sienne. Ils sont allés faire la guerre devant les caméras. On n'écrit pas l'histoire dans le noir. Quand ils sont rentrés chez eux avec leurs récits, les gens les ont regardés et ils ont dit :

Nous sommes au courant. Ils ne voulaient pas en savoir davantage.

« On n'a pas protesté contre la guerre, dit Michael.

— Eh non, dit Calvin. On s'est portés volontaires. »

Ils regardent Simone et ils sourient.

« Au fond, pourquoi ? demande Calvin.

— Plus le moment de se poser la question », dit Michael.

Quelquefois elle croit que Michael lui dit quelque chose, et elle s'aperçoit qu'il cite seulement une chanson inconnue d'elle. Avoir dix ans de moins fait qu'elle ne connaît pas les mêmes musiques. Et puis ils sont américains, et cela aussi fait une différence, qu'elle essaie de masquer par tous les moyens. Elle a appris à écouter, à sourire et à se taire. Elle est leur copine. Ça leur plaît qu'elle dise de sa voix anglaise « Vous voulez du café ? » puis qu'elle le prépare et se mette en boule, silencieuse comme un chat, sur le plancher du hangar à bateaux. Ils parlent de musique, d'herbe et des filles que Calvin aimerait baiser. Une fois, Simone les a vus regarder une fille qui traversait la plage. La fille portait un Bikini bleu et elle avait une masse de cheveux noirs brillants que le vent faisait voler, tout droit, derrière elle. Simone s'est raclé la gorge et elle a dit : « Oh, elle a de beaux cheveux.

— Mais oui, s'est moqué Calvin. *De beaux cheveux.* Exactement ce que je regardais. Toi aussi mon vieux, c'est bien ce que tu regardais ? » Et Michael s'est mis à rire. Il agissait toujours ainsi avec elle lorsque Calvin était dans les parages. Comme si le lien avec Calvin était trop fort pour lui laisser un peu de place à elle. Il la regardait comme si elle était aussi une de ces estivantes et qu'il attendait qu'elle s'en aille, laissant derrière elle les choses telles qu'elles étaient avant. Mais ça n'avait pas d'importance, parce que quand ils se retrouvaient tous les deux seuls Michael redevenait lui-même.

Il aurait pu faire tout ce qu'il voulait. Calvin aussi. Mais ils restent ici et ils ne s'inscrivent pas à l'université, alors qu'ils pourraient damer le pion à tous ces étudiants qui vont dans les grands collèges élitistes de la côte Est. Ils disent qu'ils sont maintenant trop vieux pour quitter Annassett. Ils ont vingt-huit ans.

« Pourquoi est-ce que vous restez là ? » demande Simone, maternelle. Calvin regarde la mer au loin, les bateaux qui se balancent, et il dit : « Ça me plaît bien ici. C'est un joli coin. » Et il plisse les yeux, mais c'est Michael qu'il regarde, pas Simone.

Michael ne dit pas que ça lui plaît bien ici. Quand une chouette hulule du fond des bois, il explique à Simone que c'est une effraie. Il lui montre le tracé des murs indiens à moitié enfouis sous le laiteron et le sumac vénéneux. Un jour où ils pêchaient, il a pointé le doigt vers le fond endormi de l'étang. Elle, elle ne voyait rien.

« Viens par ici. Tu distingues mal, à cause des reflets. »

Tout d'un coup, elle a vu un grand poisson émerger de l'ombre et se déplacer tranquillement dans le courant.

« Une truite. Elles sont grosses, ici. »

La main de Michael qui lui enserrait l'épaule était chaude, Simone sentait sa brûlure à travers le coton de son tee-shirt, tandis qu'elle se penchait pour voir le poisson repartir se couler dans son trou.

« Tu en as déjà attrapé une aussi grosse ? a-t-elle demandé.

— Oui. »

Ils ont regardé le poisson jusqu'à ce qu'il ne soit plus qu'une ombre et qu'il disparaisse. Michael s'est mis à parler, d'une voix qui résonnait doucement à son oreille.

« J'ai fait un rêve cette nuit. J'ai rêvé de ce gosse.

— Qui ça ? » a-t-elle demandé sans insister, souhaitant qu'il ne lui raconte pas. Les rêves de Michael lui faisaient peur.

« Y avait ce gosse qui traînait dans nos pattes quand on jouait au basket. Il était toujours là. De grands yeux qui nous observaient. Il disait pas un mot. Il exaspérait tout le monde. On se faisait des passes, et le ballon volait toujours bien au-dessus de sa tête. Il avait beau sauter aussi haut qu'il pouvait, il n'arrivait jamais à le toucher. Un des joueurs commençait à rigoler, et puis on se mettait tous à se moquer de lui, on dribblait assez bas pour qu'il puisse presque atteindre le ballon, et hop, on le relançait en l'air. Tu aurais dû voir ce ballon, la vitesse. Jamais on le contrôlait aussi bien que quand le gosse était là. Jamais il chialait, il continuait à sauter.

« Et puis un jour, un des gars de l'équipe, Jimmy Walsh, un balèze, en a eu marre. Il est venu sur le terrain avec une caisse d'emballage. Personne savait pourquoi. On a joué un bout de temps, avec le gosse qui continuait à sauter, et alors Jimmy a amené la caisse jusqu'au panier de basket. Et puis il a attrapé le gosse et l'a fait sauter en l'air. Ensuite, sans le lâcher, il a grimpé sur la caisse, et il a fourré le gosse dans le panier. Le gosse tenait à peu près dedans. On aurait pu croire que son poids allait décrocher l'anneau du mur, mais non, ça n'a pas bougé. "Allez, on y va les gars", a dit Jimmy, et on l'a tous suivi. J'ai jeté un coup d'œil en arrière, le gosse ne chialait toujours pas. Il restait là suspendu avec ses yeux noirs, ronds comme des billes, qui nous regardaient partir. Jimmy n'a pas dit un mot et nous on n'a pas pipé.

— Il avait quel âge ?

— On devait tous avoir autour de douze ans.

— Non, le petit garçon. »

Je pense qu'il ne va pas répondre, et puis il s'humecte les lèvres et il dit : « Six ans. Autour de six ans.

— Mais ce n'est pas toi qui as fait ça. C'est Jimmy Walsh.

— Sauf que j'y trouvais mon compte. Quand Jimmy Walsh faisait ces choses-là, ça me donnait chaud. Ça m'excitait. C'est pour ça que j'étais toujours avec lui, parce que je savais qu'il ferait ces choses-là et que ça me ferait ce genre d'effet. Quand on est gosse, on ne réfléchit pas à tout ça, mais c'est comme ça que ça se passait. »

Ils se sont tus tous les deux. Des éclaboussures de soleil se frayaient un chemin à travers l'épaisseur du feuillage et venaient jouer sur la surface de l'eau, dessinant des motifs qui empêchaient de voir ce qu'il y avait dessous.

« Tu y es retourné ? » a-t-elle brusquement demandé.

Il s'est penché, il a ramassé une pierre et l'a laissée choir au fond de l'eau. Les rides ont oscillé puis elles ont paru s'absorber elles-mêmes, et rendre à l'étang son immobilité.

« Oui, a-t-il dit. Bon, il était toujours là dans le panier de basket. Il s'enfonçait par son propre poids et ça commençait à être trop serré. Et il avait peur, mais j'avais l'impression qu'il essayait de ne pas faire de bruit pour le cas où on reviendrait. Ces grands yeux écarquillés qui me fixaient. Et que je sois revenu, ça lui a fait encore plus peur. Alors, j'ai grimpé sur la caisse et j'ai essayé de l'extirper de là mais je n'y suis pas arrivé. Il était trop lourd. Et je n'étais pas aussi grand que Jimmy Walsh. Je le soulevais et il retombait, et chaque fois ça devenait plus difficile de le hisser pour le sortir du panier. À ce moment-là, il s'est mis à faire un petit bruit comme s'il ne pouvait plus se retenir. Je l'ai regardé, il avait la figure toute tordue, et il y avait des bulles de morve qui lui sortaient par le nez. Il ne savait pas pourquoi je le soulevais. C'était comme s'il s'imaginait que je voulais… »

Michael a observé un silence.

« Tu essayais de l'aider, mais lui il n'en savait rien, a dit Simone.

— Ben oui, a dit Michael. Je pense qu'il voyait les choses autrement. Et merde. Pourquoi je repense à ça au bout de tout ce temps ? »

L'appareil photo. Calvin lève l'appareil photo.

« Holà, laisse-moi passer mon jean », proteste Michael. Il y a une mince couverture grise qui recouvre Michael et Simone. Elle a glissé jusqu'aux seins de Simone, mais elle est trop gênée pour la remonter. Et puis elle est habituée à ce que Calvin débarque comme ça.

« Bonne photo, dit Calvin en louchant dans le viseur. *Très* bonne photo. »

Simone jette un œil en coin à Michael. Il sourit, la scène l'amuse.

« Tu as un flash, là-dessus ? demande-t-il.

— Bien sûr. Tu veux que je prenne des photos ?

— Qu'est-ce que tu en penses ? » demande Michael, se tournant vers Simone avec cet air de sollicitude feinte, moqueuse, qu'il ne prend que lorsque Calvin est là. « Tu vas bientôt rentrer en Angleterre, non ? Tu ne veux pas avoir des photos à rapporter chez toi ? »

Simone ouvre la bouche. Juste à temps, elle se retient de bramer « Je ne rentre pas » devant Calvin. Il ne faut pas que Calvin voie ce que Simone espère. Elle se représente le vent d'hiver qui fait rage devant le cabanon, le feu dans la cheminée et Michael qui entre. Il secoue la neige de ses épaules, son visage s'adoucit quand il voit Simone en train de recoudre ses boutons de chemise, la lumière de la lampe se répandant comme de l'or liquide sur ses cheveux. Sa voix est troublée, rauque.

« Simone... »

Rien qu'eux deux, la porte fermée. Le cauchemar se fait rêve.

Calvin ne sait rien. Il n'entend pas Michael la nuit, lorsqu'il se réveille d'un cauchemar, qu'il se raccroche aux cheveux de Simone, à ses seins.

Simone ne dit rien. Elle plisse le rebord de la couverture et attend Michael.

« Oui, dit-il, oui. » Il tend la main par-dessus Simone et saisit le bout de la couverture. Lentement, en la regardant droit dans les yeux, il arrache la couverture.

« Michael ! » proteste-t-elle en refermant ses jambes d'un coup. Mais il rejette aussitôt la couverture de l'autre côté de leur lit.

« Super, dit Calvin. C'est super. » Sa silhouette fluette danse au-dessus d'eux. Le museau de l'appareil photo pointe ici puis là. « Magnifique, mon vieux. »

Une petite partie de la Simone à principes se réveille, se demande s'il faut entendre la chose au singulier ou au pluriel, puis retombe dans l'état d'assoupissement qui a été le sien tout l'été. L'appareil photo explore le triangle blanc que le maillot de bain de Michael ne couvre pas. Le tremblement de ses organes génitaux. Leur chair à tous les deux qui se touche, cuisse contre cuisse. Simone roule un peu sur le côté pour présenter la courbe pudique, sans poils, du nu classique. Calvin est maintenant beaucoup trop près, sur eux. Il y a un flash, blanc et bleu. Simone tressaille, attendant un bruit, un crépitement de tonnerre.

« Détends-toi, mon chou. Détends-toi », dit Michael. Il la remet sur le dos. L'appareil clique et reclique. Tout d'un coup Michael se replie et se lève, se tient aux côtés de Calvin. « Laisse-moi regarder. » Calvin lui passe l'appareil, et Michael regarde dans le viseur. Simone tressaille. Calvin fait voir à Michael ce qu'il voit lui-même.

« Il faut te mettre plus près, dit Calvin.

— Non, pas plus près, dit Simone.

— Allons, mon chou. Écoute-moi. Si c'est moi qui prends les photos, c'est OK, non ? » dit Michael d'une voix enjôleuse.

Calvin croise les bras, en observateur, tandis que Michael prend l'appareil et s'agenouille devant Simone.

« Qu'est-ce que je fais, Cal ? J'appuie là ?

— Il faut d'abord que tu changes la mise au point. »

Les deux hommes sont à genoux, absorbés par la manipulation de l'instrument.

« J'y suis. Allons, détends-toi. C'est moi, tu sais bien. Voyons. Qu'est-ce que t'es belle, ronronne-t-il. T'es une belle môme, Simone. Vas-y, fais-moi une belle pose. »

Elle a horreur de cette façon de parler, que partagent Michael et Calvin. Mais la voix de Michael la fait fondre. Elle cède, elle se soumet, elle écarte les jambes pour lui comme elle le fait toujours. Calvin n'est plus rien maintenant qu'une forme floue à l'arrière-plan. Il y a l'éclair du flash, mais cette fois elle ne bronche pas.

« Ça y est, dit Michael. C'est la fin du rouleau. »

Deux

J'enlève ma perruque et je l'installe dans la boîte brillante avec mon nom dessus puis je referme la boîte, je lève les bras dans le placard et je la pose sur l'étagère du dessus. Je sens ma tête fraîche et légère. Je regarde dans le miroir tout en me recoiffant. La perruque m'a aplati les cheveux, si bien que l'espace d'un moment c'est le visage de ma mère que j'ai en face de moi. Je lève de nouveau les bras, je ressors la perruque, je la remets. Elle est parfaitement ajustée. C'est bien le moins. Toutes les mesures qu'on a prises, en suivant les diagrammes du perruquier.

« Il y a cinquante ans qu'ils n'ont pas changé ce prospectus, a dit Donald, en l'examinant, sauf pour donner les mesures en centimètres. » Nous avons regardé la tête qui servait d'illustration. Elle était digne et inspirait la confiance, comme une publicité pour phrénologue. Pas du tout une tête comme on peut en connaître.

« C'est parce qu'elle est parfaitement symétrique, a dit Donald. Aucune tête humaine n'est comme ça. Viens ici près de la glace, que je prenne tes mesures. »

Nous avions un morceau de papier quadrillé et les indications du perruquier. Donald a pris mes mesures de la nuque au sommet du crâne, du sommet du crâne au menton, en passant par les tempes et par le front. Le mètre me chatouillait en descendant le long du nez. Donald notait toutes les mesures, puis il me les a lues.

« Ça a l'air de faire beaucoup, ai-je dit.

— C'est en centimètres, c'est pour ça.

— Ou peut-être que j'ai une tête énorme. Recommence, pour qu'on soit sûrs. Ça fait trop cher si on se trompe. »

La seconde fois, les mesures n'étaient pas tout à fait les mêmes.

« C'est le centimètre, a dit Donald, il y a des siècles qu'il est dans ta boîte de couture. Regarde comme il est usé. Pourquoi est-ce qu'on n'a jamais de ciseaux ou de mètre à ruban dans cette maison ? Et ces foutus mômes m'ont une fois de plus pris mon chatterton. Ça me serait égal si au moins ça leur servait à quelque chose.

— Ça ne fait rien, ai-je dit, du moment qu'elle est plus ou moins à ma taille. Du moment que je ne la perds pas. » Mais Donald a froncé les sourcils et il a une fois de plus comparé les chiffres. Il a toujours été plus minutieux que moi. « Le problème, c'est aussi tes cheveux, a-t-il dit. Je ne sais pas jusqu'à quel point je dois appuyer dessus pour prendre les mesures. Ça doit être calculé pour les hommes. Ils n'ont pas les cheveux aussi épais que toi. C'est ça que le perruquier doit prendre en compte. »

Je me suis aplati les cheveux de mes deux mains. « Je vais les tenir pendant que tu reprends les mesures.

— Mais ils ne seront pas comme ça quand tu seras au tribunal. »

Son visage était tout près du mien. Il avait la peau fine, mais j'y repérais des signes d'usure, la façon dont elle se froissait comme du papier quand il fronçait les sourcils. Ça allait prendre encore une bonne heure à Donald de calculer mes mesures, et j'en avais assez de rester debout. Depuis la naissance des garçons, je pouvais marcher pendant des kilomètres, mais j'avais du mal à rester debout longtemps sans bouger.

« Prends-les une dernière fois, et on fera la moyenne »,
ai-je dit.

Il m'a encerclé la tête avec le centimètre, il a mis un
doigt dessus pour le maintenir en place, et il a lu la
mesure. Puis il m'a regardée bien en face dans la glace et il
a souri.

« Je n'aurais jamais imaginé qu'un jour je prendrais les
mesures de ma femme pour une perruque », a-t-il dit. Son
sourire était trop large, trop affectueux. C'était comme de
l'entendre parler de moi au téléphone. « Oui, elle est assez
fatiguée. Il faut qu'elle s'habitue à ses nouvelles responsa-
bilités. Mais elle dit que tout se passe bien… » De la pièce
d'à côté j'entendais sa voix pleine de fierté et d'entrain. Et
puis quand on se retrouvait face à face, il y avait ces
ombres entre nous. J'ai détourné mon regard.

« Attends de la voir, ai-je dit.

— En quoi est-ce qu'on les fait ?

— En crin, je crois. Au toucher, c'est ce qu'on dirait.
Tout un art, voilà pourquoi il n'y a que ces deux endroits
où on les fabrique.

— Ça peut être bien, a dit Donald. Au prix que ça
coûte. »

Je me suis tue et je l'ai laissé reprendre les mesures
jusqu'à mon menton. Je n'allais pas dire : « Tu n'as pas à te
faire de souci pour ça. C'est moi qui la paie. »

Quand la perruque est arrivée, j'aurais aimé aller
l'essayer toute seule de mon côté pour m'habituer à la tête
que ça me faisait, mais les deux garçons étaient là, et
Donald aussi. Je l'ai sortie de l'emballage et je l'ai brandie
devant moi. Elle avait des boucles de crin bien serrées sur
un cuir chevelu tendu. On aurait dit une permanente de
vieux travesti. Ils se sont massés tous les trois autour
de moi, et Matt a attrapé la perruque et dit qu'il allait être
le premier à l'essayer. Donald la lui a reprise des mains.

« Mets-la, Simone. Qu'on voie à quoi ça ressemble. »

J'étais en jean, avec un tee-shirt jaune. J'imaginais l'effet que ça allait faire, avec cette tenue. « Non, ai-je dit. Je l'essaierai plus tard. »

Donald tenait l'objet suspendu au-dessus de ma tête comme une couronne. Les garçons riaient, disant à leur père : Vas-y, vas-y. Je pouvais faire une histoire, ou bien mettre la perruque tout de suite, comme si ça n'avait aucune importance.

« Voilà », ai-je dit, en la posant sur ma tête. Mes yeux ont effleuré la glace. Le ruban de la perruque me serrait le front, et je me suis demandé si Donald ne s'était pas au bout du compte trompé dans les mesures. Les garçons me regardaient interloqués. Il y avait encore du rire sur leur visage, mais aussi quelque chose d'autre.

« Punaise, a dit Matt, tu ressembles à...

— Ne dis pas punaise », l'a repris Donald machinalement.

J'ai regardé droit dans la glace. Mon visage m'a retourné mon regard, l'air important, sévère, hautain. J'étais hors sexe, hors siècle. J'étais le juge.

« ... un juge, a poursuivi Matt.

— C'est ce qu'elle est », a dit mon mari, mais il y avait dans sa voix comme un fond d'étonnement. J'ai souri, puis j'ai laissé mon visage reprendre son expression première. Ce visage ne cherchait pas à plaire. La perruque m'enlevait ma douceur, cette douceur qui fait que les gens me rendent mon sourire alors même que je n'ai pas conscience de sourire.

« Seulement juge d'instance, ai-je précisé.

— Enlève-la, maman, a dit Joe. Remets-la dans la boîte.

— Pourquoi ? lui ai-je demandé. Son visage de huit ans s'est plissé sous l'effort, puis il a répondu : « Ne la porte pas à la maison. Garde-la pour ton travail. »

Je comprenais ce qu'il voulait dire. « Ne t'inquiète pas, ai-je dit. Ce n'est pas quelque chose que j'ai l'intention de porter ici. » Matt a murmuré quelque chose à l'oreille de Joe, et tous les deux se sont mis à glousser et à pouffer.

« Tirez-vous, les garçons », a dit Donald.

J'ai touché la perruque avec mes doigts, j'ai senti les boucles serrées comme des petits ressorts. Elles étaient fixées une fois pour toutes, elles ne risquaient pas de se détendre.

« Ça te va bien, a dit Donald. Tu as fière allure. »

Ça m'agaçait qu'il parle de la perruque comme si j'avais ramené à la maison un nouveau jean. Je savais pourquoi il faisait ça. Il avait peur de la direction que je prenais, qui m'éloignait de lui. Il avait peur de l'argent que je gagnais, et lui pas. Il avait peur de la porte qui se refermait sur lui et les enfants, avec moi qui partais, ma perruque sous le bras, dans sa boîte, vers un monde de jugements. Le monde extérieur, où il avait perdu sa place. Je savais ce qu'il ressentait, même si je ne lui laissais jamais voir que je le savais. Je ne savais pas s'il se rendait bien compte qu'il risquait de ne jamais y retourner. Qu'il ne retrouverait peut-être jamais son travail, ni les déjeuners avec des clients, ni la liberté de téléphoner à la maison pour prévenir qu'il allait être en retard. Il avait son bureau chez lui, voilà ce que nous disions. C'est seulement que tout était au ralenti. La récession se prolongeait sans fin. Mieux valait garder quelques illusions entre nous.

« Ne jugez pas, a dit Donald, de peur d'être jugés. »

Je l'ai regardé. Je savais qu'il avait ouvert la bouche et que les mots étaient sortis sans qu'il y pense. Ils venaient d'une région de son être que je ne partageais pas.

« Tu ne t'es pas trompé dans les mesures », ai-je repris. Nous nous sommes regardés : moi avec ma perruque, Donald avec ses cheveux châtains qui étaient maintenant presque entièrement gris. Je me rappelais la fiche de renseignements qu'il avait eue à remplir, récemment, et où l'on demandait la couleur des yeux et la couleur des cheveux. Sans hésiter, il avait écrit : « châtains ». Ce n'était pas par vanité, c'est juste qu'il ne pensait pas assez à lui pour se rendre compte qu'il avait changé. C'est en tout cas ce que je m'étais dit en jetant un regard par-dessus son épaule.

Nous étions ensemble depuis si longtemps que, quoi que nous fassions dans le vaste monde, rien ne pouvait briser la complicité entre nous, pensais-je en souriant à Donald dans la glace tout en enlevant ma perruque et en me passant les doigts dans les cheveux pour sentir qu'ils étaient encore doux et vivants. Quand j'avais connu Donald, j'avais les cheveux jusqu'à la taille. Comme tous les hommes, il avait voulu que je les garde longs, même lorsque je savais que je n'étais plus assez jeune pour ça. Il plongeait toujours ses mains dans mes cheveux quand il dormait contre mon dos, comme pour se les laver de la journée passée. Pendant longtemps ça m'avait plu et puis ça avait cessé de me plaire.

Maintenant j'avais les cheveux coupés à hauteur du menton. J'en étais à ce stade de relative jeunesse qui paraît devoir durer toujours, mais je savais par l'exemple des autres femmes avec quelle vitesse, quelle soudaineté cela peut prendre fin. Et alors il semblait que les femmes entraient dans un état d'invisibilité. Je prendrais les devants. Je porterais une perruque et pas de rouge à lèvres. Si je devenais grosse et flasque, cela ne ferait qu'accentuer l'autorité de mon visage. Je pourrais durer toujours, ou presque. J'avais trente-huit ans.

Je pends ma robe au crochet fixé à l'intérieur de la porte, et des deux paumes je brosse ma jupe et ma veste. Le placard sent le bois blond tout neuf. Quand la porte tourne, le petit miroir à l'intérieur se remplit de ciel bleu et du bref éclat du soleil de midi, puis il se vide à nouveau pour montrer mon visage. Je souris. Mon visage est doux. Je me penche tout près du miroir et j'enlève avec l'index un petit grain de mascara au coin de mon œil. Ici, je suis le visage de la loi. Ça n'a rien de personnel.

La première fois que j'ai vu le greffier se plaquer contre le mur pour me laisser passer, je me suis demandé ce qui lui prenait. Il avait les bras collés contre le mur comme pour faire plus de place. Je lui ai souri, et puis j'ai compris qu'il me cédait le passage parce que maintenant j'étais le juge. Ça n'avait rien à voir avec moi. Un respect abstrait pour une chose abstraite qui entrait dans ce tribunal et en sortait, temporairement incarnée par ma personne. Il faut comprendre cela dès le début, sinon on tombe amoureux de sa propre image, comme j'ai pu le voir chez certains juges. Pas les juges de mon espèce, les petits juges d'instance qui traitent les affaires mineures. Nous ne sommes que de modestes médecins qui regardons passer dans notre cabinet de consultation les bobos du monde et tâchons de décider ce qu'il y a de mieux à faire. Et qui prenons peu à peu conscience que nous ne pouvons pas faire grand-chose, quel que soit le jugement que nous rendions. Mais il y a des juges de Haute Cour qui n'arrivent pas à dissocier leur propre personne de la déférence qu'ils inspirent. Ils sont aussi assoiffés d'attention que peut l'être un vieux comédien. Ils éprouvent leur pouvoir en allant jusqu'au bout de ce que les gens peuvent supporter. Ajoutez à cela le personnage qui rêve de faire sa rentrée dans le plus beau rôle de tous, toque en tête, en prononçant des sentences de vie ou de mort.

Au début, quand j'étais au tribunal, très intimidée, je me représentais le juge en train de se couper les ongles de pied. Vous vous voyez, assis en vitrine, à vous faire couper les ongles de pied ? C'est bien plus intime que de se faire faire un shampooing. Il faut déjà connaître pas mal quelqu'un avant de lui laisser voir ce petit tas de rognures de corne jaunes, comme des pelures.

Le juge, on le regarde. Je regardais la façon dont il passait d'une fesse sur l'autre, pendant une longue séance, ce qui voulait probablement dire qu'il avait des hémorroïdes. Et maintenant, j'imagine que les gens en font autant avec moi, essayant, sous la perruque, de voir l'être humain.

Je juge des affaires en référé tout l'après-midi, en commençant par un dépôt de bilan. Je n'aime pas les liquidations judiciaires. C'est là que se retrouvent les gens quand on les met sur la sellette et qu'on les marque de ce sceau. « En faillite », pour beaucoup de monde, ça fait un effet épouvantable, même si dans certains cas c'est simplement un cap à passer, trois ans à attendre avant de prendre un nouveau départ. Quelquefois je les vois qui me regardent pendant qu'on examine ce naufrage qui a consisté à emprunter, espérer, ne pas disposer du temps nécessaire, avoir les créanciers à ses trousses. On a une impression de ralenti, comme un accident qu'on a déjà vécu en rêve. Mais si lent qu'il soit, on ne peut arrêter le processus. Ils me regardent, impuissants à traduire en mots ce glissement de terrain de l'endettement. Ou bien ils me regardent d'un air de dire *Qu'est-ce qu'elle en sait ?* Ils s'imaginent que pour moi les choses ont été faciles. Les plus malins d'entre eux se disent même que pour moi ça a été particulièrement facile, avec la pression qui s'exerce aujourd'hui pour faire entrer les femmes dans les professions judiciaires. Mais la plupart ne se disent rien du tout. Ça leur suffit bien de subir cette épreuve, le dépôt de bilan qui leur est imposé. Ils ont rassemblé leurs forces pour venir ici, et ils trouvent aussi un étrange soulagement à voir que cette chose redoutable qui les a empêchés de dormir depuis des mois est enfin devenue réalité.

Il y a quinze jours, un homme m'a regardée à la fin de l'audience. Il s'est éclairci la voix, puis il a dit : « Je suis désolé. » Il portait un complet sombre propre et bien repassé, le genre de costume qu'un entrepreneur de transports pourrait mettre pour aller à la messe le dimanche. Il était imposant, dans son costume. Sans doute avait-il dû travailler longtemps pour les autres avant de se mettre à son compte. Pendant des années, ça avait bien marché. Son affaire avait prospéré, et il avait pu aller s'installer dans une maison plus grande. Puis, quand les choses avaient commencé à se détériorer et qu'il aurait voulu vendre la maison pour récupérer une partie de l'argent qu'il y avait investi, il n'y avait pas d'acheteurs. Quand il avait fini par pouvoir vendre, ça ne servait plus à rien, il devait tout cet argent à la banque, et davantage.

Il n'était pas homme à rejeter la faute sur les autres et à se raccrocher à l'idée qu'il repartirait de zéro dans quelques années, quand les perspectives seraient meilleures. Pour lui, c'était le déshonneur. Ça se voyait à la façon dont il se tenait et dont il écoutait ce qui se disait. Il avait des yeux bleus très vifs. Je savais qu'il avait quarante-sept ans, mais à part ces yeux il faisait beaucoup plus. Il avait encore des années devant lui, à vivre avec ce poids écrasant. Avec un peu de chance, il retrouverait un travail comme salarié, mais, à le regarder, j'en doutais. Il y avait encore de l'assurance dans son aspect physique, comme si son corps ne savait toujours pas ce que savait son esprit. Il s'était préparé à faire face à l'audience de dépôt de bilan, pas à ce qui venait après.

Ça ne prend pas très longtemps. Une fois que j'ai eu rendu l'ordonnance et que tout a été terminé, il aurait dû quitter la salle derrière l'huissier, mais il ne l'a pas fait. Il s'est éclairci la voix, il est resté planté là et a dit : « Je suis désolé. » Les paroles étaient sans doute sorties d'une voix plus forte qu'il n'aurait voulu. Il ne s'adressait pas au conseil juridique de la partie adverse ni même à moi. Quelque chose en lui refusait de se soumettre à ce qui était arrivé, continuait à assumer l'entière responsabilité même une fois que toute responsabilité lui avait été retirée. C'était le genre d'homme dont la femme n'avait probablement jamais eu à signer un chèque. Maintenant, il faudrait bien. Je m'inquiétais de ce qui allait se passer quand il rentrerait chez lui.

Je me suis forcée à me calmer. Ça n'avait rien à voir avec moi, et il ne réclamait pas ma sympathie. J'étais l'instrument, je rendais l'ordonnance, un point c'est tout. J'ai hoché la tête comme pour prendre en considération ce qu'il voulait que je prenne en considération. Après son départ, j'ai fermé les yeux quelques secondes et j'ai pensé à un mur blanc. Puis j'ai laissé l'affaire suivante déferler sur ce blanc.

Encore un rôle chargé, aujourd'hui. Dans cinq minutes, l'huissier va commencer à faire entrer les parties. Les minutes paraissent toujours élastiques quand il n'y en a presque plus, comme si on pouvait y faire tout ce qu'on veut. Et aucun lieu n'est plus privé que cette salle quand je sais que quelqu'un est sur le point d'ouvrir la porte.

Il fait trop chaud pour manger. J'ouvre une boîte de Coca-Cola et je le bois à même la boîte, bien qu'il soit tiède, maintenant. Il était glacé quand je l'ai pris au distributeur du garage en venant ici, j'adore sentir sur ma main le froid qui perle du métal. Je ne bois jamais de Coca-Cola à la maison. J'essaie toujours d'obtenir des enfants qu'ils boivent de l'eau du robinet, ou au moins de l'orangeade, en leur répétant que, s'ils boivent à même les boîtes, ça va leur pourrir les dents. Mais ils ont des dents blanches à toute épreuve, pas comme les miennes. Je me demande si le Coca-Cola a laissé une auréole autour de ma bouche. J'ai intérêt à vérifier.

« Tu ne ressembles pas à un juge. » Je ne me rappelle pas qui avait dit ça. Ç'aurait pu être n'importe lequel de mes amis, et ils ont raison. Il n'y a pas d'austérité sur mon visage, mais je me demande combien des visages qui se reflètent les uns après les autres dans cette glace ont dû se battre comme moi pour arriver jusque-là. J'ai la chance d'avoir un visage sur lequel rien ne laisse de traces, ou, en tout cas, les traces ne se voient pas.

Il y a des pas dans le couloir, rapides mais jamais légers. Encore le malheur de quelqu'un, qui s'approche en toute hâte.

Trois

Presque tous les jours je me lève de bonne heure, quand la maison est silencieuse. Je me glisse hors du lit et je passe un jean et un gros chandail. Je travaille, ou alors je sors et je traverse les champs pour aller jusqu'à la mer. Le monde à cette heure-là me semble être mon domaine privé. J'aime le froid frisquet du matin, et la mer calme. Quelquefois j'aperçois un ferry qui glisse à l'horizon, tous feux encore allumés. Il doit y avoir des passagers qui regardent par leur hublot et qui voient se profiler le rivage plat. Ils doivent bâiller, se dire qu'il n'y a encore rien d'intéressant à voir, et se rallonger dans leurs couchettes.

Mais une fois qu'on a appris à connaître les marais, on passerait des heures à les contempler. Ils sont pleins de secrets. Ils ont l'air de se déployer à ciel ouvert, sans rien à cacher, mais c'est faux. Il faut vivre avec eux, jour après jour, à travers les changements de la lumière, de l'eau, du ciel et du vent. Et tout d'un coup on se rend compte qu'on ne les connaît pas du tout. On se rapproche peut-être tout juste d'un début de connaissance.

Nous sommes à trois kilomètres du village, et les sons me parviennent un par un, assez lentement pour que je puisse les compter. Un tracteur toussote, puis s'installe dans un bruit fort et régulier, et je l'entends descendre le petit chemin, s'arrêter devant le portail et le franchir, traînant derrière lui une remorque pour les moutons qu'on emmène au marché ce matin. Le ciel n'est que vaguelettes de nuages. Il est trop clair, plus tard il va pleuvoir. J'aime le bruit de la pluie qui tombe autour de la maison.

Donald, lui, n'aime pas ça. Les garçons non plus. Ils ont été furieux que je nous oblige tous à venir ici, loin de la ville et de tout ce qu'ils connaissaient. Ils ignoraient nos raisons.

« C'est une occasion qui ne se présentera pas deux fois, leur ai-je dit. Si je ne prends pas ce poste, je risque de ne pas en avoir d'autre. » Les garçons nous ont vus préparer le déménagement, donner des coups de téléphone et nous affairer, ils n'ont apparemment pas humé l'odeur de peur qui se dégageait de nous. Donald avait peur, nous avions peur tous les deux. Dès que j'ai vu cette maison, j'ai eu envie d'être ici, entourée de toute cette lumière. Je quittais la ville et l'endroit où les deux enfants étaient nés. Je ne voulais pas me retrouver chaque jour sur les traces de mon ancienne vie.

Cette maison est en pierre, et elle est froide. Nous n'avons pas encore installé le chauffage. On a passé un hiver comme ça, on peut bien en passer un autre. Nous avons tellement de dettes. Notre ancienne maison en était criblée, nous l'avions hypothéquée, puis rehypothéquée. On avait tout vendu, on avait épuisé toutes les petites économies qu'on fait par-ci par-là pour voir venir. Nous avons eu de la chance : nous avons pu obtenir un autre prêt hypothécaire sur la garantie de mon nouvel emploi. Cette maison-ci est à mon nom seulement. On a été obligés, à cause des dettes attachées au nom de Donald. On ne peut pas courir le risque. Mais Donald en souffre terriblement. Ça lui donne l'impression qu'il n'est pas chez lui, ici.

L'hiver dernier, les garçons avaient un radiateur électrique dans leur chambre. Je leur avais dit qu'ils pouvaient le brancher une heure avant de se coucher, et une demi-heure le matin. En haut, il n'y a pas de tapis, mais j'ai enlevé le linoléum et j'ai récuré le parquet. Ce sont de larges planches de pin qui protègent bien du froid. En bas, on a fait des feux dans la cheminée. Nous payons nos dettes, mais c'est comme de ramer à contre-courant. La banque nous prend tellement d'argent. Je peux faire face aux intérêts, mais ce qui me tue, ce sont les lettres, les contrôles, les rendez-vous avec un directeur de banque qui n'a de toute façon pas compétence pour agir de sa propre autorité. Je fulmine. Pas dans ma tête, mais dans mon corps. C'est une véritable agression physique, ce tripotage de nos finances, c'est comme une humiliation d'ordre sexuel.

Chaque fois que je marche sur la plage, je rapporte du bois flotté pour le feu. Il y en a maintenant toute une pile sous une bâche à côté de la maison. Parfois c'est du bois blanc comme de l'os, ou alors ce sont des planches et de gros troncs d'arbres noueux que la mer jette en l'air comme autant de bâtons de sucette quand il y a de la tempête. On n'a pas beaucoup de saletés par ici. Pas trop d'applicateurs hygiéniques en plastique indestructible, ou de préservatifs. L'eau est grise, froide, salée.

Ce matin, je n'arrive pas à me concentrer sur mon travail. Je vais devant la fenêtre, je m'agenouille, je pose mes coudes sur le rebord, placé assez bas. La lumière blanche qui m'assaille est si vive que je cligne des yeux. Nous pourrions aussi bien être en pleine mer. Tout l'été, j'ai entendu les brebis et les agneaux s'appeler. Les agneaux naissent tard, par ici. Et la tonte des moutons se fait tard, elle aussi. Le marais est morne et nu, et tout l'hiver il vente. Quand vous sortez de la maison, le vent vous coupe le souffle. Il vous brûle la peau.

D'ici on ne voit pas la mer parce que la vue est bouchée par la digue qui s'interpose entre elle et nous. De l'autre côté de la digue, il y a une plage de galets assez loqueteuse. Aucune route n'y mène, donc personne n'y vient. Si vous la regardez de près, vous vous apercevez que l'herbe qui borde la plage est constellée de véronique et de mouron, au milieu de la paille et des épaves. C'est là que je marche, presque tous les jours, avec la mer d'un côté et la digue de l'autre. Toute la terre par ici est au-dessous du niveau de la mer.

Voici la pluie qui vient. Si je me dépêche, j'ai le temps d'aller me baigner.

Donald dort. Une bouffée de vent se lève juste avant la pluie, et la maison vibre doucement, comme un tambour qu'on effleure. Donald est perdu dans des rêves dont il ne se souvient jamais quand il se réveille. Il me dit qu'il ne rêve pas. Il fronce les sourcils, son visage est crispé. Dans son sommeil, son expression naturellement souriante disparaît. Le rêve prend de la vigueur, le pousse vers la journée. Réveille-matin. Le réveil sonne et sonne tandis que sa main tâtonne. Donald appuie férocement sur le bouton et se renfonce sous les draps bien chauds, habités. Il hume la chaleur de son corps et mon absence. Chaque matin ça l'irrite de constater que je ne suis plus là et que je m'active pendant que lui dort encore. Il voudrait bien pour une fois se retourner et me voir en train de dormir sur le dos, le visage détendu, abandonné, avec une goutte de bave au coin de la bouche. La pluie crépite contre les fenêtres. Il va falloir faire repeindre les encadrements. Encore un hiver comme l'hiver dernier et ils seront complètement pourris. Donald n'a jamais vécu dans un endroit où le temps était aussi extrême.

Il entend mon pas mais ne se retourne pas. Il veut me faire croire qu'il dort. Mes pieds nus tapotent contre le sol. Maintenant je suis penchée au-dessus de lui, je le regarde. Il sent ma présence.

« C'est l'heure de te lever », dis-je. Il se tourne sur le côté et plisse les yeux dans ma direction. J'ai relevé mes cheveux en une espèce de torsade sur le sommet du crâne et je porte un vieux survêtement.

« Tu es sortie ?

— Oui, je suis allée jusqu'à la mer. »

Il sait que je me sens mieux quand je suis sortie pour aller jusqu'à la mer. De ma paume je lui touche le front. Ma main est si froide qu'il sursaute.

« J'ai nagé, dis-je.

— Mon Dieu ! Quelle heure est-il ?

— Je te l'ai dit. L'heure de te lever.

— Tu ne devrais pas nager toute seule là-bas. »

Mais il sait bien que je le fais toujours. Je nage toute nue. Il n'y a personne pour me voir. L'eau est grise et propre, et je connais les marées. Même s'il fait un temps frais de septembre, dans l'eau on sent la chaleur de l'été. J'adore ça. Donald tâte ma main, mon bras.

« Tu es gelée. Tu vas attraper froid.

— On n'attrape pas froid dans l'eau de mer. »

J'enlève mon haut de survêtement. Maintenant je suis torse nu, mes bouts de sein pointent, durs et foncés. Un filet d'eau de mer coule de mes cheveux mouillés sur la nuque, hésite et vient glisser sur ma clavicule. Je me penche, et Donald lèche la goutte salée, cherchant le goût de mon corps sous celui de la mer. Je passe les doigts dans mon pantalon de survêtement et je l'enlève. Donald soulève la couette comme le rabat d'une tente et je me faufile dessous. Je suis tellement glacée qu'il commence par se rétracter, puis il m'attrape comme s'il plongeait lui-même dans l'eau froide et il me serre fort dans ses bras. Je ne me dégage pas, mais je frissonne, comme si sa chaleur était de la glace. Il va tâter la moiteur tiède entre mes cuisses, mais là aussi c'est froid.

Un des garçons crie dans la chambre et je dresse l'oreille. J'ouvre brusquement les yeux. Joe.

« Chut », dit Donald, pas à moi ni à Joe mais à cette attention éveillée en moi qui me détourne de lui, juste au moment où nous nous rapprochons l'un de l'autre. Il passe ses mains sur mon corps, d'un mouvement rapide, essayant de communiquer la chaleur organique du lit à mes hanches, mes seins, à mon ventre glacé avec le nœud du nombril qui s'est distendu depuis la naissance des garçons. Le froid m'a rendue compacte. J'ai l'impression d'être revenue enveloppée dans un autre élément, dans lequel Donald ne pourra jamais pénétrer. Je tourne la tête, j'ouvre les yeux, j'ouvre la bouche et j'embrasse sa large bouche. Quand il sourit, l'arrondi de sa joue apparaît tout déformé.

À la fin du baiser, je me lèche les lèvres. « J'ai la peau tellement sèche. J'ai les lèvres gercées.

— Tu ne devrais pas nager autant, dit-il. Tu ne devrais pas nager si loin. Tu es allée loin ? »

Je me serre contre lui. « Non, pas loin, dis-je, et je touche, sur son bas-ventre, sa toison humide qui transpire.

— Tu devrais rester près de moi. Je m'occuperais de toi », dit-il. Il plonge vers le bas de mon corps, frottant contre mon ventre son menton râpeux. « Tu n'as pas d'odeur, dit-il en soulevant sa tête. Tu es si propre que tu n'as pas ton odeur à toi.

— Ce n'est pas grave », dis-je. Je reconnais dans ma voix le changement familier, elle se fait plus étouffée, plus pâteuse. « Tu peux me barbouiller. » Je repousse la couette du pied et je regarde nos deux corps. Derrière la tête de Donald il y a le carré gris de la fenêtre, la pierre grise qui l'entoure, les marais pâles et suintants. Le vent noie le bruit de pédales de la bicyclette du facteur.

Je tiens Donald contre moi. Il flotte à la dérive. Son corps est détendu, apaisé dans mes bras. Il m'offre un sourire endormi, si confiant que mon cœur se serre. La pluie crache sur les carreaux, le vent gémit, et l'on dirait que la maison se balance, avec nous dedans. Je peux rester allongée là au creux du lit, dans l'odeur d'algues d'après l'amour. On dirait que le lit monte et descend sous moi.

Je peux m'accorder dix minutes, d'après le réveil dont les aiguilles tournent calmement sur la table, à hauteur de mes yeux. Disons même quinze si je conduis vite et que les barrières du passage à niveau ne sont pas fermées. Les enfants ne se réveilleront que quand on les réveillera. Je bouge mes jambes, et Donald dit, sans ouvrir les yeux : « Ne te lève pas tout de suite.

— Ne t'inquiète pas. Reste couché, toi. »

Je veux que cette journée ne commence jamais. Je veux qu'ils restent tous comme ça, Donald, Joe, Matt, à passer en flottant du sommeil au réveil comme la maison flotte sur ses fondations au-dessus du marais. Je veux qu'ils se croient en sécurité. Il y a de l'argent qui rentre dans la maison, mon argent, pour contrebalancer les dettes. Je sais comment Donald se sent. Je n'ai pas besoin de l'observer, de l'examiner, de vérifier son état, parce que je pense tout le temps à lui. Nous ne nous servons pas de termes tels que dépression, nous ne l'avons jamais fait. Nous l'esquivons avec délicatesse. Nous n'en sommes plus à ces nuits où je retrouvais Donald debout à deux, trois, quatre heures du matin, réveillé et gelé. Il y avait autour de lui des petits verres à whisky et un fouillis de pages de journaux qu'il avait laissés glisser par terre. Il se faisait livrer deux ou trois journaux par jour et il ne les lisait jamais. Il s'embrouillait, il oubliait qu'il avait déjà un verre à whisky et il allait en chercher un autre. Et puis il ne rebouchait pas la bouteille, si bien qu'un jour où Matt s'était levé avant moi, il l'avait cognée et renversée sur le tapis. Ce n'était pas que Donald boive qui me dérangeait. C'était, dans ses yeux, ce regard meurtri, fiévreux que l'alcool ne parvenait pas à apaiser.

Une nuit, je me suis réveillée et je l'ai trouvé assis sur le lit en train de me regarder dans la lumière qui venait du palier. Je voyais bien qu'il me regardait depuis un long moment de cette façon, comme s'il ne devait jamais me revoir. J'ai fait semblant de n'avoir rien remarqué. J'ai dit que j'avais faim, je me suis levée et j'ai été nous préparer des œufs brouillés, puis on a regardé une vidéo ensemble. Je me rappelle que c'était un film avec Marilyn Monroe. Je n'ai pas trop suivi l'histoire, mais le bruit du film était une façon de surmonter les démons, tout comme les grandes tasses de thé que je nous servais et resservais.

Quand les enfants se sont réveillés, ils étaient jaloux parce que nous étions debout pendant qu'eux dormaient. Et parce que nous étions assis l'un contre l'autre sur le divan. Joe s'est glissé entre Donald et moi, et je me souviens d'avoir été éblouie par son visage, qui reflétait la chaleur de la nuit, et qui avait cette beauté presque inhumaine des enfants quand ils sont enfiévrés et ébouriffés par le sommeil. Et je m'étais dit : Non, rien ne pourra nous détruire. Rien ne pourra fermer leurs visages comme des huîtres.

Il pensait à nous quitter. Il n'arrivait pas à vivre avec cette idée qu'il n'avait pas fait face à ses devoirs vis-à-vis de nous, qu'il avait mangé notre argent, qu'il nous avait couverts de dettes. La nuit où je m'étais réveillée, il imprimait nos visages dans sa mémoire, pour quand il serait parti. Il était aussi allé dans la chambre des garçons, pour les voir dormir. Ce n'était qu'une question de semaines, disait-il. Ils ne pouvaient pas continuer. Ils avaient commis tellement d'erreurs, il s'en rendait compte maintenant. Toute cette expansion, les emprunts, les clients qui faisaient faillite et ne pouvaient pas payer. L'argent attire l'argent, voilà ce qu'ils se disaient quand ils allaient à la banque contracter des emprunts pour les investir dans l'agrandissement des locaux, l'augmentation du personnel, et un système de réseau informatique. L'argent bien placé rapporte de l'argent.

Je ne lui avais pas demandé ce qu'il entendait par « partir ». C'était trop dangereux. J'avais peur que la moindre question ne déclenche un passage à l'acte. Je voyais l'abîme devant nous, et je savais qu'il fallait reculer doucement, pas à pas, sans jamais avouer que nous avions vu ce que pourrait être la chute.

Il allait falloir renoncer. Donald allait se retirer de cette association sans autre chose que des dettes. Il avait mis quinze ans à la construire. Du plus loin que je l'aie connu, ç'avait été le centre de sa vie. Donald n'est pas le genre d'homme à parler de ses rêves. Il dit qu'il ne rêve jamais. Il avait eu quelques bonnes années, quelques-unes pas trop mauvaises, et puis trois années de traversée du désert où il s'était battu avec tout ce que nous avions pour faire patienter la banque. Et maintenant c'était le milieu de la nuit, et il fallait que je réfléchisse vite et bien.

J'étais juge d'instance adjoint depuis quatre ans. Je savais que je réussissais dans ce métier. Ça me prenait cinq ou six jours par mois, et le reste du temps j'avais ma clientèle privée. C'était surtout de l'assistance judiciaire, donc ça ne payait pas énormément, et c'était un travail dur, fatigant. Mais ça me plaisait et j'avais beaucoup de clients. Mon cabinet faisait l'angle, avec des fenêtres qui donnaient sur deux rues bondées de monde. En face, il y avait un fleuriste, et un supermarché ouvert en permanence. Je connaissais tout le monde, et je savais reconnaître le bruit hésitant de la porte d'entrée quand il s'agissait d'un client qui venait pour la première fois. Un juriste, c'est toujours un peu un acteur. En entrant là, les clients échappaient à la rue froide, à la poussière et aux papiers gras, je les réconfortais, et ils lisaient sur mon visage que tout irait bien.

C'était un vieil immeuble de guingois, avec un escalier étroit où il fallait s'effacer pour laisser monter quelqu'un. Les murs de mon cabinet n'étaient pas droits. Il y avait un petit poêle à charbon victorien derrière mon bureau, avec des carreaux bleus et des lis jaunes sur les carreaux. J'avais acheté de la plombagine et j'en avais badigeonné le poêle, si bien que le métal brillait doucement comme du charbon. Les matins d'hiver, j'arrivais en avance et j'allumais le feu. J'aimais voir le regard des clients quand ils entraient, accablés par leurs ennuis, ou impatients de raconter leur histoire que personne d'autre ne croyait ni ne voulait entendre. Ils voyaient les flammes jaunes qui léchaient le charbon, les braises rouges tassées au fond du poêle, ils s'arrêtaient une seconde et ils changeaient de contenance. Ce que je préférais, c'étaient les après-midi de plein hiver, quand les rues étaient envahies par le soir qui tombe de bonne heure, que les lumières commençaient à s'allumer dans les immeubles d'en face, et que j'avais un peu de temps entre deux clients pour faire mon secrétariat. Je remettais une pelletée de charbon dans le poêle et je le laissais brûler, puis je tournais le clavier de l'ordinateur et je faisais pivoter mon fauteuil pour pouvoir regarder le feu.

Je me suis mise tôt à l'ordinateur. Ça compensait le fait que je passais avec mes clients plus de temps que je n'aurais dû. Je n'aurais jamais fait fortune, mais je payais ma part des factures, et la crèche pour les enfants. J'allais de l'avant, et j'étais un bon juge. Ce qu'il faut, c'est comprendre ce qui va être l'argument décisif. Ça a l'air simple, mais ça ne l'est pas. Si je pensais qu'il fallait passer davantage de temps sur une affaire, je le faisais. Je n'avais personne sur le dos avec une feuille de présence pour me dire que si je m'y prenais comme ça, je ne pourrais jamais rentabiliser mon travail, comme c'est le cas aujourd'hui dans les grands cabinets-conseils. Si je pensais que j'allais avoir gain de cause, il était rare que je me trompe.

C'est fini tout ça. Ça a été terminé la nuit où, après qu'on a eu mangé les œufs brouillés, Donald s'est tourné vers moi pour me dire : « Si ça continue, ils vont me mettre en faillite. Et je refuse absolument de vous faire ça, à toi et aux gosses. »

Il avait les yeux cernés par le manque de sommeil. Pas rouges, mais un cerne noir qui se creusait de plus en plus au fur et à mesure que les jours passaient. Sa voix était blanche, sans inflexions. On allait sombrer. L'eau montante des dettes allait nous engloutir, et alors Donald nous quitterait. Ce ne serait pas de son plein gré, mais la seule façon qu'il aurait de survivre à la situation serait de s'éloigner le plus possible de nous. Pour ne pas voir nos visages.

« Ça n'arrivera pas », ai-je dit, comme s'il était un des garçons se réveillant d'un cauchemar où il m'avait perdue, et où il courait partout dans le supermarché sans pouvoir me retrouver.

« Bien sûr que si, ça arrivera, a dit Donald. J'ai fait mes comptes. Et la banque nous talonne. Encore deux mois à ce rythme, et on est liquidés. Complètement foutus. Et je ne peux pas faire ça. Je ne pourrai plus signer un chèque, tu te rends compte ? Je ne pourrai plus rien faire. Je sais bien qu'il faut fermer boutique, Simone, mais je ne veux pas être mis sur la sellette. Ça, je refuse absolument.

— Ça n'arrivera pas, ai-je répété. Je trouverai l'argent. »

Donald m'a regardée. « Excuse-moi, a-t-il dit. Mais ça n'est pas réaliste. Même avec ce que tu gagnes comme juge d'instance à temps partiel, tu ne peux pas assurer le quotidien. Ne parlons pas de dettes de cette taille. Quant à ton cabinet-conseil, ce n'est pas un gagne-pain, c'est du bénévolat pur.

— Je prendrai un poste de juge d'instance à plein temps. Ils veulent engager des femmes.

— Tu ne l'obtiendras jamais. C'est très demandé, forcément.

— Si on est prêts à déménager, à aller vivre là où la plupart des gens n'ont pas envie d'aller... alors je crois que j'ai mes chances. Alistair Ringwood m'en a touché un mot une ou deux fois.

— Ah bon ? Pourquoi est-ce que tu ne l'as pas dit ?

— Parce que je ne voulais pas accepter.

— Alors, pourquoi est-ce qu'on perd notre temps à en parler ?

— Parce que j'ai changé d'avis. »

J'ai vu une petite lueur de vie renaître dans ses yeux, comme, dans un poing qui se desserre, le sang qui vient rosir les jointures blanches. Je mesurais le chemin qu'il avait fait seul sans moi, et je comprenais que j'aurais facilement pu me réveiller un beau matin pour trouver le lit vide.

« Je peux obtenir ce poste. J'en suis sûre. Tu ne seras pas mis en faillite. J'obtiendrai le poste et alors on ira voir la banque et on leur montrera qu'on peut rembourser les intérêts.

— Et si tu ne l'as pas ?

— Je l'aurai.

— Tu en es…

— … je te dis que je l'aurai. »

Quatre

Il fait bien trop chaud dans la salle du tribunal. À l'intérieur des terres, le temps est toujours différent, et là c'est
vraiment l'été indien. Dès le début de l'après-midi, le
soleil tape sur les doubles vitrages et je le reçois directement sur la tête. J'ai une séance chargée et je juge en référé
sans interruption. Au milieu d'une affaire, je sens une
douleur aiguë qui me prend au-dessus des yeux. Mes
paupières se crispent, et le couple devant moi se brouille
derrière mes larmes. *Droit de visite en litige.* Notre vocabulaire se modifie sans cesse, et c'est dur de suivre, pour
les gens qui ne sont pas du métier. Quelquefois je me
demande si ce n'est pas précisément le but recherché.
Quand j'exerçais encore en libéral, j'avais des clients qui
me disaient : « Qu'est-ce que vous entendez par droit de
visite ? C'est d'hébergement que nous parlons, non ? »
Ou bien : « Je ne veux pas la résidence, ce que je veux c'est
la garde. »
Ils me jetaient ce regard inquiet, hostile, auquel les
juristes ont si souvent droit, comme si leurs clients soup-
çonnaient que de l'autre côté du bureau on essaie de
les rouler. Alors je reprenais tout à zéro, doucement,
j'espère, sans trop de condescendance, j'espère, tentant de
bien expliquer les choses. Il fallait qu'ils possèdent le

47

vocabulaire si on voulait éviter qu'ils soient là en témoins passifs dont on règle le sort avant qu'ils aient pu saisir de quoi il retourne.

Droit de visite en litige, dans ce cas, signifie que Graham Rossiter accuse sa femme et son nouveau compagnon de chercher à détourner les enfants de lui afin qu'ils renoncent à lui rendre visite deux week-ends sur quatre, plus une semaine à Noël et à Pâques, et trois semaines de vacances l'été, comme il avait été décidé entre sa femme et lui au moment du divorce.

Son ancienne femme s'appelle Christine, Christine Delauney maintenant qu'elle a repris son nom de jeune fille. Elle a des cheveux clairs relevés en torsade et elle porte un tailleur discret. J'en vois tellement, des tailleurs discrets. Et aussi des petites marques sur l'aile du nez, là où quelqu'un a enlevé un anneau sur la recommandation du conseil juridique. C'est comme ça. Quelquefois, c'est dans l'autre sens. Il y a quelques mois, une dispute a éclaté devant le tribunal d'instance parce que, quand le client et son avocat se sont retrouvés, avant l'audience, l'avocat, un homme, portait une boucle d'oreille.

« Que va penser le juge, un dossier présenté par un mec à boucle d'oreille ? » criait le client, et il a refusé de pénétrer dans la salle d'audience tant que l'avocat n'aurait pas enlevé sa boucle d'oreille. Ça ne l'a pas empêché de perdre son procès.

Depuis qu'il est entré dans la salle, Graham Rossiter n'a pas jeté un seul regard sur son ancienne femme. Christine dit qu'il se trompe s'il croit que Martin et elle ont le moindre intérêt à réduire le temps de visite des enfants. Martin et elle les encouragent au contraire à maintenir des liens forts avec leur père naturel, mais les enfants sont un peu réticents, c'est normal. En fait, Christine et Martin ont noté sur un agenda le nombre de fois où Graham Rossiter a dû s'absenter pour ses affaires à l'improviste, quand il était censé prendre les enfants pour le week-end.

Père naturel. Je tique sur la formule. Tout en consultant

le dossier je me dis : Pourquoi n'a-t-elle pas simplement dit « père » ? Le rapport de l'assistante sociale confirme que les enfants s'entendent bien avec Martin, et qu'ils l'ont accepté comme compagnon de leur mère. La relation entre Christine et Martin paraît tout à fait stable.

Toutes les formules éculées circulent, comme des pions dans un jeu que chacun croit pouvoir gagner. L'assistante sociale du tribunal est là aussi, son visage affiche une neutralité toute professionnelle. Il y a des avocats de part et d'autre. Tous dans cette salle nous disséquons les vies de Christine et de Graham, et de Martin qui n'est pas là, et des enfants qui ne sont pas là. Sur certains points nous approuvons, sur d'autres nous désapprouvons. J'ai une liasse de rapports devant moi, de l'assistante sociale, des écoles des enfants, du médecin généraliste qui a eu à traiter « l'énurésie persistante » de l'aîné. C'est barbare, cette terminologie, mais c'est tout ce que nous avons à notre disposition.

Quelquefois on ne peut pas s'empêcher de voir derrière les mots, de voir le petit garçon de neuf ans qui règle l'alarme de son réveil sur six heures pour aller mettre ses draps dans la machine avant que les autres enfants se réveillent. Le médecin appelle cela « un effort réussi de prise en main de la situation ». Et le petit garçon prend des douches, pendant une bonne demi-heure. Il est anxieux. Il a tout le temps peur, de façon phobique, de sentir l'urine.

Mais, pour une raison ou une autre, il manque le rapport de l'infirmière visiteuse. On l'a pourtant réclamé. Il n'y a pas d'explication : négligence, sans doute. Même si on a le rapport du médecin traitant, celui de l'infirmière aurait son importance. Le dernier enfant n'a que trois ans, et l'infirmière visiteuse a eu un rôle à jouer lors de la dépression postnatale de Christine. Celle-ci attribue sa dépression à l'échec de son mariage. Une fois qu'elle a eu rencontré Martin, une fois qu'elle a eu pris la décision de quitter son mari, elle a commencé à aller mieux. Je regarde le visage tendu de Christine, ses traits fins, son maquillage soigné, et la féminité du corsage blanc à jabot sous la veste de tailleur. Elle a dû mûrement réfléchir à ce qu'elle allait porter. Peut-être ont-ils choisi ensemble dans sa garde-robe, ou ont-ils acheté quelque chose pour l'occasion.

Une tension malsaine règne dans la salle. Graham Rossiter ne me fait pas confiance. Après tout, je suis une femme, j'ai à peu près l'âge de Christine. Peut-être que j'ai des enfants moi-même. Il porte des regards nerveux un peu partout, et il prend des notes dans un petit carnet de moleskine noire, comme un carnet de policier. Chaque fois qu'il a fini d'écrire, il me regarde, comme pour vérifier que j'ai bien remarqué ce qu'il faisait. Il ne laisse rien passer. Je n'ai aucun désir de lire ses notes.

La douleur me serre le crâne. J'ai également mal aux yeux. C'est la lumière. La lumière, une mauvaise nuit, et le fait que je n'ai pas eu le temps de manger ce matin. Il fait chaud, beaucoup trop chaud. La sueur me picote à l'intérieur de mes vêtements. La salle d'audience a beau être neuve, avec son bois blond, ses baies vitrées et ses coins arrondis, elle est mal conçue. Elle est faite pour impressionner le public, pas pour l'accueillir confortablement. Je sonne l'huissier.

« Est-ce qu'on pourrait ouvrir une fenêtre, s'il vous plaît ?

— Oui madame, bien sûr. » C'est un homme massif, on sent sa force physique, bien qu'il ait déjà un certain âge. Plus jeune, il devait être impressionnant, il devait même faire un peu peur. C'est quelqu'un qu'il fait bon avoir avec soi s'il est de votre côté, et bien sûr il est de mon côté. Nous le regardons tous. Ça réconforte de le regarder. La fenêtre à double vitrage pivote, et j'attends que l'air atteigne mon visage. Mais avant l'air entre le bruit. Le son geignard et répétitif d'une guitare électrique, une voix qui chante faux et qui hurle un blues.

Ce matin je me réveille,
J'avais du sang sur les mains-ains...

L'huissier se retourne, me regarde. Un sourcil épais se lève.

« Voulez-vous que je la referme ?

— Est-ce que ça vient d'une voiture ? »

Il regarde dehors, en prenant son temps. « Non madame, c'est un de ces... » Il fait une pause, gêné, comme s'il allait dire un gros mot. « ... chanteurs des rues. Nous sommes envahis cette année. »

Pendant qu'il parle, l'air parvient jusqu'à moi. Tiède mais frais malgré tout, il m'enveloppe le visage. À sentir à travers les fenêtres cette chaleur de plomb, on ne croirait jamais qu'il y a de la brise. « Laissons la fenêtre ouverte un petit moment, nous verrons bien. »

L'huissier cale la fenêtre.

Non, il va falloir renoncer. Le bruit a l'aplomb sans limites de la mauvaise musique. On ne peut plus se concentrer. Après avoir écouté durant quelques minutes l'infirmière à travers le son métallique de la guitare, je dis : « Ça ne va pas. Il vaut mieux refermer la fenêtre. »

Mais il y a de la sueur sur le front de Graham Rossiter. Il s'agit de ses enfants, de leurs enfants à eux deux. La situation est déjà assez désagréable pour eux, dont on examine les vies à la loupe. Faut-il vraiment subir ça ? L'huissier se penche vers moi.

« Si je peux me permettre une suggestion, madame. On pourrait le déloger. »

Nos regards se croisent. Son visage solennel est empreint de déférence et du souci de satisfaire mes désirs. Rien, fût-ce le plus petit détail, n'échappe à son attention dès qu'il s'agit de la bonne marche de la justice.

« Le déloger ?

— Je pourrais passer un coup de fil au commissariat. Ils enverront quelqu'un qui le fera circuler. Ça prendra cinq minutes. Je les connais bien. »

Il est courtois, mais avec un air de connivence. Il attend.

« Oui, je vous en prie, c'est une excellente idée », dis-je avec la même courtoisie. Parce que j'ai dit oui, un policier va venir taper sur l'épaule du chanteur de blues. Il lui fera ramasser sa guitare et l'amplificateur, et lui ordonnera d'aller ailleurs. Je me sens rougir, mais l'huissier est content. Il sort d'un pas pesant, mais sans faire de bruit, pour donner son coup de fil.

Ça ne prend pas longtemps. Bientôt nous avons l'air qui entre librement, et le silence qui règne dehors. L'après-midi se passe, le soleil s'adoucit et vire au jaune. Nous nous dirigeons, selon le schéma réglementaire, vers une audience plénière.

Cinq

Enfin j'arrive au bout de ma séance. Je suis fatiguée, d'une fatigue nerveuse qui m'accable quand je sors pour aller chercher ma voiture. Il n'y a plus du tout de vent, pas le moindre souffle, et l'air est chaud. J'enlève ma veste, le soleil caresse mes bras nus. Le parking est presque vide et à l'intérieur de la voiture flotte une odeur de plastique chaud. Tout d'un coup je manque de courage pour rentrer directement à la maison. Je reste là, assise, les clés à la main, et je réfléchis. Je vais marcher un peu, acheter le journal, puis prendre un café quelque part. Du temps précieux, vide, qui n'appartient ni au travail ni à la maison.

En refermant la voiture, je me sens coupable comme un voleur. Mais je suis ravie de traverser lentement le parking surchauffé, je me dénoue, je suis plus légère que je n'ai été de toute la journée, même si j'ai encore le porte-documents que je ne dois en aucun cas laisser dans la voiture. Peut-être, en fin de compte, que je n'irai pas dans un café. Il existe une promenade le long de la rivière où vont s'asseoir les gens à l'heure du déjeuner. Je n'y suis jamais allée, mais ce serait agréable d'être assise au bord de l'eau, sans même lire.

La rivière est une rivière de ville, tristement parquée

entre deux berges de béton. Les berges sont abruptes et tous les quelques mètres sont plantés dans le béton des montants métalliques : si quelqu'un tombait, il pourrait s'y accrocher jusqu'à ce que son propre poids l'entraîne de nouveau dans l'eau huileuse. Ça me fait penser aux pêcheurs qui n'apprennent jamais à nager. Ils ont raison, je crois. Il vaut mieux s'enfoncer vite, au milieu des remous de la tempête. Il vaut mieux ne pas se débattre. Il y a aussi un poste prévu pour une bouée de sauvetage, et une grande pancarte où l'on peut lire : « *Prière de ne pas saccager ce poste de secours. Il peut un jour VOUS sauver la vie.* » La bouée de sauvetage a été enlevée, et la corde qui la retenait pend mollement. Tout le long de l'eau se trouvent des bancs. Je les dépasse, pour aller plus loin que le béton, mais ça n'en finit pas, et ensuite on ne peut plus marcher parce que le chemin est interrompu par un amas de fil de fer barbelé. Je retourne sur mes pas.

Quand j'étais petite et que j'avais peur la nuit dans mon lit, ma mère me disait : « Trouve un nom pour tous les bruits que tu entends, et compte-les. Vois combien il y en a. Quand tu comprendras à quoi ils correspondent, tu n'auras plus peur. » Je comptais l'égouttement de la citerne, les pas dans l'escalier couvert de moquette dans la maison d'à côté, le sifflotement de l'homme qui promenait son chien dans la rue, la circulation au loin, comme un bruit de pluie. Il n'y avait pas beaucoup de circulation à l'époque.

« Seulement quatre ? Et la radio, et le bébé de Mme Roskowski ?

— Et tes bas », disais-je. J'entendais le frottement du nylon quand ma mère, assise au bord de mon lit, croisait les jambes dans le noir.

« Si tu écoutes bien, tu entendras le battement de ton cœur », disait ma mère. J'écoutais, la main posée sur ma poitrine. Je me rappelle à quoi ça ressemblait de toucher ma peau qui épousait la forme de mes côtes. Je ne pouvais pas croire que viendrait un jour où j'aurais des seins. J'avais six ans, j'étais intacte.

« Écoute. »

J'entendais mon cœur cogner contre mes doigts. Maintenant que ma mère était là, il battait plus lentement. Ça allait durer, durer. Ma bouche s'était entrouverte et je m'étais efforcée de trouver mes mots avant que le sommeil ne les avale.

« … dans tous les siècles des siècles », avais-je dit, et sous mes doigts mon cœur bougeait comme un amen destiné à moi seule.

« Pendant très très longtemps », avait dit la voix de ma mère.

Maintenant je ferme les yeux et je compte les bruits, mais il y en a trop, et je ne veux pas rester longtemps les yeux fermés, toute seule près de la rivière de la ville avec son chemin de halage en ciment et le soleil cru de la fin d'après-midi. On ne sait jamais qui peut passer par là.

Puis je me rappelle les lettres que j'ai fourrées au fond de mon porte-documents ce matin. Le facteur distribue le courrier par paquets de lettres entourés d'un élastique, et en général je feuillette rapidement la liasse en traversant l'entrée. Je cherche les factures et les lettres de la banque. Il vaut mieux ne pas les laisser à Donald, qui a toute la journée pour ruminer. Dès qu'il tombe sur ce genre de courrier, il part se promener sur la digue, tête baissée, poings serrés au fond des poches. Il ne supporte pas l'idée que, quelle que soit la somme réclamée par la banque, nous soyons obligés de payer. Il marche indéfiniment, perdu en lui-même. Quand les enfants rentrent de l'école, il se met en colère contre eux, mais c'est lui, en vérité, qu'il cherche à punir. Même en plein mois de janvier, lorsqu'il était seul à la maison, il refusait d'allumer le feu. Il marche trop, et il est trop maigre pour supporter le froid. Une fois, je lui ai acheté une boîte de Fingers au chocolat.

« Ne laisse pas les garçons mettre la main dessus. C'est pour toi.

— Qu'est-ce que tu crois que je suis, Simone ? Un enfant ? »

Un jour on a mangé des Fingers au lit. J'ai sucé les miens jusqu'à ce qu'il n'y ait plus de chocolat, et le centre pâle fondait en une pâte qui s'étalait sur ma langue. J'ai écrit mon nom en chocolat sur le ventre de Donald. C'est le genre de choses qu'on fait au moment où l'amour semble changer de qualité, où il devient plus domestique. Mais j'ai vu que ça ne plaisait pas à Donald. Il n'aime pas les cartes de la Saint-Valentin, et ça lui donne des haut-le-cœur, les couples qui s'appellent par des petits noms tendres. Il veut que tout dans la vie soit net, carré, adulte. C'est le genre d'homme qui veut bien baiser, mais embrasser, ça non.

J'ouvre mon porte-documents et j'en sors les lettres. Bizarre que je n'aie pas remarqué l'enveloppe par avion. Je la retourne, mais il n'y a ni nom ni adresse au dos. Ça vient des États-Unis, où habite mon amie Louise, mais l'adresse est tapée à la machine. Le cachet ne correspond pas non plus. Louise habite Seattle. Cette lettre-ci a été postée à New York. Mais en l'ouvrant, je continue à me dire qu'elle vient de Louise, surtout parce que c'est une de ces grandes enveloppes carrées cartonnées qu'elle utilise quand elle m'envoie des photos de ses enfants.

J'avais raison. Il y a des photos à l'intérieur, brillantes comme si on les avait développées hier. Tous les bruits que j'ai écoutés se réduisent à un seul, celui du sang qui bat dans ma tête tandis que je tourne les photos vers la lumière pour les examiner.

Je vois une fille aux cheveux longs dans une robe d'étamine, avec un collier en perles de bois qui pend entre ses seins. Sous l'étamine de coton, on devine les seins, ronds, pleins, sans soutien-gorge. La fille est assise sur une marche en bois et derrière elle il y a le rectangle noir d'une porte. Mais la fille est dehors dans la lumière d'un soleil d'été. Ses cheveux brillent de la même façon que les cheveux de mes enfants. Elle sourit, pas à l'appareil mais à quelqu'un qui se trouve sur le côté. Elle porte des tongs, et l'ourlet de sa longue robe s'enroule autour de ses chevilles. Je regarde les sandales, et je retrouve aussitôt la sensation de la languette de cuir entre mon gros orteil et l'autre doigt de pied. Au début, ça m'écorchait la peau. Quand j'enfilais les sandales et que je me mettais à marcher, la languette me brûlait. J'avais mis du sparadrap, mais nous passions nos journées à entrer dans l'eau et à en ressortir, si bien que la peau sous le pansement était toute blanche et boursouflée. Alors j'avais renoncé au sparadrap, j'avais laissé le sel me durcir la peau. Et les tongs avaient fini par ne plus me faire mal.

Il y a encore deux autres photos. Sur la première je suis assise près d'un feu de camp, je fais griller du poisson. Je tourne la tête vers l'appareil avec une petite grimace. La spirale de chaleur qui se dégage du feu en plein midi voile l'arrière-plan. Sur l'autre photo je nage sur le dos, on n'aperçoit que le rond de ma figure qui émerge, ma tête aux cheveux plaqués est rejetée en arrière. Il y a de tels reflets sur l'eau qu'on dirait que je danse dessus.

C'est l'ami de Michael. Calvin. Sûrement. C'est lui qui avait l'appareil. Il prenait tout le temps des photos. Il a dû les garder. Peut-être qu'il ne les a développées que maintenant. Et voilà qu'il me les envoie. Pourquoi ?

Je suis envahie par un sentiment de panique. La lettre a glissé sur mes genoux, une lettre pliée, tapée à la machine sur du papier pelure qui laisse voir les mots en transparence. Je l'ouvre. Pendant un moment je n'arrive pas à la lire. Je n'arrive pas à lire de façon que les formes où je reconnais des mots prennent un sens. Je regarde mes mains qui tiennent la lettre. Il y a sur la peau des petites marques blanches. Des cicatrices dues à de l'acide de batterie.

Je me suis brûlé les mains il y a deux ans en essayant d'aider une femme à sortir de sa voiture après un accident.

Elle était tête en bas, suspendue à sa ceinture de sécurité, elle n'était pas blessée. Il se dégageait une forte odeur d'essence, et j'avais peur que ça prenne feu. De l'acide de batterie s'était aussi répandu, mais je ne l'avais pas remarqué. C'était une route de campagne, et je m'étais retrouvée sur le lieu de l'accident comme on entre dans un rêve. Tout s'était soudain immobilisé autour de moi. J'avais mis mon frein à main sans m'en apercevoir. Ma portière a claqué. Il y avait du métal en travers de la route, et j'ai alors mentalement distingué deux voitures. Rien ne paraissait être à sa place. Au bout d'une seconde j'ai commencé à repérer où étaient les portières et à comprendre qu'il y avait un toit enfoncé et un corps suspendu tête en bas dans l'une des voitures, retenu par sa ceinture de sécurité. Dans l'autre voiture il semblait n'y avoir personne. On remarquait la qualité de l'air, sec, lumineux, puis l'odeur de caoutchouc brûlé et une odeur d'essence envahissante. Le silence était total.

La lettre commence par mon nom.

Simone. Oh, ça fait combien de temps que je n'ai pas dit ce nom ? Je l'ai prononcé tout haut en l'écrivant. J'avais presque l'impression de te parler. Tu as dû voir les photos. Elles sont belles, non ? Toi aussi tu es belle, tu ne trouves pas ? Je n'arrive pas à croire qu'on ressemblait à ça, et toi ? Tu as remarqué les perles que je t'avais données ? Je les avais achetées dans un petit bazar, et je t'avais dit que je les avais trouvées dans un atelier d'artisanat.

Simone, il y a si longtemps que je te cherche. Maintenant il faut que tu m'aides. Je ne te dirai pas comment je t'ai retrouvée, parce que tu n'as pas besoin de le savoir. Beaucoup de temps a passé, et j'ai eu une vie difficile.

Pas comme la tienne. Tu te demandes comment je sais ça ? C'est que tu as réussi, et en un sens ça ne m'étonne pas. Si tu avais été ce que tu avais l'air d'être, tu ne m'aurais jamais quitté. Ce sourire que tu avais. Un sourire éclatant et doux, lumineux, comme un sourire de bébé. Mais en fait tu étais dure, pas vrai ? Bien plus que moi. Je n'aurais jamais pu te quitter comme tu l'as fait, même si tu m'en avais fait voir. Tu ne t'es même pas retournée. Je te revois comme si c'était hier.

Je sais que tu penses que tout était de ma faute, mais les choses ne sont jamais si simples. Un jour je te raconterai ma version des faits. Pas maintenant. J'ai tellement attendu que je peux bien attendre encore un peu.

Mais est-ce qu'elles te plaisent vraiment, ces photos ? Si oui, j'en ai plein d'autres. Calvin m'a également donné les négatifs, je peux donc en tirer autant que je veux. Pour certaines, je ne peux pas les faire développer n'importe où. Tu vois sans doute ce que je veux dire.

Simone, sache-le, je n'ai jamais retrouvé une fille comme toi. Tu as des enfants, à ce qu'on me dit. Et tu es mariée.

Foyer, mariage, carrière, enfants. Tu as fait tout ça. Tout ce qu'on avait dit qu'on ne ferait pas. Tu te rappelles tous ces discours que tu me tenais, sur le besoin d'être libre ? De mon côté, il y a de quoi raconter.

Simone…

La lettre se termine comme ça, sur mon nom, comme une conversation qui a été interrompue. Mais qui va reprendre.

Deux personnes étaient mortes dans la deuxième voiture. Il y avait un tel silence, un tel calme. Mais tout d'un coup je me suis rendu compte qu'une grive chantait, et je l'ai vue dans la haie dénudée, où les brindilles étaient lourdes de gouttes de pluie. Quand la grive sautait sur une brindille, elle secouait les gouttes, qui étincelaient. Le soleil s'était montré, alors l'oiseau avait chanté. Tout simplement. La femme que j'avais extraite de sa voiture n'arrêtait pas de pleurer et de trembler. Je commençais à avoir mal aux mains là où l'acide m'avait brûlée, et puis une autre voiture s'est arrêtée, et c'était un homme qui avait un téléphone portable. Après avoir jeté un regard à l'intérieur des deux voitures, il a appelé l'ambulance, puis il a escaladé la haie et il a traversé deux champs pour aller jusqu'au ruisseau en contrebas. Il avait emporté son bidon d'essence, et il a ramené de l'eau pour laver l'acide sur mes mains. Quand il est revenu, il avait de la boue plein ses vêtements. Le bord du ruisseau devait être glissant. Je me suis demandé si la boue sur sa veste s'en irait en séchant, ou s'il devrait la porter au pressing, et si je devais lui proposer de payer. Il m'a fait asseoir, m'a pris les mains, les a retournées et les a lavées avec délicatesse.

« Et les gens de l'autre voiture ?

— Ne regardez pas, nous ne pouvons rien pour eux, a-t-il dit.

— Pardon, pardon, oh pardon », ne cessait de répéter la femme impliquée dans l'accident, et elle pleurait la bouche ouverte, son visage maculé tourné vers le ciel blanc comme s'il y avait là-haut quelqu'un qui pourrait tout effacer. Et puis on a entendu les sirènes.

« Bon, ça ne sert à rien de répéter ça », a dit l'homme. Il parlait avec rudesse, mais lui avait vu ce qu'il y avait dans l'autre voiture, et il ne pouvait pas trop compatir avec celle qui était encore en vie. Et il devait, j'imagine, penser qu'elle était responsable de l'accident. D'après mes souvenirs, tout ce qu'on savait à ce moment-là, c'est qu'elle était la seule à avoir survécu.

Six

Je roule vers le sud puis vers l'est et trouve un ciel pluvieux. Il y a encore dans les nuages des fenêtres qui laissent passer de pâles traînées de soleil, mais au-dessus du marais il pleut déjà fort. Je frissonne, et je serre le volant de mes deux mains. J'ai attrapé froid en restant trop longtemps assise la lettre à la main, puis en retournant lentement au parking, tout ankylosée. Il n'y avait plus une voiture à part la mienne. Les rues avaient l'air d'un décor vide. Tout d'un coup, j'ai eu un sentiment de panique, comme si j'avais passé un an ou davantage au bord de la rivière, à laisser le temps s'écouler à la place de l'eau. Comme si Matt et Joe risquaient de n'être plus là, remplacés par deux garçons plus âgés, aux yeux fermés.

Je roule vite sur l'autoroute à double voie, je dépasse le vieux poteau indicateur, et je prends la route qui longe la mer. Elle est protégée à cet endroit par des aubépines et des saules penchés dans le sens du vent. Puis cette protection s'atrophie et on a de chaque côté les vastes étendues de marais drainés, peuplées de moutons et de l'ombre des nuages. La route a été construite plus haut que le niveau de la terre, et il y a des deux côtés des fossés où poussent des joncs. Les moutons ne sont pas censés escalader les fossés, mais parfois ils le font. Ils se plantent au bord de la route, leur toison cardée par le vent, leurs yeux noirs et stupides fixés sur les voitures qui passent. Il n'y a pas moyen de savoir dans quel sens ils vont bondir. Ils n'ont pas l'air de le savoir eux-mêmes. Le monde entier étonne les moutons, y compris leur propre nature. Alors je conduis lentement, en surveillant la route, tandis que le vent déchire des lambeaux de nuages. À ce stade du retour, la route semble se rassembler pour le ciel, comme une piste d'envol. Sans le faire exprès, je conduis plus vite. Le vent geint dans le système de ventilation. J'aime cette sensation que provoque au bas des reins l'accélération au moment du décollage, quand l'avion file sur la piste et qu'il n'y a pas de retour en arrière possible, on ne peut plus que voler, ou rater l'envol.

J'ai terriblement peur. Ce n'est pas seulement la lettre, l'objet qui est là, bien rangé au fond de mon porte-documents. Je suis forcée de croire que c'est Michael qui a plié ces pages, qui les a fourrées dans l'enveloppe cartonnée, qui a collé le rabat et les timbres. La sueur de son doigt et l'humidité de sa salive sont là, dans cette voiture, avec moi. Il est parvenu jusqu'à moi. Ça me fait penser à ces criminels piégés par l'ADN inscrit dans les traces de salive et de sperme qu'ils ont laissées derrière eux.

Je ne connais plus la langue ni les mains de Michael. Je ne peux pas me le représenter tel qu'il est aujourd'hui. Quel est le genre d'homme qui attend vingt ans pour envoyer, au bout de tout ce temps, une lettre ? Le ton qu'il emploie me fait peur. Cette familiarité inquiétante, comme si nous avions partagé le même sac de couchage deux jours plus tôt. Ou que nous n'ayons pas cessé de bavarder au cours de ces vingt ans, que j'aie posé le téléphone et que je vienne seulement de le reprendre. Pendant ce temps-là, il n'a pas cessé de me parler. Il m'a caressée dans une vie qui, je l'ignorais, était la mienne. Dans sa tête, je parlais et je souriais. C'est la même impression que d'être suivi par quelqu'un qui, chaque fois que vous vous arrêtez, s'arrête pile, et il faut vous retourner pour vérifier que ce n'est pas un simple écho de vos pas. Mais vous n'osez pas vous retourner.

J'ai tellement attendu que je peux bien attendre encore un peu. Mais est-ce qu'elles te plaisent vraiment, ces photos ?

Ces photos. Ils étaient toujours ensemble, Michael et Calvin. Calvin ne nous laissait jamais tranquilles.

C'était une journée chaude et calme de la fin août. La saison tirait à sa fin, et Michael était moins occupé. Il avait trouvé un vieux tub en fonte émaillée et il l'avait transporté dans le jardin, derrière le cabanon. Nous n'avions pas de tuyau d'arrosage, alors on avait transporté l'eau à la main pour la verser dans le tub. Dans le jardin, il y avait de l'ombre. Ça sentait le sapin. Une fois le tub rempli, j'avais enlevé ma robe et j'étais entrée dedans. L'eau était froide, rafraîchissante après cette journée poisseuse. Michael avait une écope, il la remplissait et me versait l'eau sur la tête, si bien que j'avais la figure dégoulinante et les cheveux qui collaient. Il avait continué jusqu'à ce que j'aie froid partout, et que je frissonne. Je m'étais mise à genoux, et je l'avais attiré contre moi. Il portait sa chemise bleue à carreaux, qu'il appelait une chemise écossaise. Le col était ouvert. Je lui ai courbé la tête, ses cheveux sont tombés en avant, lui dégageant le cou. À cet endroit-là, la peau était plus pâle, parce que toujours à l'abri du soleil. J'ai pris l'écope et j'ai versé l'eau de son cou jusqu'à ses cheveux. Alors il a enlevé sa chemise. La lumière était verte, opaque, elle se frayait un chemin à travers un rideau de feuillage. Quand l'eau éclaboussait par terre, ça sentait l'humus. La lumière vibrait sur les épaules nues de Michael. Sa peau brillait. Je crois bien qu'il riait. En tout cas, il avait les yeux fermés, et je crois me rappeler le bruit d'un rire. Il me laissait faire ce que je voulais. Je l'arrosais, c'était mon bébé. Je me suis mise à lécher l'eau sur la bosse de son épaule, là où le muscle faisait saillie.

C'est à ce moment-là qu'on a entendu la porte du jardin grincer, et on a vu apparaître Calvin.

« Qu'est-ce que vous fabriquez ?

— On rigole. »

D'un coup, Michael avait pris ses distances, le visage fermé, s'essuyant la figure. J'ai tendu la main vers ma robe.

La route fait des méandres en suivant les courbes de la côte, bien qu'on soit encore à trois kilomètres de la mer. Je suis presque arrivée. La route coupe le village, passe devant l'école vide, les maisons alignées, une voile battante qui sèche sur une corde à linge. Le village n'a rien de joli. On le traverse en voiture et on l'oublie aussitôt, sauf si on vit là. C'est la lumière qui le rend beau. Il y a tellement plus de ciel que de terre, et le ciel change si vite que parfois on dirait que c'est la terre qui bouge. Il s'est mis à pleuvoir pour de vrai, et les maisons respirent le confort du thé et de la télévision. Les garçons doivent être là.

Je fais crisser mes pneus en abordant le dernier tournant et j'accélère, j'ai hâte de les retrouver, de les serrer dans mes bras, mais eux n'en auront aucune envie. Ils rentrent de l'école avec mille histoires à raconter, mais je ne suis jamais là. Quand j'arrive, ils sont collés devant la télévision, et ils ne veulent rien d'autre que continuer à la regarder, vautrés sur leurs poires et enveloppés dans un duvet parce qu'il fait toujours froid dans la maison. Ils sont tout près l'un de l'autre, mais Joe a son territoire et Matt le sien. Ils se bagarrent si l'un des deux dépasse une frontière qu'eux seuls sauraient définir. Il y a toujours autour des poires un fouillis de paquets de chips, de peaux de banane, de trognons de pomme et de papiers de bonbon. L'enfance, c'est le bordel, et ils adorent ça.

C'est chez moi, et il sait où c'est. Personne n'a fait suivre cette lettre. Elle est arrivée directement, bien tapée à la machine.

Beaucoup de temps a passé, et j'ai eu une vie difficile.

Pas comme la tienne. Tu te demandes comment je sais ça ? C'est que tu as réussi.

Je devrais m'arrêter. Il faut que je réfléchisse. Il faut que je relise cette lettre. Mais je suis tout près de la maison, je ralentis, je passe en cahotant le barrage à bétail, je pousse les essuie-glaces au maximum pour qu'ils balaient la pluie qui s'est mise à tomber à verse. J'espère que Donald n'a pas oublié de placer le seau au bon endroit sous le plafond de la salle de bains. Il y a une fuite à l'endroit où deux tuiles sont disjointes. Il faudra que j'aille tout de suite vérifier. Je prendrai une douche s'il y a de l'eau chaude. C'est de ça que j'ai envie, de laver à grande eau toute la crasse de la journée avant de retrouver les enfants. Mais le lourd portail qui est censé empêcher les moutons de pénétrer dans le jardin est grand ouvert. L'Escort rouillée de Donald n'est pas là.

Il n'y a pas de mot sur la table. La maison est silencieuse, plongée dans le noir. Je jette un coup d'œil dans le living-room, les poires des garçons sont encore tout bien retapées comme je les ai laissées la veille au soir. Pas de duvet, pas de détritus par terre. La cuisine est propre, rien ne bouge. Ils ont dû aller faire des courses, ou alors j'ai oublié un rendez-vous. Mais je me surprends à écouter comme s'ils étaient quelque part dans la maison. Je monte à l'étage, avançant d'un pas léger et en rasant le mur. La porte de la salle de bains est entrouverte, et c'est de là que vient le bruit. Dès que je l'ouvre en grand, je sais de quoi il s'agit. Le ploc-ploc de l'eau qui tombe sur le linoléum. Donald a oublié de mettre le seau. Mais je remarque quelque chose. Une pile de serviettes, sortie en hâte de l'armoire à sécher le linge et jetée en désordre par terre. Je redescends. Dans la cuisine, je m'aperçois aussitôt que le téléphone mural est décroché. Il est muet. Je le raccroche, puis je débranche la bouilloire électrique, qui est encore tiède, et je vais la remplir à l'évier. L'eau qui fuse fait un bruit fracassant, et je ferme très vite le robinet, comme si ce bruit pouvait en cacher d'autres plus importants.

Personne n'arrive. Je fais du thé, puis je me lave rapidement, je mets des pommes de terre à cuire au four, et je prépare un feu dans le living-room. Je me dis que je devrais peut-être laver le sol de la cuisine, qui a l'air sali, mais je suis trop énervée. Le vent projette la pluie contre les fenêtres, et, quand j'ouvre la porte de derrière, j'entends aussi la mer, qui bat au loin. Une fumée de pluie recouvre le marais. Le chemin est jonché de feuilles arrachées. Qu'est-ce qu'ils font dehors par un temps pareil ? Ils n'ont même pas pris leurs vestes.

Je ne peux pas travailler, je ne peux pas manger. Je vais chercher mon porte-documents et j'en sors la lettre. Je la relis d'un bout à l'autre, y cherchant des indices, la lisant comme si c'était un document dans une affaire. Puis je la replie et je la remets dans son enveloppe.

Quand la voiture finit par arriver, perçant la pluie avec ses phares allumés, je suis au-delà de l'inquiétude. Dans ma tête, les enfants et Donald sont déjà morts au moins cent fois, mais je sais que j'ai l'air calme quand je sors à leur rencontre. Les garçons sont assis à l'arrière, serrés l'un contre l'autre. Matt a le bras passé autour des épaules de Joe, et Joe a un gros pansement sur la tête. J'ouvre brutalement la portière.

« Qu'est-ce qui s'est passé ?

— Tout va bien. Ils se balançaient sur le portail et la barre de métal a heurté le crâne de Joe. On est allés aux urgences pour le faire recoudre.

— Il avait le crâne qui saignait, qui saignait. Il a fallu que j'appuie dessus avec une serviette pendant tout le trajet, hein, papa ? Et on a été obligés de jeter la serviette.

— Mais ça va ?

— Oui oui. Ils ont fait une radio, c'est ça qui a pris du temps.

— Ils m'ont d'abord fait des points de suture à l'intérieur de la tête, et puis ils ont recousu l'extérieur, dit Joe.

J'ai eu quatorze points de suture. Quand on les enlèvera, l'infirmière va me les donner dans un petit sac en plastique pour que je puisse les garder. »

On les fait rentrer dans la maison. Les garçons sentent l'hôpital et le chocolat. Donald a l'air épuisé.

« J'ai froid, dit Joe.

— Je vais allumer le feu. Hé Matt, monte vite chercher les duvets. Vous goûterez devant la télévision, ça vous fera plaisir, non ?

— Je veux retourner dans notre ancienne maison, dit Matt, et il se met à pleurer.

— Je ne pourrai pas aller en classe demain, hein, papa ? » dit Joe fièrement, et Matt pleure encore plus fort. Je les attire vers moi, un de chaque côté. Je les serre contre moi, avec leur odeur, le désinfectant, leurs cheveux qui ont besoin d'être lavés, leur peau, leur haleine au chocolat. Je vois un peu de bave au coin de la bouche de Matt tandis qu'il pleure. Ils sont délavés par le choc et la fatigue. Je les serre contre moi, pour écraser le mal qu'ils ont subi.

« On m'a rasé les cheveux, dit Joe.

— Ça repoussera, répond Donald. Pour l'amour du ciel, Simone, ne dramatise pas. Les garçons vont bien. Tu n'étais pas là. Ça n'est pas toi qui as eu à faire face.

— C'est pour ça qu'il y avait des serviettes par terre, dis-je stupidement.

— Oui, et je vais te dire quelque chose. C'est ce brave Matt qui a essuyé le sang sur le carrelage de la cuisine pendant que je mettais Joe dans la voiture. "Si maman voit ça, elle va mourir de peur", voilà ce qu'il a dit. Alors ? »

Matt se tortille contre son père, il frotte sa tête contre le sweater de Donald. Et j'ai un petit coup au cœur parce que c'est si rare qu'on pense à complimenter Matt, Matt qui est l'aîné et le plus pataud des deux, celui qui réclame pour eux deux le droit de se coucher plus tard et le partage équitable de la dernière pêche au sirop, qui supporte Joe semaine après semaine et puis qui soudain,

68

sans qu'on sache pourquoi, lui tombe dessus sauvagement, et du coup se fait punir.

Quand j'ai eu des enfants, mon premier choc a été de découvrir que ce ne serait pas un sacrifice de mourir pour eux. Ce serait plus facile que de vivre sans eux. Je lâche les garçons, je m'agenouille et je fais prendre le feu avec une allumette.

« Est-ce que je peux avoir un lapin nain ? demande Joe. La lapine d'Andy Collett a eu six bébés aujourd'hui, et elle en a mangé qu'un seul. »

Quand les enfants sont endormis, Donald vient s'asseoir près du feu. Il apporte une bouteille de whisky non entamée. *Pas de commentaires*, disent ses yeux. *Ne dis rien.* Il remplit deux verres et nous buvons.

« Reprends-en.

— Pas tout ça. Je commence de bonne heure demain matin.

— Comme d'habitude.

— Eh oui. »

Il finit le second verre et garde les yeux fixés sur le feu.

« On lui a mis ce truc sur la tête, comme une petite tente avec un carré découpé à l'endroit de la blessure. Dieu sait pourquoi. Mais elle était bien, la femme qui l'a opéré. La façon dont elle allait chercher à l'intérieur de la plaie. On aurait cru ma mère en train de rattraper une maille de son tricot. Elle a dit qu'une coupure aussi profonde, ça ne servait à rien de recoudre l'extérieur tant qu'on n'avait pas fermement raccordé les chairs en dessous. Maintenant, ça va pouvoir se cicatriser sans problème. Ils sont bons, dans cet hôpital.

— On a l'impression que ça t'étonne.

— C'est quand même un tout petit hôpital. J'ai failli m'évanouir. »

Il dit ça sans changer de ton, sans me regarder.

« Allons bon, quand ça ?

— Dans la salle d'opération. C'était les lumières, et

l'odeur. Je ne supporte pas cette odeur d'hôpital. Et puis elle trifouillait dans la tête de Joe.

— Et alors ?

— Ça a passé tout seul, je crois que personne n'a remarqué. »

Il sourit, remplit à nouveau le verre. « Reprends-en.

— Non merci. »

Il boit. « Rappelle-toi quand ils sont nés. Cette partie sur le sommet de leur crâne qui battait.

— Oui. »

Je me souviens. Ce monde scellé, bouillonnant de vie.

Il a la main posée sur ma jambe, elle se resserre sur ma cheville. « Pourquoi est-ce que tu es tout le temps en jean ?

— Parce que ça me tient chaud. »

Il s'agenouille en face de moi. Ou on va baiser, ou il va pleurer. Sur le moment, je ne saurais pas dire lequel des deux serait le pire.

Tard dans la nuit, je me réveille et je vais voir comment va Joe. Sa porte est ouverte, et Matt est là aussi, en travers du lit de son frère endormi. Joe a dû appeler, et il l'a entendu avant moi. Il y a encore des relents d'hôpital dans l'air. Je me penche et je les écoute respirer, et je ramène le duvet sur eux. Ils se sont rapprochés dans leur sommeil, et Matt ronflote doucement contre le cou de son frère.

Une fois, je les ai vus venir vers moi dans le coucher de soleil. L'air était plein de poussière de blé, la lumière dense. Ils se tenaient par les épaules, il avaient les cheveux perlés de sueur d'avoir couru. Ils étaient cerclés d'or. Puis ils se sont rapprochés et j'ai retrouvé mes petits garçons, qui se chamaillaient, se disputaient mon attention.

Je reste assise un long moment sur le bord du lit de Joe. J'aimerais mieux mourir que de laisser quelqu'un troubler leur sommeil fraternel.

Sept

Toute la nuit je me réveille et je me rendors, et je pense à la lettre. J'ai toujours adoré les lettres. C'est parce qu'elles ont été touchées par la personne qui les envoie. Les fax, le courrier électronique, ce n'est pas pareil. Les lettres portent l'odeur de l'expéditeur. Elles ont été manipulées, pliées, léchées. Même l'enveloppe la plus glacée porte la marque imperceptible des empreintes digitales. Les timbres sont oblitérés par le cachet de la poste. Et les mots à l'intérieur gagnent en réalité à chaque minute. Vous pouvez vous imaginer votre lettre jetée dans un sac par un employé fatigué qui fait des heures supplémentaires, puis s'acheminant vers l'ouest par le courrier de nuit. Toutes ces mains qui trient, soupèsent, transportent, tandis que le train éclairé poursuit sa route en traversant des villes endormies, un monde qui jusqu'à demain ne pense plus aux mots. Le train sort du long tunnel de la nuit et émerge dans la lumière de l'aube. Le mystère de toutes les adresses possibles se ramène à un seul facteur avec sa sacoche et ses pas qui peuvent s'arrêter devant chez vous, ou pas.

Je dis que j'adore les lettres. J'ai toujours dit ça, mais ce n'est plus vrai maintenant. Quand j'entends le facteur devant notre portail, j'ai peur.

Il y a encore une lettre. Je la prends en vitesse, je l'emporte dans la salle de bains, et je ferme la porte à clé. Au début, j'ai l'impression que les feuillets sont vierges.

Puis je vois ce qu'il y a d'écrit au bas d'une page, d'une petite écriture ronde.

« *Tu as oublié plein de choses.* »

Et sur le deuxième feuillet : « *Mais moi pas.* »

Il y a encore une photo. Elle montre la même fille qu'avant, joue contre joue avec une autre femme, plus grande, toutes les deux coquettes, posant, minaudant devant l'appareil. La femme plus grande est très maquillée, elle porte un sweater qui met en valeur ses seins et une jupe longue en satin. Elle a des cheveux blonds crêpés, massés sur le haut de sa tête.

Je suis assise sur le couvercle des toilettes. J'entends un bruit de papier froissé, et en baissant les yeux je vois le papier pelure qui tremble entre mes mains. Je me souviens.

Je n'ai encore jamais rasé un homme. Seulement mes jambes, ce que je fais consciencieusement chaque matin, même si j'ai l'intention de mettre un jean. Michael est assis, tête rejetée en arrière, sur le fauteuil de bois, les yeux fermés, les lèvres arrondies. Il remue les lèvres.

« Vas-y, dit-il. Rase-moi de près. De tout près. »

J'ai une bassine d'eau chaude, du savon à barbe, le rasoir. Je lui mets de la mousse sur le visage et je commence à le raser à grands coups légers, guidant la lame pour lui faire suivre les contours que je connais si bien. Je rase, je rince, je tapote avec une serviette pour sécher la peau. Michael se passe le pouce sur la mâchoire. « On sent encore l'homme là-dessous, dit-il. Il faut que tu attaques le poil de plus près. »

Je suis debout devant lui, les jambes écartées de chaque côté de son jean. Je ne bouge pas, je le regarde droit dans les yeux, de si près qu'il perd toute expression. Je touche la peau de sa mâchoire. Je sens l'os sous la surface. Le rasage ne peut pas effacer l'os sous l'épiderme. Je me demande si « sentir l'homme là-dessous », ça vient de l'intérieur, ou si ça peut se contrefaire.

Je repasse de la mousse, et je rase d'aussi près que je peux. La mâchoire, les joues, le menton, la lèvre supérieure. Et puis la lame rencontre un obstacle, il y a une minuscule entaille et une petite bulle de sang bien rouge jaillit.

« Tu m'as coupé, dit Michael.

— Ce n'est rien. Juste un peu de sang. »

Je m'y fais, petit à petit. Je lui essuie à nouveau le visage et je touche sa peau. Il est lisse et doux comme un bébé. Michael ouvre les yeux.

« Parfait, dit-il. Allons-y. »

D'abord, le fond de teint. Ce n'est pas le mien, parce que je ne me maquille jamais, mais j'ai été dans un drugstore et j'ai choisi avec soin une couleur qui s'accorde à celle de sa peau. J'étale la pâte épaisse sur son visage et je la fais pénétrer. Il prend une teinte uniforme, c'en est presque inquiétant. On dirait un candidat à la vice-présidence qui passe à la télé.

« Lève les yeux. »

Je trempe le bâtonnet dans le mascara, je lui en effleure les cils. Il sursaute, cligne des yeux. Une femme resterait tranquille. « On va laisser cette couche sécher, et puis je t'en remettrai une autre. » Même au naturel, Michael a des cils longs et épais, et avec du mascara ils s'allongent comme des cils à la Bambi. Quelqu'un m'a dit un jour que les enfants atteints d'un cancer avaient des cils plus longs que la normale. Des choses comme ça, je ne les oublie pas. Je souligne ses yeux d'un trait de khôl, je les allonge aux coins, puis j'applique du fard sur les paupières. Maintenant, il a un visage de pharaon.

« Ça serait mieux si je t'épilais les sourcils. Ce serait plus élégant.

— Tu rigoles ?

— Non. En tout cas, je pourrais les égaliser un peu. »

Je sors la pince à épiler et je m'y mets. Il sursaute et se redresse. « Bon Dieu, Simone, qu'est-ce que tu fabriques ?

— Je fais de toi une beauté. Penche la tête en arrière. »

Il obéit en maugréant. J'arrache encore quelques poils, qui ont chacun à la base une petite boule de graisse transparente. Il garde les yeux fermés pour ne pas me voir approcher avec la pince. J'attrape un poil entre les deux branches, je vérifie que je le tiens bien, et je tire dessus d'un coup sec et doux à la fois. La peau rougit. J'ai l'impression de n'avoir jamais rien fait d'aussi intime avec Michael. J'ai les mains moites dans la touffeur de ma chambre aux volets fermés, avec la lumière électrique crue qui donne en plein sur le visage de Michael.

Le blush, puis le rouge à lèvres. Ça, je le garde pour la fin parce que je sais que ça va être le clou. Je dessine le contour de ses lèvres, j'applique une couche de Ruby Ruby, je l'essuie avec un Kleenex, puis j'applique une autre couche. C'est un rouge à lèvres cher, il glisse en douceur, il brille, bien plus que ceux que je m'achète pour moi. De toute façon, j'en mets rarement. J'aime avoir les lèvres pâles.

Sa bouche est appétissante. « Ne bouge pas. Je vais chercher une glace. »

Je tiens la glace devant lui. Il s'examine, puis il pose un index à chaque coin de sa bouche, et étire ses lèvres en un sourire. Il secoue la tête à droite et à gauche comme un clown.

« Arrête, tu vas abîmer le maquillage. Je vais chercher la perruque. Ça va être drôlement bien. »

C'est une perruque blonde en nylon, très ordinaire. Michael est venu la choisir avec moi, il a fait l'idiot, il se l'enfonçait sur la tête, la vendeuse rigolait avec nous. On lui a expliqué que c'était pour un bal costumé. Maintenant j'ai l'impression d'être un chirurgien, à la tenir, à regarder le filet à l'intérieur qui la maintient sur la tête. J'incline le miroir au bon angle pour pouvoir voir ce que je fais tout en gardant les mains libres. Mon visage dans le miroir est calme et sévère cependant que je mets la perruque en place.

« Tu ne t'y prends pas comme il faut », dit Michael. Il ajuste en douceur le ruban, en tirant un peu dessus pour qu'il vienne se placer à la naissance des cheveux. On croirait qu'il fait ça tous les jours. Et tout d'un coup la perruque a l'allure qui convient, qui va avec le maquillage exagéré, et les lèvres qui font la moue tandis que Michael plisse les yeux pour s'observer dans la glace. Il plonge son regard en lui-même.

« Seigneur ! minaude-t-il d'une voix flûtée. Vous êtes ravissante, ma chère. » Puis, d'une voix profonde comme à l'église : « Sei-gneur.

— Tu es magnifique.

— N'est-ce pas. »

Sans se quitter des yeux, il écarte les lèvres, humecte de sa langue le rouge brillant. Il se met à chanter, d'une voix rauque et bien posée :

« Un deux trois,
Pourquoi est-ce qu'on se bat ?
Je n'en sais rien, et j'm'en fous bien. »

« C'est pour vous, madame, qu'on se bat », dit-il à son double dans le miroir. Il n'y a que les yeux qui ne vont pas. À l'intérieur de leur cerne de mascara, ils sont nerveux. Je suis derrière lui, à regarder moi aussi. J'ignore si c'est moi ou lui-même qu'il regarde.

« Tu ne te battrais pas pour ça, mon chou ? me demande-t-il. Tu ne te battrais pas pour une fille comme moi ?

— Ni pour toi ni pour rien, dis-je. Allez, habille-toi.

— Je comprends que tu dises ça. C'est ce qu'une fille doit dire. » Il s'exerce à répéter mes paroles. *« Ni pour toi ni pour rien. Ni pour toi ni pour rien. »* La première fois, l'intonation est mièvre, genre oie blanche, attention vous allez salir ma robe. La seconde fois, le ton est neutre, dur. Puis il me dit : « Mais tu n'y crois pas.

— Qu'est-ce que tu veux dire ?

— Tu te battrais pour tes gosses.

— Je n'en ai pas.

— Tu te battrais. Je te connais. » Il me regarde. « Tu te bats déjà.

— Contre qui ?

— Calvin.

— C'est pas vrai.

— Mais si, c'est vrai. Et tu ne vas pas gagner. »

Il prend un petit coton, se penche, enlève un grain de mascara au coin de son œil.

On n'a pas procédé dans le bon ordre. Lui mettre son sweater maintenant va écraser la perruque et abîmer le maquillage. Je passe les bras dans le col du sweater pour l'élargir pendant qu'il l'enfile par la tête. Je déboutonne sa chemise, et il s'en débarrasse d'un mouvement d'épaule. On n'a pas encore le soutien-gorge, mais on l'aura quand Calvin viendra prendre les photos. C'est difficile d'en trouver un qui soit assez grand pour la largeur de son dos, avec en même temps des bonnets pas trop profonds qu'on puisse bourrer de coton pour bien montrer la rondeur des seins sous le sweater. Mais j'en fais mon affaire. J'ai terminé la jupe. Je l'ai faite moi-même, je l'ai découpée en suivant un vieux patron de jupe du soir de *Vogue* que j'ai déniché dans une brocante. J'ai acheté du satin rouge, pas cher, brillant, et difficile à manier, et j'ai cousu la jupe sur une Singer à fonctionnement manuel. Le satin n'arrêtait pas de glisser et de se gondoler sous le pied-de-biche, si bien qu'il a fallu que j'arrache la couture et que je recommence. Le travail lui-même ne m'ennuyait pas, mais la lumière qui se reflétait sur le tissu me faisait mal aux yeux. J'ai tenu bon, et j'y suis arrivée.

En apportant la jupe rouge à Michael, je caresse le satin. Il s'accroche à la peau de mes doigts, qui sont rugueux à force de tirer le bateau jusqu'aux galets de la plage. Michael s'extirpe de son jean, et je l'aide à se faufiler dans la jupe étroite. Elle tombe jusqu'à ses pieds, mais malgré ça je me dis qu'il vaudrait mieux qu'on lui rase les jambes. Ce serait plus complet.

« Tu peux pas faire ça, Simone. Qu'est-ce que je vais raconter aux gars ?

— Tu inventeras quelque chose. »

Il est là debout dans le satin rouge, comme le loup habillé en femme dans les contes de fées. Tout est hors de proportion : la taille est trop épaisse, les cheveux sont lourds, d'un blond terne, couleur paille comme dans les photos de Myra Hindley. Je le vois comme si ce n'était pas Michael du tout, mais un étranger qui s'apprête à me prendre au piège. J'ai la conscience aiguë de ce qu'il y a sous la jupe. Son pénis, ses testicules, ses cuisses qui sont si lourdes entre les miennes.

« Putain, comment on marche dans un truc pareil ? » demande-t-il.

Mais je ne sais pas quoi lui répondre. Moi-même, je ne porte jamais ce genre d'habits. Je porte des jeans et des jupes souples, flottantes. Je porte du coton et de l'étamine. Je n'ai jamais acheté de vêtements ajustés de ma vie, ni de talons hauts. Pour moi, c'est comme un uniforme. J'ai parfois été assise sur les genoux de ma mère, j'ai senti son corsage raide qui me piquait. Je me suis parfois dandinée dans la rue sur ses talons aiguilles. Mais je n'ai pas choisi de suivre ses traces dans ce domaine.

Michael fait un pas en avant et me prend par la main. « Dansons », dit-il. Quand il est debout, ses lèvres rouges, humides, arrivent à la hauteur de la naissance de mes cheveux. La perruque blonde cogne contre ma joue, et l'épaisse couche de maquillage commence à suinter. Il baisse les yeux puis il passe ses bras autour de moi et me tient fermement. Chaque fois que Michael me serre contre lui, je ne peux pas m'empêcher de penser au mal que j'aurais à me dégager. Il me colle contre lui et je respire

77

l'odeur des produits de beauté, cette odeur écœurante qu'on trouve dans les grands magasins avec des filles en blanc qui se tiennent derrière les comptoirs comme si on allait les opérer. Sa hanche me rentre dedans. Nous commençons lentement à tourner en rond. Je ferme les yeux et il ne reste rien d'autre que le mouvement, l'odeur entêtante et sucrée, et sa voix à mon oreille qui fredonne comme si c'était une chanson d'amour :

> « *Un deux trois,*
> *Pourquoi est-ce qu'on se bat ?*
> *Je n'en sais rien et je m'en fous bien,*
> *Le Vietnam, c'est là qu'on s'arrête,*
> *Cinq six sept,*
> *Le paradis est grand ouvert,*
> *Allez les gars faut pas s'en faire*
> *On va tous y laisser not'peau.* »

En tournant, il me fait basculer vers son autre hanche, nos lèvres se rapprochent et je sens son haleine parfumée de rouge à lèvres. Nous tournons, tournons toujours. Il fait chaud dans la chambre et il y a des choses qui traînent par terre, des sous-vêtements, des chaussures, des livres, des tasses à café. Je n'ai pas encore appris à mettre de l'ordre. Nous traînons des pieds, nous respirons fort et vite.

Michael s'arrête. Il pose ses mains sur mes avant-bras et les tient serrés. La perruque est de travers. Ce n'est pas une très bonne perruque. On aurait dû dépenser un peu plus d'argent. Michael est rouge, il transpire, il a l'air fatigué. Il me lâche et cherche à tâtons la fermeture de la jupe, là où j'ai cousu des agrafes. Il tire sur la fermeture éclair et laisse tomber la jupe en tapon par terre. Ça n'a plus l'air de rien. Un chiffon rouge.

« Ne l'abîme pas, dis-je. N'oublie pas que Calvin veut prendre des photos. »

Calvin va nous photographier tous les deux ensemble.

Aujourd'hui, c'est une répétition, parce que je veux être sûre que nous saurons ce qu'il faut faire quand nous nous exposerons devant Calvin. Michael glisse un pied sous la jupe et la fait sauter en l'air. Je l'attrape au vol, je défroisse le satin, je l'étale sur le lit. Michael s'assied pesamment au pied du lit.

« J'ai la tête qui tourne.

— Tu n'as rien mangé.

— Tu as quelque chose ? »

Nous sommes dans ma chambre, que j'ai louée à une dame de quarante-deux ans qui a l'air de ne rien savoir et de ne rien voir. Elle est célibataire et elle travaille à la bibliothèque municipale. J'ai le droit de me servir de sa cuisine entre cinq heures et sept heures, et de me faire du café quand je veux. À part ça, j'ai des fruits dans la chambre et j'achète des beignets et des cacahouètes. Il y a un sac de bananes sur la table en bois de pin.

« Non, ça ira. » Il est à moitié allongé, les mains croisées derrière la tête, les yeux mi-clos. Le maquillage accentue ses traits. Il avance les lèvres pour siffler, et je repense à la règle imposée à Hollywood qui disait que, dans toutes les scènes de chambre à coucher, il fallait qu'il y ait un pied qui touche le sol. Je m'agenouille près du lit. Je tire la langue et je goûte le fond de teint sur sa joue. Je veux le lécher pour atteindre le goût de sa peau, mais il se dégage.

« Je ne me sens pas très bien. »

Nous sommes allongés côte à côte, je suis contractée par crainte de tomber du lit étroit. J'ai une crampe dans la jambe qui vient contrebalancer, en un sens, la douleur qu'il ressent, lui. C'est une douleur dont je ne sais rien. Elle me fait peur, trop même pour que j'ose poser des questions. De toute façon, Michael m'a déjà fait comprendre clairement que son passé n'est pas mon territoire.

Nous demeurons allongés un bon moment. Petit à petit, Michael se détend. Nous fumons des cigarettes, et je trouve des boîtes de bière dans le frigidaire. J'essuie le fond de teint de Michael avec du cold-cream et du coton, et il enlève sa perruque. Tout ce qui reste comme trace, c'est une légère rougeur autour des sourcils, là où je les ai épilés. Nous mettons de la musique, pas trop fort parce que j'ai entendu miss Beecher rentrer. Elle est dans la cuisine, à regarder la télévision et à préparer son dîner. Miss Beecher se fait un vrai dîner complet tous les soirs, et elle met son couvert avec un set de table et des fleurs dans un vase de porcelaine blanche sur la table. Je me souviens de la façon dont le bruit de sa télé pénétrait dans notre chambre. Michael a monté le son de la musique. « Recommençons à danser », a-t-il dit.

Nous bougions à peine. Nous étions fatigués, alourdis par la bière, nous nous balancions sur place, accrochés l'un à l'autre comme si nous allions tous les deux nous noyer. C'était le hurlement de loup perdu des Doors, qui semblait plonger la chambre dans l'obscurité, la faire vibrer. J'étais loin de moi, et même loin de Michael, tout en le sentant proche. Et lui murmurait, sur un ton d'intimité, d'urgence, comme si c'était la seule chose vraie au monde : *« Je n'en sais rien et je m'en fous bien… »*

Nous sommes tombés sur le lit, et il s'est attaqué à ma jupe mais distraitement, sans avoir l'air de vouloir vraiment aller jusqu'au bout. La dernière chose dont je me souviens, c'est qu'il a pris mon visage dans ses mains, qu'il l'a caressé en le lissant, et puis qu'il a dit d'une voix de marbre : « Tu ne sais pas de quoi je parle, hein ? Tu n'en as aucune idée. »

C'est vrai que je n'avais aucune idée de ce dont il parlait. J'avais dix-huit ans, et c'était la première fois que je venais en Amérique. Le boulot d'été dans une colonie de vacances avait duré un mois, et puis j'avais rencontré Michael. Il pouvait me trouver du travail au chantier de bateaux à Annassett. Il louait des bateaux à des estivants, il les emmenait à la pêche et il donnait des leçons de voile.

Il y aurait du boulot pour moi. Et il connaissait un endroit où je pouvais louer une chambre.

« Tu as l'air costaud, a-t-il dit.

— Je le suis. Je ne suis jamais mal en point.

— *Mal en point*, mademoiselle. Tu veux dire jamais malade.

— Je le dis comme je veux. »

Nous restions assis autour du feu de camp jusque tard le soir, une fois les gosses couchés. Les flammes pétillaient à la surface des bûches, et le cricri des grillons remplissait ma tête, se réverbérant dans les profondeurs des bois pleins de serpents et de sumac vénéneux. C'étaient des endroits dangereux, ces bois, à la différence des forêts d'Angleterre. Michael avait la main sur mon sein, sous ma chemise. Nous sommes restés assis sans bouger pendant longtemps, jusqu'à ce que les flammes meurent, et nous étions là, sous les étoiles, des étoiles plus grosses et plus brillantes que celles de chez moi. Je savais que j'irais y travailler, à ce chantier. Michael avait un logement là-bas, et il pouvait me trouver une chambre. Il y avait la mer. Comment résister ? Non, je n'allais pas résister. Il était tout ce que j'avais jamais voulu. Et ce qu'il n'était pas, je l'inventais.

Tu as oublié plein de choses.

Mais non. Tout est là, quelque part. Il faut seulement le trouver.

Huit

Dix minutes seulement ont passé. Donald frappe à la porte de la salle de bains, et rapide comme l'éclair j'enlève le panneau de bois amovible sur le côté de la baignoire, je fourre la lettre au milieu des tuyaux et des paquets de poussière, je remets le panneau en place, puis j'ouvre la porte.

« Qu'est-ce que tu fais ? Tu vas être en retard.

— Ça va. Ma séance ne commence pas avant dix heures et demie, ce matin.

— Et Joe ? demande Donald.

— Quoi, Joe ?

— Tu as été le voir ? Il ne peut pas aller en classe.

— Je croyais qu'il dormait encore.

— Non, figure-toi. Il a mal à la tête, et il a pleuré. Il a besoin de toi. Et j'ai mon rendez-vous à la banque à onze heures et demie.

— Quel rendez-vous à la banque ?

— Bon Dieu, Simone. Je t'en ai parlé. Ils appliquent une nouvelle politique de remboursement des dettes, et ils veulent que j'accélère les remboursements. Or je ne peux pas le faire. Je vais mettre mon costume, leur apporter les chiffres, et leur expliquer pourquoi ce n'est pas possible. Ça te rappelle quelque chose ? »

Il en est blanc de rage, d'humiliation.

« Oui, dis-je. Oui, je me souviens. Il n'y a pas quelqu'un à qui tu pourrais demander de rester avec Joe pendant deux ou trois heures ? »

Donald est assis sur le rebord de la baignoire. Je suis l'ennemi. Je vois la vie renaître sur ses joues tandis que la rage se déverse vers l'extérieur, apportant chaleur et satisfaction.

« Non mais à quoi tu penses ? Écoute-moi. Tu te trouves ce poste. On vient vivre ici. Les enfants ne connaissent personne, moi non plus. Tu n'es jamais là. Je n'ai pas de travail. Voilà comment les gens nous voient. Les femmes qui habitent par ici, si elles m'invitaient à prendre un café chez elles, leurs maris leur casseraient la figure. Nous habitons un village, Simone. Tout le monde sait tout sur tout le monde, mais ça ne veut pas dire que les gens se parlent. Ce n'est pas comme en ville. *Je ne connais personne.*

— Je suis désolée. Je ne voulais pas…

— Donc il faut qu'un de nous deux reste ici avec Joe.

— Moi je ne peux pas, Donald. Tu sais bien que je ne peux pas.

— Et moi, sans doute, je peux ? »

Elle commence à monter en moi aussi, cette colère qui nous rend plus proches que nous ne pouvons le supporter.

« Oui, dis-je.

— Merde, merde et merde », dit Donald d'un ton calme, sur quoi il lève la main et la rabat à toute force contre le carrelage. Je vois son visage se décolorer.

« Tu t'es fait mal. Donald, montre-moi… »

Il se tient la main, la protégeant contre mon regard. Des larmes de douleur ont jailli dans ses yeux, mais il ne cligne même pas pour les faire tomber. Il ne veut rien reconnaître de ce qui se passe.

« Montre-la-moi.

— Elle n'est pas cassée, si c'est ce que tu t'imagines.

— Ça saigne, regarde, là où tu t'es cogné contre le coin. »

Le sang suinte comme de la confiture et, quand il lève la main pour la regarder, des gouttes épaisses coulent le long de son bras.

« Peut-être qu'il faudrait aller aux…

— Non. On ne va pas retourner aux urgences. À ce train-là, on va se faire retirer la garde des enfants. » Mais il sourit, comme si la douleur l'avait soulagé d'un poids. Il me tend la main, en gardant l'autre en coupelle dessous pour recueillir le sang qui tombe. « Ça va. Ça n'est pas aussi grave que ça en a l'air. »

Ça me prend un bon moment de trouver du sparadrap, des ciseaux, une vieille taie d'oreiller en coton propre que je peux découper pour faire une compresse à mettre sous le sparadrap. Il n'y a pas de pansements dans la boîte métallique qui est censée nous servir de trousse de secourisme, rien qu'un vieux tube suintant de pommade contre les piqûres d'insecte, un rouleau de sparadrap, et un médicament contre le mal de la route. Matt devrait déjà être parti en classe, mais je lui dis de rester avec Joe. Je vais chercher une tasse de café pour Donald, puis je nettoie sa main et je fais son pansement, en prenant mon temps, en m'appliquant, comme lorsque je soignais les petites blessures des garçons. Les beaux sparadraps bien propres les distrayaient de leur bobo. J'ai bien l'impression que la main de Donald aurait besoin de quelques points de suture, mais je ne dis rien. Je rapproche les lèvres de la plaie et je pose la compresse de coton en serrant autant que je peux. Je ne supporte pas non plus l'idée de l'hôpital. Une cicatrice à la main, ça n'est pas trop grave.

« Je vais téléphoner à la banque. Je vais leur dire qu'il y a eu un accident. »

Dans sa tête, il a retrouvé un lieu bien chaud où l'on s'occupe de lui, et où la pluie qui bat contre la fenêtre de la salle de bains ne le concerne pas. Je le vois s'extraire de son refuge et prendre en main ce qu'il faut faire.

« Non, pas la peine. Matt n'ira pas en classe. Il peut s'occuper de son frère pendant deux heures. Il est très raisonnable quand il le veut. »

J'ai soudain, comme un éclair, une vision de cauchemar des deux garçons. Ils s'ennuient, ils se disputent, ils se sautent dessus, Matt est sur son frère. La blessure à la tête de Joe est grande ouverte, et il en jaillit du sang. Matt ouvre la bouche pour appeler au secours, mais il se tait car il sait qu'il n'y a personne à appeler. Je suis saisie du désir physique de rester avec eux.

« Ça se passera très bien », dit Donald.

Je le laisse pour aller voir les garçons. Quand j'ouvre la porte, ils se retournent tous les deux, et ils me regardent des mêmes grands yeux sombres. Je m'assieds sur le lit et je les entoure de mes bras. Matt se raidit, il résiste, il ne veut plus être le petit garçon qu'il était il y a un an seulement, quand sa confiance en moi et en Donald était aussi naturelle que le fait de respirer. Comme si je n'avais rien remarqué, je dis avec bonne humeur : « Matt, papa doit aller à la banque ce matin. Je te demande de rester à la maison et de t'occuper de Joe. »

Il me regarde, le visage fermé. « Ce matin, il faut que j'aille en classe. Mme Rogers nous rend nos projets.

— Matt, je ne peux pas laisser Joe ici tout seul. »

Il me jette un regard oblique, indéchiffrable, et marmonne quelque chose, trop bas pour que je puisse entendre. Je me lève.

« Viens une minute, Matt. Il faut que je te parle. » Il me suit sur le palier.

« Qu'est-ce que tu as dit ? dis-je en me penchant pour que son visage soit à la hauteur du mien.

— Pourquoi est-ce que tu ne peux pas rester à la maison ?

— Qu'est-ce que ça veut dire, pourquoi est-ce que je

ne peux pas rester à la maison ? Tu le sais très bien. Il faut que j'aille au tribunal. Il y a des gens qui attendent. »

Il hausse légèrement les épaules, exactement comme Donald, et il dit : « Je vois pas pourquoi c'est toujours papa qui doit rester à la maison. C'est pas juste. »

Avant de savoir ce que je fais, j'ai attrapé Matt par les épaules. J'enfonce les doigts dans son sweat-shirt. Il ne dit rien, il ne me regarde pas, il résiste. Je me force à relâcher la pression. « Si je ne vais pas travailler, Matt, il n'y aura pas de salaire, pas de maison, pas de quoi manger dans le frigidaire, et pas de voiture. Tout ce que je te demande, c'est de garder ton frère pendant deux heures. Ce n'est pas grand-chose. Il t'arrive de regarder la télévision plus longtemps que ça. Tu pourras la regarder si tu veux.

— De toute façon, j'en veux pas, de cette maison. Je serai bien content si on la quitte. Et papa aussi.

— Ah bon. » Je respire un grand coup. Je voudrais le gifler pour faire disparaître ce regard. J'en ai mal aux lèvres de retenir tout ce que Matt ne doit pas entendre. « Ah bon », je répète, et ma colère pénètre en Matt comme un serpent qui se glisse dans son trou.

« Maman, tu me fais mal.

— Quoi ?

— Tu me pinces, avec tes mains. »

Je le regarde. C'est mon fils. Il a neuf ans. Il est tout pâle, sa bouche d'enfant est entrouverte. Il ne me quitte pas des yeux, il est sur ses gardes et il a peur. Je lâche ses épaules. J'ai envie de pleurer, mais je souris. Il ne me rend pas mon sourire. Il est sans réaction. Il a l'air de se demander in petto combien de temps ça va durer, et quand il va pouvoir se dégager.

« Excuse-moi, Matt. Si je t'ai pincé, je ne l'ai pas fait exprès. Écoute-moi. Et si je te donnais un peu d'argent de poche en plus pour garder ton frère ? Disons deux livres ? Ça vaut bien deux livres, non ? »

Il me regarde sans rien dire. Il a envie de cet argent, bien sûr. Il va accepter. Et puis son visage tremble un peu, et il dit : « Je ne veux pas deux livres. Je resterai avec Joe. Tu n'as pas besoin de…

— Quoi ?

— De te mettre en colère. Tu te mets tout le temps en colère. »

Je suis prête à le serrer dans mes bras, mais tout d'un coup il est un peu trop loin. Je me serais rapprochée, je l'aurais serré dans mes bras, il serait venu sur mes genoux, j'aurais pleuré, il aurait pleuré lui aussi, tout aurait été différent. Mais voilà le téléphone qui sonne, et Joe qui crie de sa chambre. Ça brise la tension, Matt se retourne et se met à courir, on entend ses chaussures de sport dans l'escalier. Je sais qu'il ne veut pas que je le suive. Je me ressaisis, je vais retrouver Joe, je le serre et je le berce dans mes bras, pendant que le téléphone continue à sonner. Au bout d'un long moment, la sonnerie s'arrête. Je ne sais pas si Donald a répondu, ou si la personne qui appelait a renoncé.

« Ne va pas travailler, maman, dit Joe, ses mains se promenant dans mes cheveux, sur ma nuque.

— Je suis obligée, tu le sais bien. Je suis déjà en retard, dis-je, aussi doucement que je peux. Écoute, si tu es sage, je te rapporterai une surprise. Qu'est-ce que tu en dis ? » Donald, en bas de l'escalier, crie quelque chose, mais je n'entends pas ce qu'il dit. Je lève les bras et je me dégage de l'étreinte des mains toutes chaudes de Joe. « Il faut que j'aille voir ce que veut papa. Je reviens dans une minute, d'accord ? »

Du haut du palier, je penche la tête, et je vois Donald qui me tend le téléphone. « C'est pour toi.

— Prends le numéro et dis que je rappellerai.

— Il appelle d'Amérique. Tu peux bien descendre. »

Une décharge de peur me traverse. Mes jambes se raidissent. Je pose une main prudente sur la rampe et je descends l'escalier. Donald est là en bas qui me tend le téléphone. Je le prends, je m'éclaircis la voix.

« Allô, allô ? Qui est à l'appareil ? »

Le silence soupire et chante. Est-ce que la personne retient son souffle ?

« Allô ? Il y a quelqu'un ? »

Le téléphone ne dit rien. « Allô ? » dis-je pour la dernière fois. Je pense qu'il a un magnétophone branché. Il capte ma voix, pour la cacher quelque part où je ne pourrai jamais la retrouver. Je me sens tirée, aspirée par le passé, près d'être engloutie. Et puis tout d'un coup, brutal, un déclic. Il a raccroché.

« Qui était-ce ? demande Donald.

— Je n'en sais rien. Ils n'ont rien dit.

— Ça a dû être coupé. »

Mais il me regarde attentivement. Il me connaît trop bien. Il sait repérer les cernes autour de mes yeux, quand je dis que non, je n'ai pas mal à la tête.

« Pourquoi m'as-tu dit que c'était quelqu'un qui appelait d'Amérique ?

— C'est ce qu'il a dit.

— Quoi, il a dit : *J'appelle d'Amérique* ?

— Non, mais il était américain.

— Il aurait pu appeler d'Angleterre.

— Je ne crois pas. Ça n'en avait pas l'air.

— Qu'est-ce que tu veux dire ?

— Écoute, Simone, tu le sais très bien. Quand ça vient de l'étranger, ça ne fait pas le même son. Il y a un petit temps avant que l'autre personne se mette à parler. Et puis pourquoi tant d'histoires ? Qu'est-ce qui te prend ? C'est qui ce type ?

— Je ne fais pas d'histoires. Je me demande juste qui ça peut être, voilà tout.

— Si c'est quelque chose d'important, il rappellera », dit Donald sans cesser de me regarder.

En allant vers la voiture, je me retourne pour regarder la maison. Joe est à la fenêtre de la chambre, il ne fait pas signe, il ne sourit pas, il regarde juste là où je suis. J'ai le sentiment que Matt lui aussi a les yeux sur moi, de là où il a bien pu se cacher. Donald est à la porte. Il lève la main, fait demi-tour, referme la porte. La maison se ramasse sur elle-même, tassée pour résister au vent qui se lève de la mer. On dirait que la porte d'entrée est fermée depuis toujours. Les fenêtres sont des regards fixes, elles reflètent le ciel noir, sans rien livrer de ce qui se passe à l'intérieur. Une vague de panique absurde me fait me tromper dans les clés au moment d'ouvrir la portière. Je ne veux pas me retourner. Je me force à m'installer au volant.

Tu m'as quitté. Mais quand tu dis ça, il faut préciser. J'ai acheté le billet d'avion et j'ai passé la douane sans me retourner. J'avais le même sac que celui que j'avais apporté à la colonie de vacances au début de l'été.

« Tu peux garder le reste de mes affaires, ai-je dit. Ça ne vaut pas la peine de les prendre. »

Je suis allée au hangar à bateaux et j'ai regardé les vagues grises qui charriaient des algues remontées du fin fond de la mer. Je voulais me tourner vers toi, te cracher dessus.

« *Ton vieux pote Calvin, c'est ta façon à toi de me quitter.* »

J'allais repartir et je ne serais plus jamais cette fille rayonnante. J'avais bien raison de me méfier quand j'étais petite, avant d'être abrutie par l'amour. Tu n'as jamais cru à mon aspect rayonnant. Tu as toujours vu la lutte en moi, les égratignures sous la surface.

Neuf

« Madame. » Je sursaute. On dirait que c'est la troisième ou la quatrième fois qu'il le dit.

« Madame. Si je peux me permettre… » Il pose son
index sur l'ordre du jour. « L'appelant de cette affaire a
eu un malaise dans la salle d'attente. *Le stress*, murmure-
t-il sur un ton confidentiel, les sourcils haussés avec
scepticisme.

— Oh, mon Dieu.

— Un taxi va venir le chercher d'une minute à
l'autre. »

D'habitude, je suis contente d'avoir une pause, mais
aujourd'hui je veux travailler jusqu'à ne plus voir clair.

« Cela vous laisse à peu près trente-cinq minutes avant
l'ordonnance d'urgence. » Il reste là. Je ne peux pas croire
qu'il ait envie de me faire la conversation. En général, il
tient toujours à montrer qu'il est très occupé.

« C'est bien différent de ce que c'était avant, remarque-
t-il en ajustant les cordons du store.

— Oui, certainement.

— Oui, madame, quand c'étaient des juges de paix que
nous avions ici, avant qu'on les appelle des juges
d'instance, ça se passait de manière plus élégante, si vous
voyez ce que je veux dire. Une séance le matin, on prenait

le temps de déjeuner, encore une ou deux affaires, et puis on rentrait chez soi. Ils auraient été extrêmement étonnés d'être confrontés à un ordre du jour comme celui d'aujourd'hui. Maintenant, on peut voir un juge traiter une affaire en référé avec des sandwiches sur la table, des miettes partout sur une déclaration sous serment. Non que ça ne doive pas se passer comme ça, ajoute-t-il, l'air de se rappeler brusquement mon goût bizarre pour les petits pains au fromage et les satsumas. La pression qu'il y a sur le judiciaire, de nos jours, vous le savez comme moi, madame, avec tous ces litiges qui nous pleuvent dessus. C'est un miracle qu'ils trouvent encore des gens qui acceptent de se charger de tout ça. »

Ses yeux se posent sur les miens, hostiles, critiques, d'une vivacité qui tranche avec sa corpulence menaçante. Qu'est-ce qu'il peut bien toucher comme salaire ? Je suis sûre qu'il sait exactement ce que je gagne. Ce qu'il ne sait pas, c'est que soixante-dix pour cent de mon salaire sert à rembourser des dettes. Qu'il se raconte si ça l'amuse que c'est par excentricité que j'ai un vieux porte-documents fatigué et que je porte en alternance, semaine après semaine, mes deux tailleurs sans chichis. Mais il doit avoir sa petite idée. Pour mon anniversaire, ma sœur m'a envoyé un sac à main. Une pochette en cuir souple, mat, très doux, superbe et toute simple. Un jour, je l'avais laissée sur la table, il l'a prise et il est venu me la rapporter en toute hâte.

« On ne sait jamais ce qui peut se passer, madame. Il y a des doigts très agiles là où on s'y attendrait le moins. À l'intérieur d'un sac comme celui-ci, si je peux me permettre, un voleur doit s'imaginer qu'il va trouver son bonheur.

— C'est un cadeau d'anniversaire de ma sœur, ai-je dit. Elle a gagné à la loterie. »

Il a ri poliment, mais c'était vrai. Jenny travaille dans une institution pour enfants autistes, et elle n'a pas d'argent. Toutes les semaines, elle s'achète un billet de loterie. Le jour où elle a gagné deux mille cinq cent quarante-huit livres virgule quarante-six, elle a planté six hêtres pour le repeuplement forestier en mémoire de nos parents, et elle a ouvert des livrets de Caisse d'épargne pour les enfants, cent livres chacun. Et elle m'a acheté ce sac. Jenny est la seule personne à qui j'ai dit la vérité à propos de nos dettes, et de la faillite de l'association de Donald. Je voulais qu'elle sache ce qu'il en était vraiment. Le reste de la famille croit que Simone a bien de la chance. Simone avec son doctorat en droit et son bel architecte de mari. Vous vous rendez compte, ce qu'ils doivent gagner à eux deux. Y en a qui ne s'embêtent pas.

Il est toujours là, à tripoter les chaises. Pourquoi est-ce qu'il n'a pas la bonne idée de s'en aller et de me laisser examiner le reste de l'ordre du jour ? Je regarde sa nuque, son arrière-train large et lourd. Il se retourne, surprend mon regard et efface de son visage son sourire sournois. *Comment crois-tu que je suis arrivée là ?* dis-je in petto. Si j'étais aussi brave fille que tu le penses, j'en serais encore à remplir des formulaires.

L'huissier sort de la salle. Lentement, en pensant à ce que je fais, je décontracte les muscles de mon visage. Il y a mille façons dont un huissier peut vous compliquer la vie. Je suis sûre qu'après celle-ci je vais avoir droit à toutes les autres. Mais il devrait faire un effort pour mieux déguiser ses pensées.

Ce silence au téléphone. Je suis sûre que c'était Michael. Il faut que j'arrête de penser tout le temps à ce qu'il fait, et que je commence à me demander pourquoi il le fait. Il a des photos. Il sait où je suis et qui je suis.

Foyer, mariage, carrière, enfants, tu as fait tout ça. De mon côté, il y a de quoi raconter.

Tu n'as jamais pu me raconter grand-chose, Michael. Il fallait que je devine. Les choses dont vous parliez, Calvin et toi, pendant ces soirées où je restais avec toi et où Calvin restait tard lui aussi, à boire et à fumer de l'herbe, et je vous entendais murmurer pendant que je dormais plus ou moins. J'écoutais vos voix, les silences, les rires. À travers un mur de son, deux personnes qui avaient l'air de partager les secrets les plus profondément enfouis.

Puis tu venais me retrouver, en trébuchant sur tes chaussures et tes vêtements, et je me réveillais. Tu voulais que je me réveille, parce que tu n'arrivais jamais à t'endormir. Tu ouvrais la fermeture éclair du sac de couchage double et tu te glissais à mes côtés, tu étais gelé contre moi. Je commençais à dire quelque chose, tu mettais ta bouche sur la mienne et je sentais le goût de la bière que tu avais bue, de l'herbe que tu avais fumée et de la pomme que tu avais mangée juste avant de venir te coucher. C'est ce que tu faisais toujours au lieu de te laver les dents. Je te goûtais avec dégoût et avec joie et bientôt tu te dégelais dans la chaleur de mon sommeil. J'avalais ton haleine au goût de fumée comme si elle était aussi sucrée que de la pâte d'amandes. On était si serrés qu'on entendait craquer les coutures du sac de couchage quand on bougeait. Tu aimais bien ça. Tu n'aimais pas dormir en plein air. La journée, c'était fait pour s'étaler à son aise, et la nuit pour être bien enveloppé dans le noir.

Quelquefois, tu me faisais peur. Coucher ensemble, c'était comme s'enterrer. Tu t'enfouissais en moi, profondément, dans la double obscurité de la chambre plongée dans la nuit et de l'épais molleton du sac. Après, j'étais engourdie, entre veille et sommeil, mais toi tu n'arrivais pas à t'empêcher de penser. Tu étais là, allongé sur le fil du rasoir du sommeil, et il te coupait jusqu'à l'os. Alors je comprenais pourquoi tu ne voulais pas t'endormir. Tes rêves n'étaient pas des rêves. C'était une autre vie, qui ondulait sous la surface de celle-ci, prête à te ressaisir dès que tu plongerais sous la peau du sommeil. C'est seulement quand j'ai eu des enfants que j'ai compris ce qu'étaient les terreurs nocturnes. Il y a eu une année où Matt, à peu près une fois par semaine, se réveillait la nuit en pleurant, incapable d'émerger du fond du sommeil. Il avait le souffle saccadé d'un plongeur qui manque d'air. Il me regardait l'œil fixe, gémissant de peur, et j'avais beau le bercer de paroles rassurantes, je n'arrivais pas à lui faire prendre conscience que c'était moi et qu'il n'avait rien à craindre. L'infirmière visiteuse m'avait dit de ne pas essayer de le réveiller. *Il est encore endormi. Il ne vous voit pas, il voit toujours son cauchemar. Restez avec lui jusqu'à ce que ça passe.*

Une nuit tu t'es mis à parler, dans le noir.

« Je ne rêve pas de ce que tu crois.

— Qu'est-ce que tu veux dire ?

— Que si je te racontais, tu trouverais que ça n'est pas grand-chose.

— De quoi est-ce que tu as rêvé cette nuit ?

— Merde, Simone, pourquoi est-ce que tu me poses ce genre de question ? Pourquoi est-ce que tu crois que je ne t'en parle pas ?

— Parce que tu n'as pas confiance en moi.

— Ce n'est pas ça. Je ne veux pas que tu sois comme moi, Simone, tu comprends ça ? Je ne veux pas que tu aies les pensées que j'ai. Je ne veux pas que tu fasses les rêves que je fais.

— Mais je veux…

— Okay. La nuit dernière, j'ai rêvé d'un placard.

— D'un placard ?

— Un placard avec une porte. Il fallait que je la surveille sans arrêt. Si je m'arrêtais, ce qui était à l'intérieur sortirait.

— Qu'est-ce que c'était ?

— Je n'en sais rien. Je ne l'ai pas vu. Je ne sais pas.

— Alors, tu as gardé les yeux ouverts toute la nuit ?

— Ben oui. Probablement. » Tu es resté sans rien dire un long moment. Puis, avec un glouglou dans la voix qui pouvait être un rire : « Ce que tu ne sais pas, Simone, c'est que c'est d'un ennui à mourir, cet endroit où je me trouvais. Sauf si on est déjà en train de mourir. »

Dans le monde de la journée, tu étais comme en otage. Tu n'y étais pas chez toi. C'est pour ça que tu passais des heures à boire et à fumer de l'herbe avec Calvin. Mais c'était inefficace. Et de faire l'amour était également inefficace, à part les toutes premières fois où j'avais senti contre le mien ton visage détendu et reconnaissant dans la chaleur du soleil qui entrait par la fenêtre matinale. Je n'avais pas idée de ce que cela représentait pour toi d'avoir dormi toute la nuit. Même dans tes rêves, je crois que ces nuits-là tu avais gardé les yeux fermés. Ensuite le charme n'a plus opéré. J'avais perdu le don.

Tu restais éveillé, luttant pour plonger dans la nuit, jusqu'au moment où tu abandonnais la lutte. Tu t'affaissais contre moi, puis tu sursautais comme si quelqu'un t'avait passé un courant électrique à travers le corps. Tu te mettais à hurler. Tu battais l'air de tes bras, et je m'extirpais du sac de couchage aussi vite que je le pouvais parce que j'avais peur que tu ne me fasses mal. Tu avais les yeux ouverts, mais je ne crois pas que tu étais conscient. Tu bredouillais des choses que je ne comprenais pas. Surtout des noms. Tu hurlais des noms de gens. Des gens que je ne connaissais pas, dont tu ne parlais jamais d'habitude. Une fois, je me suis réveillée pour trouver l'intérieur du sac tout chaud et mouillé autour de nous. Tu t'étais compissé dans ton sommeil. Je me suis levée, j'ai pris une douche, et je me suis demandé si je devais ou non te réveiller, finalement je ne l'ai pas fait. Je me suis enroulée dans une couverture et j'ai dormi à côté de toi, et j'ai fait semblant de dormir quand tu t'es réveillé et que tu es sorti du sac de couchage.

« J'ai porté le sac à la laverie automatique, m'as-tu dit le lendemain, en me fixant d'un regard de défi.

— Bonne idée, ai-je dit. Je voulais le faire la semaine dernière, mais j'ai oublié. »

Le pire, c'est quand tu sortais la nuit. J'étais là, couchée, j'entendais que tu étais réveillé, je ne bougeais pas pour que tu croies que je dormais. Quelquefois tu avais le souffle court, comme si tu venais de courir. Tu transpirais, et l'odeur n'était pas celle de la sueur de quelqu'un qui a couru. Une odeur aigre et forte. Tu ouvrais la fermeture éclair du sac presque sans bruit, et tu en sortais doucement. Il faisait noir, mais presque jamais complètement noir. Si la lune était sur la mer, je pouvais facilement te voir pendant que tu enfilais ton jean et un tee-shirt, et que tu cherchais du pied tes tennis. Tu ne faisais presque pas de bruit. Tu sortais, et je me disais que c'était idiot de rester éveillée, mais j'avais du mal à me rendormir, ne sachant pas quand la porte allait s'ouvrir. J'avais peur que tu ailles jusqu'à la mer et que tu te mettes à nager. Tu aimais nager la nuit, mais tu n'avais jamais été très bon nageur.

Tu avais mis très longtemps à me dire ce que tu faisais. Ça devait être le jour où j'étais repartie pour l'Angleterre. Je ne me rappelle pas comment on en était venus à parler de ça. Je me rappelle l'air gris dans la chambre, et dehors le premier grand vent de l'automne qui fouettait le sommet des vagues. Il n'y avait sans doute pas de bateaux en mer. J'ai peine à croire que je t'aie finalement demandé, après toutes ces nuits où j'avais fait comme si les nuits n'existaient pas, comme si seules comptaient les journées. Mais j'en avais assez. J'étais au-delà de tout ça. Je n'avais plus l'impression d'avoir dix-huit ans, j'étais comme sans âge. Chaque fois que je fermais les yeux, je voyais un garçon qui était petit pour son âge et qui retournait sur le terrain de basket-ball. Je te voyais grimper pour atteindre le gosse coincé dans l'anneau de basket. Je te voyais essayer, sans relâche, de le soulever de tes bras tout maigres et pas encore poilus, et chaque fois il retombait de tout son poids, s'enfonçant encore un peu plus. Le cerceau était en fer et il lui rentrait dans le ventre. Quand il se représentait ce que tu pouvais lui faire, il imaginait le pire, et il avait fini par craquer et par se mettre à pleurer. Tu avais voulu le rassurer, mais il était trop tard.

Trop tard aussi pour moi. Je retournais en Angleterre pour y faire ma vie.

Tu t'es mis à parler.

« Quelquefois, j'ai simplement besoin de marcher. Je ne peux pas rester dans la chambre. C'est comme si tout était enfermé ici, à bourdonner dans ma tête comme un essaim d'abeilles. Je sais que je ne vais pas arriver à m'endormir. Alors je sors et je marche pendant des kilomètres, sur la route qui longe la mer, ou bien je fais le tour de la ville. Quelquefois toute la nuit. Généralement, je me sens mieux si je suis dehors et que je bouge.

« Je vais te dire une chose. Tu n'en reviendrais pas du nombre de fois où j'ai rencontré un autre mec qui marchait. Un mec de mon âge, habillé comme moi. La plupart du temps, on ne se parle pas. Il est de son côté et moi du mien. Une fois, il y en a un qui s'est arrêté, il m'a demandé une cigarette. J'avais un paquet de Marlboro. Il avait l'air plutôt fauché, alors je lui ai dit de garder le paquet mais il n'a pas voulu. Il m'a dit qu'il n'était pas un clochard. Il m'a demandé du feu et il a aspiré très fort, comme s'il voulait que la flamme lui entre jusque dans les poumons. Je suis resté à fumer une cigarette avec lui. Pendant tout ce temps où on était dans la rue à fumer, on était à nouveau là-bas. J'entendais les feuilles siffler. De grandes feuilles vert foncé, comme des mains. Elles poussent si vite que si, par exemple, un village brûle un été, trois mois plus tard on ne peut plus dire où il était situé. On survole le site et on ne voit rien du tout. Peut-être que, si on regarde bien, le vert est un peu plus brillant à cet endroit-là, mais personne ne fait vraiment attention. Toute la nuit on entend les bruits de succion et les sifflements de la jungle. Et on se dit qu'elle aura votre peau. Même en l'absence de tout être humain, ça vous fout les jetons.

« Pour l'autre mec, c'était pareil. Je le savais. La ville était comme le papier d'un emballage, il suffit de le déchirer pour se retrouver là-bas. On ne peut plus croire à rien de solide une fois qu'on a vu à quelle vitesse la jungle se déplace. »

Fin de ma pause. Je suis à mon bureau, l'air attentif, pas trop grave, pas souriant non plus. Aujourd'hui je suis contente d'être corsetée par la procédure. Je n'ai pas le temps de penser, je ne peux que réagir, évaluer, prendre note, me former une opinion et prononcer mon jugement. L'avocat cherche à obtenir une ordonnance en faveur de sa cliente, Patricia Mary Coogan, épouse de John Joseph Coogan, domicilié 17 b Darley Mansions, Henderton. L'avocat est jeune, la trentaine, la confiance se peint sur son visage comme un vernis tout neuf. Sa cliente a été traitée aux urgences pendant la nuit et est encore à l'hôpital aujourd'hui suite à une agression commise par ledit John Joseph Coogan. Les blessures reçues comprennent une côte cassée, des contusions sur le visage et sur le corps, et des brûlures aux doigts de la main droite. Sa cliente affirme que son mari a menacé de la tuer si elle ne lui avait pas préparé un dîner convenable la prochaine fois qu'il rentrerait à la maison.

Je me penche en avant et je demande à l'avocat comment sa cliente a reçu les blessures aux doigts. Ses yeux s'agrandissent juste un peu, il baisse la tête juste un peu, avec un sens de l'effet théâtral.

« Ma cliente allègue qu'on lui a saisi la main et qu'on a forcé ses doigts à entrer en contact avec la surface d'un grille-pain électrique. Elle était en train de préparer un toast à la tomate et au fromage pour son mari, à la demande de ce dernier, lors de son retour au domicile conjugal à une heure quarante-cinq du matin, lorsque l'agression s'est produite. » Il me regarde bien en face. Que pense-t-il ? *Ça vous suffit comme ça ? Vous êtes contente ?*

« En outre, poursuit l'avocat, ma cliente allègue que son mari lui a dit que c'était bien dommage qu'elle ne soit pas en train de faire des frites, parce qu'il lui aurait plongé la tête dans la friteuse et qu'il ne l'aurait pas laissée remonter. »

Je regarde à mon tour l'avocat, la bouche lisse et charnue d'où viennent de sortir ces paroles. J'imagine à quoi ça ressemblait, pour Mme Patricia Coogan, de les entendre émerger de la bouche de son mari, lors de son retour d'une soirée passée avec des amis, à une heure quarante-cinq du matin.

L'avocat et moi, nous parlons le même langage. Nous savons à quoi nous en tenir. Il est corseté lui aussi, de la même façon que moi. Il sait que je vais prononcer l'ordonnance. Dans ce cas particulier, un mandat d'amener et une notification de la peine seront attachés à l'ordonnance pénale. Mais je connais aussi l'autre langage, celui que Mme Coogan a dû apprendre. Le langage où l'on est obligé de faire, une par une, des choses qu'on ne veut pas faire, jusqu'au moment où l'on se retrouve très loin sur un chemin qui emprunte tellement de tours et de détours qu'on ne pourra jamais retourner sur ses pas.

Quelque chose d'autre m'a trotté par la tête toute la journée. C'est une section de l'acte sur les cours d'instance, et cela concerne l'exercice de la fonction de juge d'instance. Je l'ai lue attentivement hier soir.

Une personne nommée à un poste auquel s'applique la sous-section 1 restera à ce poste aussi longtemps qu'il n'y aura pas faute professionnelle de sa part.

Le pouvoir de démettre une telle personne de son poste pour faute professionnelle relève du ministre de la Justice.

Mme Coogan aurait pu être une de mes clientes. Elle aurait été assise en face de moi, tortillant sur ses genoux ses doigts brûlés. Je lui aurais offert une tasse de café, et j'aurais posé un cendrier sur mon bureau.

Quelquefois j'ai du mal à croire que j'ai laissé tous ces gens derrière moi. Le déménageur au cou de taureau qui ne pouvait plus tourner la tête depuis que son collègue avait laissé un sofa lui tomber dessus du haut de l'escalier. Ils n'auraient jamais dû essayer de monter ce sofa, ils savaient bien que c'était une mauvaise idée, mais le client avait fait toute une histoire. Il avait juré que ce sofa pouvait passer par l'escalier, alors que n'importe quel imbécile aurait pu lui dire que ce n'était pas possible. « Bon, eh ben on va lui montrer », avait dit Pete.

Le couple dont la maison achetée à crédit dans un lotissement avait été saisie et qui habitait dans une seule pièce pendant qu'il remboursait la caisse d'épargne-logement. Et maintenant, après des années d'essais infructueux, elle se retrouvait enfin enceinte. À la fin de l'entretien, son mari avait descendu le premier l'escalier étroit. Elle avait levé les yeux vers moi depuis la cage d'escalier. Les changements qu'apporte un début de grossesse lui donnaient le teint brouillé et les cheveux gras. Elle m'avait dit : « Vous savez, là où on habitait, on avait la chambre d'enfant toute prête. Cinq ans, et il ne s'est rien passé. À la fin, on a donné un tour de clé. C'est drôle, non ? » Elle avait pincé les lèvres, serré son sac sous son bras, et était descendue à son tour.

En rentrant en voiture, j'ai l'impression que tout est flou. Je cligne des yeux et je me concentre sur la route, les reflets de la pluie par terre, la lumière oblique du soleil du soir qui fait miroiter la surface verte, liquide du marais comme le dos d'un serpent. Je serre fort le volant. Je la vois au bord de la route. C'est Mme Coogan qui marche à ma rencontre, la friteuse lui faisant un halo autour de la tête. Je la dépasse et bientôt la revoilà, toujours devant moi, les bras grands ouverts dans ma direction, ses cheveux formant une couronne de feu au-dessus de l'effervescence de ses traits et des orbites fondues de ses yeux.

Dix

Quand j'arrive à la maison, Donald est occupé à faire la cuisine. Je vais retrouver les garçons. Ils sont allongés par terre, têtes rapprochées, en train de fabriquer un circuit électrique sur une planche.

« Ça va être une alarme pour notre chambre », dit Joe. Je regarde Matt qui fait passer des fils dans le serre-fils du générateur. Il ne lève pas les yeux, ne me dit pas bonsoir. Joe a peut-être oublié ce matin, mais pas Matt.

« Je vous ai acheté quelque chose », dis-je. Matt se mord la lèvre inférieure, comme s'il se concentrait. Je continue : « Je suis allée dans une petite boutique. Ils avaient ces trousses de tournevis. » Je les sors de derrière mon dos. Ce sont de jolis outils, avec des manches lourds et lisses. Chaque trousse en contient huit.

« Voilà. Une chacun. » Matt rougit un tout petit peu. Il ne s'attendait pas à un cadeau. En lui donnant le sien, je glisse deux billets d'une livre dans l'étui en plastique. « Et merci de t'être occupé de Joe.

— Je n'ai rien fait du tout. Il va très bien. Il aurait pu aller en classe.

— Non j'aurais pas pu, hein maman ?

— Non, je ne pense pas. Avec la mine que tu avais ce

101

matin, Mme Carmody t'aurait renvoyé à la maison. Papa s'occupera de toi demain, et ensuite c'est le week-end. »

Matt retire de la trousse le plus petit des tournevis pour l'examiner. Il ne va pas s'en servir tout de suite. Il aime bien étudier les objets neufs. En passant un doigt sur le manche, il dit : « Il y a un type qui a appelé.

— Qui ça ?

— Je n'en sais rien. Il n'a pas dit. » Il continue à caresser le métal, en descendant jusqu'à la fine pointe du tournevis cruciforme. « C'était un Américain. » Joe surveille Matt de près. Il est au courant. Ils en ont parlé. La plupart du temps, c'est Joe qui a besoin de Matt, mais, avec ce coup de téléphone, c'est Matt qui a eu besoin de son frère. Je crois voir comment ils ont discuté, têtes rapprochées, l'un parlant, l'autre écoutant. Et quand la maison a fait un de ces bruits de maison vide, ils se sont tous les deux raidis, ils ont levé les yeux et se sont tus un long moment.

« Qu'est-ce qu'il a dit ?

— Il a demandé si tu étais là. J'ai dit que tu étais dans la salle de bains.

— Tu as eu raison.

— Alors il a dit qu'il rappellerait quand tu en sortirais. Il a demandé combien de temps je pensais que ça allait prendre.

— Et qu'est-ce que tu as répondu ?

— Que ça te prendrait des heures parce que tu te lavais les cheveux. »

Je crois les voir. Matt dans l'entrée, tenant le téléphone posément, absorbant chaque phrase et disant ce que je leur ai appris à répondre si le téléphone sonne pendant que je ne suis pas là. Joe à côté de lui, surveillant la tête de son frère.

« Ensuite il a dit : Qui est à l'appareil ? Est-ce que je parle à Joseph, ou à Matthew ? »

J'entends dans la voix de mon fils les intonations d'un étranger, un adulte et quelqu'un qui n'est pas anglais.

« Tu lui as dit ?

— Oui. » Nous nous taisons tous les trois. « Il m'a demandé ! crie Matt.

— Ça ne fait rien, dis-je, sur un ton aussi désinvolte que possible. Ça devait, de toute façon, être quelqu'un qui nous connaît, sinon il n'aurait pas su vos noms. Probablement un vieil ami que tout le monde a oublié. Il faudra que je demande à papa qui il connaît en Amérique.

— C'est à toi qu'il voulait parler, dit Matt.

— Bon allez. N'y pensons plus. Montrez-moi comment ça fonctionne, votre circuit. »

Mais Matt se redresse sur ses talons et me regarde bien en face.

« Ça n'est pas un ami, dit-il. Si c'était un ami, il saurait que personne ne nous appelle jamais Joseph et Matthew.

— Écoute, ne t'en fais pas. Tu as répondu ce qu'il fallait. »

Joe vient se lover contre moi. Brusquement il dit : « Il a aussi dit autre chose. Matt ne voulait pas qu'on te le raconte.

— Vas-y. »

Matt rougit. « Quand j'ai dit que tu te lavais les cheveux, il a dit : "Ça va prendre un bout de temps alors, avec ces cheveux longs qu'a votre mère." » À nouveau, l'écho à peine perceptible, troublant. J'ai dû changer de visage, parce que Matt donne une bourrade à son frère. « Je t'avais *dit* de pas lui dire. » Mais c'est une bourrade pour la forme. Matt est soulagé que je sache. Le coup de téléphone lui a fait peur.

« Mais maman, tu n'as pas les cheveux longs.

— Non. Il s'est trompé. »

Matt s'agite un peu, comme s'il allait ajouter quelque chose, puis il retourne à ses fils électriques.

Je me lève. « Bon, je vais aller aider papa à préparer le dîner. Finissez votre circuit, et vous pourrez nous faire une démonstration. »

En bas de l'escalier, il y a le téléphone. Je pose la main

dessus. Il est inerte. Je ne me rappelle pas si les télé-phones modernes vibrent, comme le faisaient les anciens, juste avant que la sonnerie se déclenche. S'il vibrait sous ma main, là, tout de suite, et qu'il se mette à sonner, qu'est-ce que je ferais ? Je voudrais qu'il sonne. Je voudrais décrocher et demander : « Qui êtes-vous ? Qu'est-ce que vous voulez ? »

Je trouve Donald dans la cuisine.

« Comment ça s'est passé à la banque ?

— Je vais te le dire dans une seconde. Il faut que je mesure ça. » Il tasse de la purée de pommes de terre dans un verre gradué, en fronçant les sourcils. Quand je regarde Donald faire la cuisine, ça me rappelle toujours l'odeur du labo de chimie. L'odeur de gaz des becs Bunsen, l'odeur de bois brûlé quand un petit malin avait dirigé la flamme vers un pupitre, l'odeur d'oxyde de zinc qui m'évoque le sang des règles. Donald n'aime pas faire la cuisine. Il lui faut, avant de se lancer, tout un échafau-dage de livres de cuisine, de balances et de verres gradués. Donald n'est pas quelqu'un qui improvise.

« Qu'est-ce que tu nous prépares ? dis-je en me penchant au-dessus du comptoir américain.

— Du hachis de corned-beef.

— Oh, fameux. Laisse-moi ouvrir la boîte, tu vas te mettre du corned-beef sur ton pansement. »

Le corned-beef est tiède, parce qu'il était près de la cuisinière. Il glisse d'un coup hors de la boîte, bloc allongé couleur de cirage rouge foncé, enrobé de graisse jaune qui commence à fondre. Donald le hache avec un couteau, puis avec une fourchette il le mélange à la purée. En jetant un œil à sa recette il ajoute du sel, du poivre noir et de la noix de muscade râpée, puis il lie le hachis avec de l'œuf battu. Je ne dis pas un mot en le voyant verser de l'huile de tournesol dans la poêle, la laisser à feu trop doux, et y flan-quer le hachis. Ça ne grésille pas. Ça s'écrase dans l'huile froide, rien ne se passe.

« Tu pourrais peut-être monter un peu le feu ? »

Donald met la flamme au maximum. Je vais me changer. En enlevant mon collant, je sens une odeur de brûlé et je redescends en courant, pour le cas où Donald ne serait pas dans la cuisine. Il y est, planté là, une spatule en bois à la main, avec sur la table le hachis fumant.

« Regarde-moi cette saloperie, dit Donald. À peine j'ai le dos tourné, ça prend feu. Tu crois que ça vaut la peine de récupérer ce qu'on peut ?

— Non, pas vraiment. Laisse, va, je vais faire des sandwiches. Les enfants adorent ça. »

J'ouvre grande la fenêtre et l'air frais du soir entre à flots. De loin, le marais est magnifique.

« Mangeons rapidement et allons faire un tour.

— Tu crois qu'on peut les laisser seuls ? »

C'est moi qui devrais poser cette question. « Bien sûr, dis-je. Sans problème. On ira jusqu'à la digue. »

Dans la boîte à pain il y a deux pains blancs en tranches. Dans le frigo il y a un paquet de margarine, une barre de cheddar savonneux et deux tomates. Donald a fait les courses à l'épicerie du village.

« Tu ne devrais pas acheter ce genre de trucs.

— C'est pas cher. »

Ça n'a rien à voir avec ce que ça coûte. Je le sais bien et Donald aussi. C'est une question de masochisme. Avant, je m'arrêtais au marché en allant travailler, et je remplissais deux cabas d'aubergines violettes, toutes luisantes, à la peau dense, de reinettes grises, de pommes d'api, de poivrons si frais que le jus giclait quand on les coupait, de choux-fleurs blancs et fermes, de jeunes pousses de navet que je faisais cuire dans de l'huile de sésame avec du gingembre, de gros oignons doux d'Espagne, des piments rouges frais. Je suspendais mes cabas au frais dans le vestiaire où il faisait plus froid et où je rangeais mon manteau, puis je rentrais en bus, les cabas sur les genoux, en pensant à ce que j'allais faire pour dîner. Les fruits et les légumes du marché étaient moitié prix de ce qu'ils sont ici, à l'épicerie du village.

Novembre, c'était le meilleur mois pour le marché, quand les journées étaient sombres et courtes, et que les pommes tardives étaient empilées à côté des satsumas, des clémentines et des oranges Thomson. Tout était pour rien, avant les gelées. J'achetais des tomates vertes pour le chutney, des pousses de brocoli violet, et du céleri qu'on avait arraché, des miettes de terreau noir incrustées dans ses côtes. Le marché ouvrait à sept heures, il faisait encore nuit en cette saison, et à l'intérieur des auvents de toile les ampoules électriques se balançaient et jetaient des ombres énormes quand le vent soufflait. Il y avait une odeur de feu de bois dans l'air, et les marchands portaient des mitaines pour sortir les pommes de terre des sacs. Plus tard, j'achetais des branches de verdure de Noël, une guir-lande de houx à suspendre à la porte de la maison et du gui avec des baies fragiles qui tombaient par terre et qu'il fallait ramasser tout de suite pour que Joe ne risque pas de les avaler. J'achetais des noix, des noisettes et de la sauge, des clémentines avec encore de longues feuilles vertes pointues, des caissettes de figues et de longs paquets tout collants de dattes.

Maintenant je tartine le pain avec la margarine, je coupe du fromage et je place les tranches de tomate sur le dessus.

« Alors, qu'est-ce que la banque a dit ?

— Ils veulent faire passer les traites pour le deuxième emprunt à 560 livres par mois. Ils s'inquiètent de voir la dette augmenter.

— Elle n'augmenterait pas s'ils ne prenaient pas de tels intérêts.

— J'ai regardé les chiffres. Nous devons 3 600 livres de plus que l'année dernière à la même époque. Ça fait main-tenant 132 000 livres.

— Ciel.

— Avec le remboursement de l'emprunt pour la

106

maison, ça fait 204 000 livres. Si les taux d'intérêt augmentent encore…

— Tiens, monte ça aux enfants, et on va aller faire un tour. On pourra en parler à ce moment-là. »

Donald se retourne vers moi, souriant. « Tu t'en tirerais mieux si je mourais. Avec l'assurance-vie, et ce que tu gagnes, tu serais riche.

— Tu ne vas pas mourir. »

Je voudrais qu'il arrête de parler de mort et de dettes, et qu'il aille se chercher un boulot de pompiste quelque part. Mais il ne fera jamais ça. Le pire, c'était quand il avait répondu à une de ces pubs des journaux du dimanche qui vous promettent de vous former pendant vos loisirs à un métier lucratif. *Grâce à vos cours par correspondance, un an plus tard, je gagne 2 500 livres par mois, je me suis acheté une Honda dernier modèle, et cet été j'emmène ma famille passer ses vacances en Floride. Merci, Erskine Enterprises.* Je n'avais pas vu la brochure arriver, mais il avait dû passer sa journée plongé dedans, parce que quand j'étais rentrée ce soir-là il m'avait dit : « J'ai quelque chose à te montrer. Assieds-toi, je vais te préparer du thé. »

J'avais scruté son visage. Il avait l'air animé, optimiste, comme jadis lorsqu'il commençait un travail pour un nouveau client. Il avait posé la tasse de thé devant moi et la brochure sur la table.

« Il faut lire ça attentivement. Je l'ai lu et relu, franchement je ne vois rien qui cloche. Ça a l'air sérieux, je te jure. »

J'ai lu les premières pages. Rien d'autre que battage publicitaire, témoignages de réussite, courbes et diagrammes. Je ne parvenais pas à croire que Donald ait pu prendre ça au sérieux. J'ai levé les yeux sur lui, j'espérais que c'était une blague. Mais il était plein d'enthousiasme. Il s'est penché par-dessus mon épaule et m'a montré une colonne de chiffres. « Convaincant, qu'est-ce que tu en penses ? Bien sûr, il faut que j'étudie ça de plus près. »

J'ai repensé au jour où nous avions emmené Matt à la foire, quand il avait huit ans. Joe avait six ans, et tout ce qu'il voulait, c'était rester avec nous et monter sur les manèges. Mais Matt avait eu droit à son argent à lui. « Tu peux en faire ce que tu veux. Mais quand tu auras tout dépensé, c'est fini. Ça s'arrête là. » On lui avait donné cinq livres. Il était allé au stand de tir, où d'énormes jouets en peluche étaient accrochés au-dessus des cibles, prêts à être gagnés par le tireur en récompense de son adresse. Je voyais les yeux de Matt rivés sur la cible, brillants, éblouis. Ça avait l'air si facile. Je l'avais laissé dépenser sa première livre. Il n'avait rien gagné, mais il s'était tourné vers moi, le visage ardent. « Je *sais* que je vais gagner si je fais encore trois essais. J'ai vu comment faisait l'autre garçon. Il faut tirer d'abord d'un côté, puis de l'autre. » Et la deuxième livre y était passée. Quand j'avais tenté de l'arrêter, ses yeux s'étaient dilatés de panique. « C'est mon argent, maman ! Tu as dit que je pouvais en faire ce que je voulais ! »

J'avais été idiote. J'aurais dû l'arrêter à ce moment-là. Après la troisième livre, il était trop engagé. Il ne pouvait plus s'arrêter, il ne pouvait pas admettre que c'était un stupide attrape-nigaud. Le forain avait dû remarquer ma colère, car quand la cinquième livre de Matt avait été dépensée, il était venu avec une petite souris en peluche et avait dit : « Tiens mon petit gars, bravo quand même. » Matt était reparti, la figure tordue de détresse, faisant le brave. Plus tard, dans la voiture, je l'avais entendu dire à son frère : « Tiens, Joe. J'ai gagné ça pour toi. »

J'avais devant les yeux le visage de Matt ce jour-là alors que je feuilletais la brochure. J'ai bu mon thé, puis j'ai dit, aussi doucement que j'ai pu : « Je me méfierais quand même un peu, Donald. Ça m'a tout l'air d'être de la vente en cascade. » Ça me faisait mal de le regarder. Un an plus tôt, il n'aurait même pas remarqué ce genre de pub. Ou bien ça l'aurait fait rigoler. C'est là que j'ai compris l'effet qu'avait eu sur lui la faillite de son association. Cela avait détruit sa foi en son propre jugement à tel point qu'il ne l'exerçait plus.

Maintenant, je regarde Donald qui tient le plateau de sandwiches pour ses enfants, tête baissée.

Je répète : « Sortons. Ils se passeront bien de nous pendant une heure. »

Mais il ne veut pas venir. J'avance dans la soirée d'automne claire et fraîche. Dès que je suis dehors, j'entends la mer. Je déroule le cordon orange du piquet, je soulève la barrière, je la pousse. C'est comme ça qu'on va vers la mer. Les moutons posent leurs yeux sur moi, puis se dispersent et retournent à leur tâche qui consiste à manger. Ils ont tondu l'herbe de près, et elle est couverte de leurs crottes, noires et brillantes comme du réglisse, et aussi de crottes de lapin, plus petites et plus sèches. Le matin, quand je vais me baigner, il y a des lapins plein les champs. Les chasseurs ont beau leur tirer dessus, ils sont toujours plus nombreux. Un vent léger agite les roseaux près des fossés de drainage. Pour la première fois de la journée, j'ai l'impression de respirer à fond, dans la solitude du marais qui est comme de l'eau claire.

Je traverse les trois champs qui me séparent de la digue. Depuis que des gens habitent là, cette digue n'a pas cessé d'être bâtie et rebâtie. Sans elle, en deux hivers la terre serait engloutie. À trois kilomètres plus loin sur la côte, ils ont dépensé beaucoup d'argent pour la réparer quand une grande marée de vive eau l'a endommagée, il y a deux hivers de ça. Mais ici elle fait partie du paysage avec, côté mer, le mur de pierre et, côté terre, un arrondi verdoyant. Quelquefois les moutons franchissent les fils de fer et escaladent le remblai. On aperçoit leurs silhouettes sur le mur, ébouriffées par le vent qui, par là, souffle en permanence. J'escalade l'échalier du dernier champ, et je monte les marches en bois qui mènent en haut de la digue.

Je me retourne, et je regarde notre maison. Donald a dit qu'il voulait vérifier les chiffres, et faire un brouillon de lettre à la banque. Je mets ma main, paume à l'extérieur, devant ma figure. Plus de lumière, plus de maison, plus de Donald, plus de fils. Je fais glisser ma main sur le côté et, coucou, la maison réapparaît. Je pense à tous les gens qui se sont tenus un jour sur cette digue.

Pendant des siècles, des envahisseurs ont débarqué ici. L'endroit était favorable. D'ici, alors comme maintenant, on voyait briller les foyers, toutes les lumières des petites habitations disséminées le long de la côte.

Ils débarquaient en nombre et ils commençaient par incendier le chaume. À la fin de l'été, ça brûle sans problème. Les flammes jaillissaient et donnaient de la langue, et le feu se propageait de hutte en hutte. Hurlements, habitants déboulant de leurs huttes encore tout pleins de leurs rêves pour plonger, éveillés, dans un cauchemar où le feu est prêt à les engloutir. Une femme traînée par les cheveux parce qu'elle faisait obstacle. La gorge nue, blanche, luisante de sueur, et le couteau qui s'y enfonce, pendant que l'homme qui a fait ça ne prend même pas le temps de regarder la femme mourir. Trop occupé, tournant la tête, à crier quelque chose à quelqu'un derrière lui.

Vous ne vous donnez même pas la peine de regarder la mort, vous vous contentez de la provoquer. Et une femme dont vous venez de trancher la gorge, vous la rejetez par terre d'un coup de pied, même si elle n'est pas morte, parce que des morts il va y en avoir en pagaille, plus qu'à votre tour. Elle peut bien sursauter et rebondir sur le sol, c'est quelqu'un qui accapare un temps qui ne lui appartient pas, alors que vous, vous avez encore du boulot devant vous.

Ils emportaient tout ce qu'ils pouvaient, et ils prenaient note de l'endroit. Ils savaient à merveille calculer la fréquence de leurs interventions. Ils repartaient un bout de temps, laissaient les gens croire qu'ils ne reviendraient pas. Si vous voulez exploiter les gens au maximum, il faut leur laisser un peu d'espoir. Sinon, ils foutent le camp, voilà tout, et quand vous revenez, vous ne trouvez plus que des mauvaises herbes et des chats errants. Il faut calculer au plus juste. Débarquer une année, et pas la suivante, ni la suivante. Leur donner le temps de faire une ou deux fois les moissons. Les laisser penser qu'ils tiennent le bon bout et se défoncer à rentrer le blé qu'ils ne mangeront pas.

Le pire, c'est quand les gens se défendent. C'est là que ça devient moche, et si les gens avaient un peu de bon sens, ils éviteraient. C'est pour ça qu'il ne faut jamais déranger un cambrioleur. Il est shooté à l'adrénaline, il peut aussi bien vous buter. Sans le faire exprès, sans comprendre ce qu'il est en train de faire. Du moins c'est ce qu'ils disent. Ces hommes, débarquant de la mer, traversant les terres défrichées, se déplaçant sans bruit malgré leur poids. Ça s'est toujours passé, ces choses-là. Quelquefois ils cessent un certain temps, mais avant longtemps ils recommencent. Si, par hasard, vous êtes né à une de ces époques bénies où il ne se passait rien, alors le changement va vous faire un drôle de choc.

Tout ce que j'aurais toujours voulu, c'est de vivre à une de ces époques.

« On s'est inscrits pour la conscription. »

Je vois encore ces regards qu'ils échangeaient, Calvin et Michael. Je n'arrivais pas à me représenter ce que ça pouvait faire, d'être eux. Ils avaient grandi en pensant que la vie était quelque chose de personnel, et puis l'Histoire leur était tombée dessus. Ils s'étaient inscrits pour la conscription. Ils avaient attendu de voir quels numéros allaient être tirés, et moi pendant ce temps-là j'étais allongée par terre, tranquille, à regarder les remous à la télé. Mais Michael m'avait dit que j'étais une combattante, longtemps avant que je le sache moi-même. *Tu te battrais pour tes gosses.* À l'époque, ça m'avait paru un cliché. Avant que j'en aie, les enfants, ça n'existait pas pour moi. Je me voyais comme quelqu'un de doux, et se battre, c'était pour les autres.

Depuis que j'ai eu les enfants, ça n'est plus pareil. Je

conspire pour eux. Je dresse des plans comme un général sur un champ de bataille. Pour les protéger, je ferais n'importe quoi.

Je pense au type qui avait construit une cave sous sa maison, avec une pièce secrète dont personne ne connaissait l'existence. Il avait bien fait les choses, il y avait même des toilettes, qu'un de ses amis plombier avait installées. Les murs étaient peints en blanc, ils avaient acheté une paire de lits pliants et procédé à un minimum d'aménagements. Quand la porte était fermée, impossible de savoir qu'il y avait là une pièce.

Puis il était sorti dans sa voiture et il s'était promené dans les rues, allant d'un arrêt de bus à un autre, passant devant les entrées d'écoles, les salles paroissiales où il y a des cours de danse après l'école. Plein de jours comme ça, à fignoler sa cave, et ensuite à se promener en voiture.

Il les voit. Peut-être que ce sont deux petites filles qui transportent leurs chaussons de danse et leurs collants dans des mallettes rouges. On est en novembre, il fait gris mais pas encore noir. Il est seulement trois heures et demie. Elles ont les cheveux tirés en arrière et attachés en chignon sur la tête. C'est ce que recommande leur professeur de danse. Pas de mèches qui tombent. Elles ont de longues jambes maigres au bout desquelles elles portent de grosses chaussures d'écolières.

Deux petites filles, dix ans, et c'est la première fois qu'on leur permet d'aller toutes seules de l'école à leur cours de danse. D'ailleurs, elles ne sont pas toutes seules, elles sont toutes les deux, alors pas de problème. « Il faut leur laisser un petit peu d'indépendance », disent les mères, l'une rassurant l'autre, parce que c'est dur de lâcher les rênes, même si on sait qu'il faut le faire. « Après tout, l'année prochaine elles iront au lycée en bus et il faudra bien qu'elles sachent se débrouiller toutes seules. »

Les mères sont comme ça. Toujours à faire des histoires. Les deux petites filles lambinent en riant, en bavardant. De temps en temps elles se rappellent ce que leurs mères ont dit : « Vous y allez tout droit, sans traîner dans la rue », et elles piquent un petit trot en riant plus fort que jamais.

Elles ne remarquent pas la voiture qui roule lentement de l'autre côté de la route, venant vers elles. Rien de spécial en somme. Le type qui a le coude posé sur le rebord de la vitre ouverte. Là où elles commencent à remarquer quelque chose, c'est quand la voiture fait demi-tour, se retrouve de leur côté, et s'arrête le long du trottoir, moteur en marche. Mais ça n'a rien à voir avec elles. Elles, elles vont à leur cours de danse, et ensuite la mère d'Ann viendra les chercher pour les ramener toutes les deux chez elle, pour le thé. Il y aura encore des bavardages, pendant des heures, et de la pizza, et l'émission « Les Voisins », et de la musique, et le téléphone qu'on monte dans la chambre d'Ann pour appeler les copines.

Mais attention. Il y a un autre type à l'arrière de la voiture. Il ouvre sa portière, en douceur mais rapidement, et maintenant il est sur le trottoir derrière elles. Et le chauffeur est sorti lui aussi, et il se place devant elles. Et c'est bizarre, il n'a pas arrêté le moteur. Et les deux enfants sont soustraites à leur vie.

Je vois là-bas ma maison avec les lumières jaunes qui s'allument à chaque fenêtre, une par une. Mes enfants qui vont d'une pièce à l'autre. Si j'avais des jumelles, je verrais leurs ombres. Une telle impression de sécurité. Des ombres dansant au milieu du feu de bois, la clarté jaune des lampes, les portes closes. La maison à la campagne telle que les gens en rêvent. Si je voyais maintenant une voiture sur la route, entre les rangées d'arbres, si loin qu'on dirait qu'elle rampe vers la maison, je n'aurais rien à craindre.

Mais il n'y a pas de voiture. C'est le vent du soir qui fait frémir les cheveux sur ma nuque. Je voudrais courir, et je voudrais ne pas bouger d'ici. C'est idiot de ma part d'en arriver à être aussi fatiguée. Je n'y vois plus clair. Je ne suis qu'un juge, un juge d'instance. Mon territoire, ce sont les pensions alimentaires, les cas d'insolvabilité, et les litiges à propos de contrats. Je ne m'occupe pas des meurtres. Je juge. Je dois donner forme aux choses. Je dois donner un sens à des choses qui n'en ont en fait pas le moindre.

L'Histoire vous a frappés de plein fouet. À douze ans, tu étais petit pour ton âge, ensuite tu as dû grandir vite. Très vite tu aurais pu sortir le gosse du panier de basket.

Vous avez été soustraits à vos vies, déversés par tombereaux d'avions si lourds qu'on avait peine à croire qu'ils puissent voler. Dès que vous posiez un soulier par terre, plus moyen de le décoller. L'Histoire, maintenant, c'est vous qui la faisiez.

Mais il te restait toi. Ton odeur bien à toi enfouie dans tes aisselles et dans ton aine. La façon dont ta peau bronzait, la façon que tu avais de toujours avancer le pied gauche en premier. Les mille goûts, habitudes, instincts, qui faisaient partie de toi sans que tu en aies même conscience.

J'imagine que c'est ça l'armée. Ça enfouit la chair intime dans un uniforme, ça vous fait avancer le pied droit en premier, et petit à petit ça vous apprend à quitter votre histoire à vous pour entrer dans la sienne.

C'était un pays de petits hommes. Leur technologie était peu avancée, et ils n'avaient pas l'abondance de ressources qui vous servait de rempart. Mais ils étaient chez eux, et pendant que vous restiez les bras ballants, eux, ils dansaient.

« La plupart du temps, on s'emmerdait à mourir. On allait jusqu'à faire des paris sur la vitesse à laquelle une ombre se déplaçait. On croyait tout le temps qu'on avait vu quelque chose bouger, et puis quand on se retournait il n'y avait rien.

« Il y avait cette vieille femme qui m'avait agrippé, elle me tirait par mon blouson et elle hurlait. Je me disais : Mais enfin lâche-moi, merde. Pourquoi tu me fais ça ?

Moi je lui faisais rien. À des moments comme ça, tu ne comprends pas ce qui se passe. Après, on t'explique et ça commence plus ou moins à avoir un sens. On t'explique pourquoi il faut que ça soit comme ça, et à ce moment-là tu fais partie de ce qui se passe, tu cesses d'être en dehors du coup.

« Les filles se pressaient dans les bars. Tu avais l'impression que tout un essaim de papillons s'abattait sur toi. À côté d'elles, notre peau avait l'air d'être du papier de verre. Son bras à elle contre le tien, on aurait dit de la soie. »

Pendant que tu parlais, je voyais deux bras côte à côte sur le comptoir du bar. L'un des deux était le tien. Il faisait sombre, les fenêtres avaient des stores pour empêcher le soleil d'entrer. À côté de toi son corps à elle était sinueux dans son étroit fourreau de soie. Je savais à quoi tu pensais. Au fait de pénétrer cette fille, si menue, avec sa douceur liquide qui t'avalait. J'entendais le bruit de l'argent que tu lui avais donné, de la main à la main. Les billets étaient mous. Un bruit de daim frôlant du daim. Pas de craquement.

« Je ne me rappelle pas son nom », as-tu dit. Je t'ai regardé et je ne t'ai pas cru. Je n'ai rien dit, parce que c'était ton univers, pas le mien. Je ne voyais que ce que tu me permettais de voir. Ensuite tu as ri et tu as dit : « Mais ça ne fait rien. J'ai Calvin qui s'en souvient pour moi. »

Plus tu en fais, plus tu vas pouvoir en faire. J'essaie de me représenter où tu veux en venir, ce que tu as en tête que tu ne me laisses pas encore voir. Tu n'as pas encore fait grand-chose. Deux lettres, deux coups de téléphone où tu ne disais pratiquement rien. Peut-être que je dramatise.

Onze

En passant devant le téléphone pour monter au premier, je le touche de la main. Une fois, deux fois. Un deux trois j'irai dans les bois. J'aurais pu le débrancher. J'envisage une seconde de le débrancher, et là-dessus il sonne.

« Allô. » C'est sa voix. Il y a une semaine, je ne l'aurais pas reconnue, mais je l'ai réapprise. Je me tourne de façon à isoler l'appareil du reste de la maison.

« Allô, dis-je à mon tour.

— Je t'ai enfin. D'abord je tombe sur ton mari, puis sur ton gosse. Ton gosse a l'air sympa. »

Je ne dis rien. Je me concentre sur mon écoute. Je vais l'attirer vers moi sur les ondes qui transmettent les voix. Je le vaincrai par mon écoute.

« Simone ?

— Je suis là.

— Tu ne dis rien ? »

À nouveau, j'attends. De grands éclats de rire en provenance de la télévision passent à travers la porte. J'entends Joe rire, en forçant un peu la dose, tout fier d'avoir compris la blague. Entre Michael et moi l'air soupire.

« Ça a été coton, de te trouver.

— Ah bon ? dis-je. J'imagine que ça ne doit pas être si

difficile que ça. » De l'index, je polis le socle du téléphone. J'entends son souffle. Lui aussi attend, il attend quelqu'un qui n'existe plus. Je m'offrais toute à lui, jadis, au téléphone. Ardente, exaltée. Espérant qu'il allait me trouver sexy.

« Enfin, j'ai fini par y arriver, dit-il. Je te parle.

— Tu sais où je suis.

— Je ne me représente pas. Tu pourrais être n'importe où. »

À nouveau je me tais. Je crois comprendre qu'il me dit qu'il va venir ici. Dans le fouillis de ce qui n'est pas dit, je discerne quelques formes. Après tout, c'est mon métier.

« Est-ce que tu t'es coupé les cheveux ? demande-t-il brusquement.

— Non. Ils sont toujours longs.

— Quand j'ai appelé, Matthew m'a dit que tu étais en train de te les laver.

— C'est exact.

— Je me rappelle que tu passais ton temps à te laver les cheveux. Tu lui as parlé de nous ? Il est au courant, pour toi et moi ? »

Il s'introduit dans ma vie, à pas feutrés, comme un cambrioleur. *Ça n'existe pas, toi et moi*, ai-je envie de répondre, mais ça n'est pas le moment. Toutes ces années passées dans mon cabinet, avec le feu allumé dans le poêle, j'ai appris à laisser du silence pour que les gens puissent y introduire leur parole. Ce qu'il faut savoir écouter, c'est ce que les gens ne savent pas qu'ils sont en train de vous dire.

« Pour quelle raison est-ce que je ferais ça ? » Tout d'un coup, je me dis qu'il n'est pas seul. Il a quelqu'un d'autre avec lui, qui est là tout près pendant qu'il parle. Calvin.

« Calvin veut me dire bonjour ?

— Calvin ? » Il a l'air sincèrement étonné.

« Calvin. Il n'est pas là avec toi ?

— Calvin est mort. »

Ça, je peux le vérifier, me dis-je machinalement.

117

« Il est mort d'un accident dans l'Illinois.

— L'Illinois ?

— Oui. Y a un bon bout de temps, en 86. Le camion dans lequel il faisait du stop est sorti de l'autoroute. Le routier a survécu, avec une jambe cassée. Au moment de l'accident, il dormait.

— Qui, Calvin ?

— Non, le routier. Il avait laissé le volant à Calvin. Mais ça n'est pas la version officielle. »

Je vois le camion fonçant sur l'autoroute comme un château fort illuminé, avec tout l'État de l'Illinois devant lui, et Calvin au volant. Les phares d'en face éclairent d'un coup sa figure, mais je n'arrive toujours pas à distinguer ses traits.

« Tu dis qu'il est mort quand ça ?

— Le 26 avril. Le jour de son anniversaire.

— Qu'est-ce qu'il faisait dans l'Illinois ?

— Bon Dieu, qu'est-ce que tu veux que j'en sache ? On ne me l'avait pas donné à garder. Il ne tenait pas en place, il passait son temps à voyager. Tu connais Calvin. »

Le Calvin que j'ai connu restait en place, près de Michael. S'il n'est plus là, ça va rendre les choses plus simples. Je ne vois personne à part lui qui nous ait connus assez pour se rappeler des choses précises. Au bout de tout ce temps. S'il est exact que Calvin ait mis ce camion dans le fossé il y a plus de dix ans de ça. Maintenant que j'ai la date, je peux vérifier. Et je ne ressens pas une ombre de sympathie pour lui, pas même ce sentiment fraternel des os et de la chair pour d'autres os broyés, une autre chair déchirée qui laisse s'échapper la vie.

« Tu crois qu'il l'a fait exprès ? »

Michael soupire. « Je savais que tu allais me poser cette question. » Il dit ça comme si aucun de nous deux n'avait changé d'un poil. « Je savais que tu voudrais savoir ça.

— Tu as raison. »

J'ai tellement changé que tu ne me reconnaîtras pas, me dis-je en faisant passer le téléphone dans la main gauche.

J'entends Joe rire à nouveau. *Tu crois que tu me connais, mais c'est complètement faux.*

« Je suis désolée, pour Calvin, dis-je.

— Je ne le voyais plus depuis un certain temps.

— Malgré tout. »

Nous nous taisons un moment. Le silence qui coûte des fortunes fait son tic-tac.

« Tu sais, Simone, la façon dont tu es partie, ça m'a démoli. Je ne savais plus ce que je faisais. Tu me crois ? »

Je ne dis rien. Je l'entends qui avale sa salive.

« Deux semaines après ton départ, il y a eu une tempête. Je suis parti sur la *Susie Ann*. Dès que je lui ai fait tourner la pointe et que j'ai été face au vent, j'ai su que j'allais trinquer. Le vent soufflait si fort qu'il découpait des tranches d'eau au sommet des vagues. Et elles venaient frapper le bateau comme des pierres. » À nouveau il se tait. Je vois le bateau se cabrer, l'eau se briser en cascade sous la force du vent qui souffle en sens contraire de la marée.

« Mais tu as pu rentrer.

— Oui. Tu as beau te dire que tu t'en fous, de ce qui peut arriver, tu te retrouves en train de te battre. Je ne pouvais pas la laisser se retourner et aller se fracasser contre le rivage. Tu te souviens de la *Susie Ann* ?

— Tu sais bien que oui », dis-je dans le combiné, en remuant à peine les lèvres. Je suis furieuse contre mon cœur, qui bat à tout rompre même si je n'ai rien à craindre. Et j'ai les mains qui transpirent. « Je ne vois pas bien où nous mène cette conversation », dis-je d'une voix dont je sais qu'il ne l'a jamais entendue. Il se tait un moment, puis j'entends à nouveau sa voix, gaie à travers le rire.

« Oh, voilà madame la juge. »

Et cela m'apprend tout ce que j'ai besoin de savoir. Il a mené son enquête à fond, et il y a une raison à cela. Je nous revois tous les deux, regardant la série comique « Rowan et Martin ». Calvin n'aimait pas cette émission. J'avais mes pieds nus posés sur les genoux de Michael, et je buvais au goulot la bière que ses lèvres avaient touché avant les miennes. Quelquefois je voyais les bulles de sa salive et je posais mes lèvres lentement, pour ne rien perdre du frisson de plaisir qui me parcourait.

« Il faut que je te laisse, dis-je.

— Mais on vient tout juste de commencer. Tu n'as pas à t'inquiéter de ce que ça coûte. J'ai du fric. »

Mais non, il n'a pas de fric, je le sais parfaitement. Mais c'est bien au fric qu'il pense. Il avait ça en tête depuis le début, ça lui démangeait la langue, et ça vient de lui échapper.

« Tout ce que je veux, c'est te parler », dit Michael, et ça a l'air vrai. Je l'ai devant moi, tout entier. Torse nu, les épaules luisantes. Le panache d'eau qui s'échappe de l'écope et qui se répand sur sa peau. Les gouttes éparses qui tombent dans la poussière par terre. Les yeux de Michael fermés, son visage en paix. Lui tout entier pour une fois, et s'offrant à moi.

« Je suis désolée, dis-je.

— Tu ne sais pas le temps que ça m'a pris de te retrouver.

— Je ne peux pas croire que ça ait pris si longtemps. C'est assez facile de retrouver les gens, quand on veut.

— Tu as déjà essayé ?

— Non. Non, jamais.

— Tu n'as jamais eu besoin.

— Écoute, Michael…

— Simone, est-ce que tu aurais reconnu ma voix ?

— Je n'en sais rien.

— Je veux parler avec toi, Simone. Parler, c'est tout. C'est tout ce que je veux. »

Et puis nous nous taisons tous les deux. Nous nous taisons longtemps, jusqu'au moment où il y a un déclic. Je continue à tenir l'appareil, j'entends l'écho de la voix de Michael qui retourne au néant. La voix, c'est ce qu'il y a de plus physique. C'est la fibre même de l'homme. Ça dit son poids, la profondeur de ses poumons, l'étroitesse de sa gorge. Sa bouche, humide ou sèche. Ce n'est pas vrai, ce que j'ai dit à Michael. Je l'aurais reconnue. La mémoire recouvre mes sens comme une nappe de pétrole, brillante, dangereuse.

Donald est dans le bûcher, il entasse du bois à la lumière d'une lanterne à piles. Il y a deux grands tas, et un tas de petit bois tout neuf. Il vient de fendre des bûches.

« Davey Barryman va me livrer un chargement à la fin de la semaine, alors je me suis dit qu'il fallait libérer un peu de place.

— Donald.

— Oui ? Ne te mets pas devant la lumière, Simone. Je ne vois pas ce que je fais. »

La hachette se lève ; son ombre, énorme, bouge sur le mur. Elle s'abaisse, et le bois se fend.

« Le bois est encore un peu vert. »

Le sol est jonché de copeaux de bois pâles qui sentent bon. J'en ramasse une poignée, je les hume.

« Qu'est-ce que c'est ?

— Du pommier. Dans le nouveau chargement aussi ça sera surtout du pommier, ils déboisent le verger.

— Très bien. Donald, écoute… »

À nouveau les ombres jaillissent. Il est tard. Les enfants devraient être couchés.

« Je vais me couper les cheveux. »

Il se redresse, me regarde. « Tu dis toujours ça.

— Non, cette fois je suis décidée. »

Il sourit. Il ne me croit pas.

Je parcours du regard le bûcher. Ça n'est pas une des annexes en pierre de la maison, c'est un vrai hangar en bois, bien construit, avec des planches de pin lisses, et un plancher de pin. Joe voudrait y habiter. Il y a une petite lucarne carrée, qui éclaire peu, et ça sent toujours bon à l'intérieur. Pour le moment, c'est plein d'ombres et de lumière chaude, de bûches grossièrement taillées, d'une bonne odeur de résine. Joe voudrait avoir un lapin qu'il garderait ici. Il dit que les lapins aiment l'odeur du bois de pommier. Fendre du bois, c'est l'une des premières choses que Donald ait faites, quand on est venus s'installer ici. Quand il va se promener, s'il trouve en chemin une branche cassée, il la traîne jusqu'à la maison et la laisse devant le bûcher sous une bâche jusqu'à ce qu'elle puisse faire du petit bois.

Donald pose une grosse bûche en équilibre sur le billot. Il recule d'un pas, balance la hachette, l'abat. Le bois s'ouvre, blanc à l'intérieur. Je m'avance et je touche la surface de la coupure fraîche. Le bois est tendre.

« Simone, pour l'amour du ciel, ne viens pas si près. Tu vas te blesser.

— Je voudrais juste le sentir. » Je me penche, je respire le parfum du bois. C'est vrai que ça sent la pomme.

« Je voudrais que ce bûcher soit rempli avant l'hiver », dit Donald. Ça vaut la peine de s'en occuper maintenant, si ça nous évite d'acheter du charbon. » Il se retourne et cale encore deux bûches le long du mur, sur la plus grosse des piles. Dans l'éclairage tamisé de la lanterne, le bûcher a l'air d'une grotte. Donald construit un mur de bois solide qui ne s'effondrera pas quand on viendra prendre des bûches pendant l'hiver. Il a la hachette, le bois qui doit être testé, fendu et entassé. Il est sans doute heureux. Son pansement sur la main est dégoûtant, mais je ne veux pas le faire remarquer.

« Est-ce que ce type a rappelé ?

— Justement, oui. Là, tout de suite.

— Qu'est-ce qu'il voulait ?

— Il appelait pour me parler de quelqu'un d'autre, en fait. Quelqu'un que j'ai connu quand j'étais étudiante. Il s'est tué dans un accident de voiture. Mais je l'avais perdu de vue depuis longtemps.

— Ah bon. C'était gentil de sa part de se donner tout ce mal.

— Oui. »

Douze

Si c'est de l'argent que veut Michael, c'est une chose. J'en fais mon affaire, même si je me doute que j'aurai du fil à retordre tant que je ne l'aurai pas convaincu que je n'en ai pas.

Mais je ne crois pas que ce soit pour ça. Michael ne s'est jamais intéressé à l'argent. Ce n'était pas dans sa nature. S'il avait voulu, il aurait pu gagner des mille et des cents avec les bateaux et les estivants. La *Susie Ann* était à lui, et pendant toute la saison il aurait pu prendre des gens à bord, les emmener pêcher dans la baie, ou voir le bateau échoué à l'entrée du port, ce bateau qu'on apercevait à peine sous l'eau verte et opaque, à marée basse. C'était comme ça que les autres travaillaient, de l'aube jusqu'à la nuit, pour ramasser le plus de fric possible pendant les semaines ensoleillées de la saison d'été. Michael travaillait juste assez pour avoir de quoi manger, boire, et fumer de l'herbe, pas plus. Mais il aimait les bateaux. Pour lui, un bateau était une fin en soi, pas un moyen de gagner du fric. Si un client ne lui plaisait pas, il refusait de travailler pour lui, même s'il lui offrait des ponts d'or. Cet été-là, il avait passé des heures à travailler pour rien, à aider quelqu'un qu'il connaissait à construire un catamaran.

« Écoute, ce gars n'a pas un rond. Comment est-ce qu'il

va arriver à mettre son bateau à l'eau si personne ne lui donne un coup de main ? »

C'était bien conçu, disait-il. Ce type savait de quoi il retournait, sauf pour les questions d'argent. On s'était disputés un jour parce que Michael avait passé tout un beau dimanche à travailler au catamaran alors que je voulais qu'on aille à la foire aux pommes. J'avais pris son jean et je l'avais jeté dans la mer. *Si tu ne veux pas venir avec moi, eh bien tu n'iras nulle part.* Il était allé le rechercher dans l'eau, il l'avait mis mouillé, et il était parti quand même. Je ne me rappelle même pas le nom du type qui construisait ce bateau. Je crois qu'il avait des vues sur Michael. Voilà comment j'étais, jalouse de tous ceux qui nous approchaient, et trop jeune pour le cacher. Et, chaque fois que je respirais enfin, il y avait Calvin.

On y est allés, un autre jour, à la foire aux pommes. Je me rappelle l'odeur des fruits, entassés près des granges et sur des tables à tréteaux, une odeur piquante et vineuse dans l'air froid. Quand on mordait dedans, le jus giclait et vous coulait sur le menton. C'était surtout des pommes rouges, des pommes d'api. Rouge foncé, brillantes, comme la pomme de Blanche-Neige. Il y avait aussi des citrouilles, qui attendaient Halloween. Je n'avais jamais vu des citrouilles comme ça, grosses, rondes, d'une couleur orange doré, certaines avec la peau lisse, d'autres avec une écorce grenue. Je n'avais jamais mangé de tarte à la citrouille. Les tartes américaines étaient trop sucrées à mon goût. J'avais essayé une ou deux fois, puis j'avais renoncé. Je n'avais jamais acheté de grosses courges jaunes ni de courgettes rondes. Je ne savais même pas que les citrouilles étaient des plantes grimpantes. Je voyais la grange rouge, le ciel bleu, la citrouille jaune. J'étais émerveillée par la vivacité des couleurs, la grosseur des fruits et des légumes. On avait fait le tour de la grange et j'avais vu une camionnette piler dans un nuage de poussière d'été. Une fille était au volant, elle avait peut-être un an de plus que moi. Elle avait laissé pendre ses jambes du côté dont je m'habituais à peine à comprendre que ce n'était pas le côté du passager. Puis elle avait laissé tomber ses chaussures, elle avait allumé une cigarette, et elle était restée là les yeux fermés, à se reposer, en crispant et décrispant ses orteils dans la poussière soyeuse. Elle m'avait paru très belle. Je suppose qu'elle ne l'était pas particulièrement, mais elle était ce que j'aurais voulu être à ce moment précis. Et j'avais vu que Michael la regardait.

Certaines des citrouilles étaient si grosses qu'il fallait deux hommes pour les transporter. J'avais vu deux hommes en salopette s'accroupir et soulever une citrouille orange pour l'amener sur une remorque. En soulevant ce poids, ils avaient fait un bruit à mi-chemin entre le grognement et le rire. Je vois encore les murs rouges de la grange, le ciel bleu sans nuages, les citrouilles rondes et mûres, et pourtant, quand Michael m'a annoncé que Calvin était mort, je n'ai pas pu me rappeler à quoi ressemblaient sa bouche ou ses yeux.

On s'était levés tôt et on avait fait en voiture les deux cent cinquante kilomètres par un matin pâle et froid. Rien que Michael et moi. Les feuilles commençaient un petit peu à changer de couleur. Une tache de jaune ou de rouge ici ou là, comme par erreur. Michael m'avait dit que les routes seraient bondées de touristes dès le début de l'automne. Les gens venaient de New York et de partout rien que pour voir les couleurs des arbres. J'aurais bien aimé moi aussi venir voir les couleurs flamboyantes des feuillages, rouges et orange, sur des kilomètres, mais je ne l'avais pas dit. Je me rendais bien compte que ça faisait plouc de se traîner sur les routes du Vermont pour admirer les érables.

Certaines des pommes étaient là en présentation, d'autres étaient à vendre. Michael et moi en avons acheté un plein panier, en les déposant aussi délicatement que si c'étaient des œufs. C'était un grand panier à fond plat, et nous l'avons mis à l'arrière de la voiture, en le coinçant bien pour que les fruits ne tombent pas. On pouvait remplir un plein panier pour un dollar. Des gens bour-raient tellement leurs paniers que les pommes dégringo-laient, mais pas nous. Michael avait de l'élégance pour ce genre de choses.

Michael les a examinées, il a choisi la plus belle, il l'a frottée contre sa manche de chemise et me l'a tendue pour que je morde dedans. C'est difficile de mordre dans une pomme quand c'est quelqu'un d'autre qui la tient, et mes dents ont dérapé sur la peau dure et brillante. Il a fallu que je l'enfonce plus dans ma bouche pour avoir prise. Il y a quelque chose d'humiliant à se faire nourrir comme un bébé, mais c'est aussi érotique. Les types qui avaient soulevé la citrouille nous regardaient, et ils souriaient à moitié, je me disais que leurs dents ressemblaient à des dents de chien, et que j'étais bien contente que Michael soit là pour me protéger d'eux. La fille de la camionnette les connaissait. Elle était allée leur parler. Ils ne la regar-daient pas du tout comme ils me regardaient moi.

J'ai mordu une fois dans la pomme quand il la tenait, puis je l'ai tenue moi-même. La femme de l'éventaire nous a dit qu'elle les avait cueillies la veille au soir. Elle en avait une grange pleine, c'était la meilleure saison qu'elle ait connue depuis des années. Mais le prix qu'elle pouvait en tirer en ville ne lui payait même pas l'essence.

Elle nous a conseillé d'aller nous promener dans les bois. C'était chez elle, aucun problème. Une piste de bûcherons menait jusqu'en haut. Je n'en revenais pas de la façon dont les gens, là-bas, possédaient des terrains. Ils montraient une colline et ils disaient : « C'est à moi. »

La plupart de ces terres n'étaient pas cultivables. C'étaient des arbres et de la broussaille, avec une fine couche de terre qui recouvrait les rochers où les arbres prenaient racine. La femme avait sa ferme, son verger dans la vallée, quelques champs. Je pensais que ça devait être formidable de regarder par la fenêtre de sa ferme, de voir la colline, et de savoir que c'était à vous, que ça vous entourait pour vous protéger. Elle disait que ça restait éclairé longtemps après que le soleil ait quitté la vallée. Moi, j'avais grandi avec une petite bande de jardin qui devait faire sept mètres sur dix, un tas de sable où Jenny et moi on se chamaillait l'été, et derrière la maison un portillon qui donnait sur un chemin goudronné. J'avais dû parler de cette maison à Michael, mais il était persuadé que mon joli accent anglais voulait dire milieu privilégié. Il n'avait jamais mis les pieds en Angleterre. Il ne pouvait pas se représenter à quel point tout était petit, là d'où je venais. Ou peut-être que je ne lui avais pas vraiment expliqué. À l'époque, je voulais déshabituer mes yeux de tout ce monde en miniature. Je voulais être comme la fille de la camionnette.

« Vous voulez voir un peu ce que c'est qu'un hiver ici ? » m'avait demandé la femme en riant. Elle voyait bien que j'étais une citadine.

Il se peut que Michael ait changé. Les gens disent que quand on est jeune on s'en fiche de l'argent. On croit que les adultes vont continuer à repeindre les fenêtres et à remplacer les tuiles du toit pour que la pluie ne rentre pas. Ou alors on ne remarque même pas que les fenêtres sont peintes, et que la peinture, ça n'est pas éternel. Peut-être que Michael a maintenant envie d'avoir une maison, et des fenêtres, et un chèque pour payer tout ce qu'il a fait dans sa vie. Y compris la dette que personne ne va jamais rembourser : l'innocence qu'il ne retrouvera jamais. Les politiciens et les généraux qui l'ont envoyé au Vietnam ont maintenant la maladie d'Alzheimer. Ils n'articulent plus et ils traînent des pieds. S'il n'y avait pas leurs femmes, ils seraient abandonnés sur leurs pelouses dans leurs chaises roulantes, avec les feuilles mortes qui leur tomberaient dessus. Ce sont les mêmes hommes qui sautaient d'hélicoptère sur la pelouse de la Maison-Blanche, se courbaient sous le vent des pales, et couraient dans l'herbe comme des jeunes gens. Ce sont les hommes que les reporters pourchassaient avec leurs micros. Les flashes des appareils photos leur explosaient à la figure comme des imitations en miniature des guerres qu'ils avaient déclenchées.

Pendant des années je les ai regardés sur mon écran de télévision en noir et blanc. Ce sont les hommes qui ont soutenu le maire de Chicago, Daly, quand il a laissé ses flics se déchaîner. *Le monde entier regarde*, scandaient les jeunes devant l'hôtel de ville, pendant qu'ils se faisaient matraquer et qu'on lâchait les chiens sur eux. *Le monde entier regarde.* Je me rappelle avoir entendu ça. J'étais petite, et je croyais que les flics, repentis, laisseraient tomber à leur côté leurs armes brandies, que le silence se ferait aussi au sein de la convention du Parti démocrate, et que ce serait l'aube d'un monde nouveau. C'était il y a longtemps, avant que ne grandisse une nouvelle génération qui traverse en zappant les guerres et les famines, un sac de pop-corn sur les genoux.

Maintenant je me souviens. Le type que Michael aidait à construire son bateau se promenait dans les rues la nuit, lui aussi. Après que Michael m'a eu dit ça, une idée m'est passée par la tête et je lui ai demandé : « Ça ne t'arrive pas de rencontrer des hommes – des mecs – qui pensent que tu es là pour autre chose ?

— Qu'est-ce que tu veux dire ?

— Que si tu étais une fille, dehors à ces heures-là, les hommes te prendraient pour une pute. Ça ne leur arrive pas de croire ça des mecs ? »

Ma naïveté, quand j'y repense, je n'en reviens pas. Que j'aie pu penser ça, et le dire, regardant Michael à travers le rideau en V de mes cheveux, dans cette chambre avec le vent dehors qui tape sur la mer. Si ce n'est pas de l'argent qu'il veut, que veut-il ? Michael m'a regardée et il m'a répondu : « Oui, un mec, une fois.

— Quoi ? Il a cru que tu étais…

— Oui.

— Qu'est-ce que tu lui as dit ? »

Michael a haussé les épaules. « Que ce serait vingt dollars. »

Je me suis tue. C'était le genre de situation où plus souvent qu'à mon tour je disais ce qu'il ne fallait pas.

« Précisons : s'il voulait me sodomiser. Quinze dollars pour une pompe. »

Je n'ai rien dit et Michael s'est tu lui aussi. Je lui ai jeté un regard en coin, son visage était calme, comme si ça le soulageait de me raconter ces choses. Sa main entourait la mienne. Pendant un moment, j'ai regardé les paquets d'écume s'envoler des vagues. C'était apaisant. J'avais l'impression d'être une invalide qu'on a poussée jusqu'au bord de l'eau pour se rétablir en regardant la mer.

« Pourquoi pas, a fini par dire Michael, comme pour lui-même. Pourquoi j'aurais refusé. C'était un mec, quoi. »

J'essuie le visage de Joe avec des Kleenex de manière à ne pas mouiller son pansement. Il ferme les yeux pour me laisser faire. Le contour de sa paupière est parfait, on dirait un objet découpé dans de la cire. Je sens sur moi son souffle, léger, rapide. Il dit que Matt trouve que ses cheveux sentent. Je dis qu'on ne pourra pas lui laver les cheveux pendant un bout de temps, mais que je ne sens rien du tout.

« Matt trouve que je sens le sang.

— Non, il n'y a pas de sang. Tout ça se cicatrise. Bientôt tu auras une petite cicatrice blanche, et tes cheveux se mettront à repousser. »

Il me croit et se renfonce dans son lit, content. C'est un bon moment calme, où je viens dire bonsoir aux enfants. Même Matt me permet de le serrer dans mes bras avant de se dégager pour retrouver son livre. Bonsoir, bonsoir.

Je me rappelle à quoi ça ressemblait de savoir que mes parents étaient en bas, à manger un dessert, à bavarder. J'écoutais mon père siffler. Les tuyaux gargouillaient et je me retournais pour caresser le mur de mon index jusqu'à ce que je m'endorme. J'essayais toujours de m'endormir avant que mon père sorte, laissant ma mère toute seule. Si je ne dormais pas, je l'entendais marcher d'une pièce à l'autre, tirer les rideaux, allumer les interrupteurs. La télévision résonnait un grand coup, puis elle baissait le son. Elle le baissait toujours le plus possible, comme s'il y avait d'autres bruits qu'elle voulait pouvoir entendre sous ce bruit-là.

Même si la porte d'entrée était fermée, et même fermée à clé, pendant tout le temps où il n'était pas là, on aurait dit qu'un courant d'air parcourait la maison. Chaque semaine, mon père achetait à ma mère une boîte de chocolats qu'elle mangeait toute seule, la nuit, en son absence ; elle froissait le papier pour aller chercher dans la couche du dessous les nougatines et les crottes aux amandes. Durant la journée, la boîte restait tout en haut du placard. Un jour, j'avais mis une chaise en équilibre sur un carton et j'étais arrivée à l'atteindre, mais la boîte était tombée, les petites cases de papier et les chocolats s'étaient répandus par terre. J'avais tout remis de mon mieux et j'avais replacé la boîte sur son étagère, le cœur battant. Je n'en avais pas mangé un seul, mais ma mère avait bien su que c'était moi. Elle m'avait attirée en face d'elle, entre ses genoux, et elle avait dit : « Je ne demande pas grand-chose, Simone. »

Ma sœur Jenny en savait plus long que moi.

« Il ne devrait pas sortir tous les soirs. Nous n'avons pas assez d'argent. »

Je pensais aux doigts de ma mère quand ils se posaient sur le fermoir de son sac à main qui fonctionnait avec un bruit métallique. Pour autant que je sache, c'est elle qui gardait tout l'argent.

C'est vrai qu'elle ne demandait pas grand-chose, et qu'elle n'avait pas obtenu grand-chose non plus. Elle ne s'attendait pas que ses filles fassent beaucoup mieux qu'elle. Les gens disaient que nous étions intelligentes. Nous réussissions nos examens, mais ça risquait de créer plus de problèmes que ça n'en résoudrait. Tant que nous étions dans la course aux obstacles du système scolaire, tout allait bien, mais ce qui faisait peur à ma mère c'était le territoire immense et vide qui s'étendait au-delà. Elle ne voyait pas comment nous allions nous débrouiller là-dedans.

Elle avait réussi à se réjouir que je parte en Amérique, à se persuader que je ne risquais rien là-bas. Un job dans une colonie de vacances où tout serait organisé, planifié par d'autres, me permettrait de voyager tout en faisant ce qu'on me dirait. Et puis je m'occuperais d'enfants, expérience qui me serait utile puisque je voulais devenir professeur. Je me disais que tout ça était vrai. Mais j'attendais. Je crois que je passais mon temps à attendre, faisant la morte pour que personne ne puisse me distinguer de l'ombre des feuilles qui bougeaient au-dessus de moi. À la maison, en classe, je dissimulais ma vraie personnalité et je cachais la force que Michael allait être le premier à découvrir.

J'ai rencontré Michael. Quand je suis rentrée en Angleterre, j'ai désobéi aux volontés de ma mère. J'ai laissé tomber l'idée de m'inscrire dans un centre de formation des maîtres, et j'ai pris les mesures nécessaires pour aller faire mon droit à l'université, comme les garçons. Ça ne m'apporterait rien d'attendre que l'amour croise ma route et vienne prendre ma vie en charge. J'avais rencontré l'amour et ça n'avait rien résolu du tout. L'amour était une chose en soi, avais-je décidé. Il ne venait pas accompagné de flèches indiquant la direction à suivre. Michael dans le jardin le soir, avec les ombres imprimées sur son corps, la texture de sa chair plus proche de moi que les empreintes au bout de mes doigts. Je rejouais sans fin dans ma tête ces moments-là, et je savais qu'ils ne renvoyaient à rien d'autre qu'à eux-mêmes.

Bien sûr ma mère avait peur pour moi. Elle croyait que mes bonnes notes en classe avaient été obtenues par un tour de passe-passe qui ne tromperait pas le monde bien longtemps. Dès que je serais à l'université, on découvrirait le pot aux roses. Elle ne me disait pas un mot de tout ça. Elle me parlait de filles avec qui j'avais été en classe qui avaient arrêté leurs études à seize ans et trouvé du travail comme fonctionnaires de la mairie, où elles réussissaient très bien. Elles vivaient chez leurs parents, elles achetaient des cadeaux à leur mère, et elles mettaient de l'argent de côté pour « l'avenir ». « L'avenir », ça voulait dire se marier. Janice Mackerson, Angela Crimmond, Susie Winslaw, Allie Dinford. J'ai leur nom dans la tête comme la litanie d'une religion à laquelle plus personne ne croit.

Un jour, jouant avec son alliance qu'elle faisait passer d'un côté à l'autre de son articulation à la peau flétrie, ma mère m'avait dit que je devais bien me rendre compte que les autres étudiants en droit viendraient de milieux très différents du mien. Ça ne voulait pas dire qu'il fallait faire semblant d'être ce que je n'étais pas. Mais je devais en tenir compte.

Elle a vécu assez longtemps pour me voir entrer en troisième année, et criblée de dettes, mais ça, je m'étais bien gardée de lui en parler. Jenny, elle, au moins, avait eu le bon sens de faire des études d'infirmière. J'avais déjà rencontré Donald, mais ma mère ne l'a pas connu. Je ne crois pas qu'il lui aurait plu, mais elle aurait été contente que j'aie réussi à donner suffisamment le change pour mettre la main sur quelqu'un comme lui. Comme les semestres se succédaient, et que je ne ratais toujours pas mes examens, elle devait commencer à être un peu moins inquiète. Je n'essayais même pas de lui dire que je trouvais ça facile, que je réussissais sans effort, et qu'on me prédisait de brillants résultats. Ça aurait renforcé son anxiété. Un jour au lycée j'avais eu vingt sur vingt à une composition de maths, et elle n'en avait pas dormi de la nuit car elle était persuadée que j'avais raté une épreuve autrement plus cruelle, celle qui devait m'apprendre une bonne fois pour toutes que ça n'existe pas, des résultats pareils.

Michael m'a connue avant que je me connaisse moi-même. Je ne me rappelle pas vraiment comment j'étais à l'époque, et je ne tiens pas à le savoir. *Tu te battrais*, avait-il dit. Une autre fois, pendant que j'additionnais des colonnes de chiffres pour ses comptes, il m'avait regardée et il avait dit : « Tu es dure, Simone, tu sais ça. Regarde-toi. » Et j'avais levé les yeux, étonnée, sincèrement étonnée, parce que, à l'époque, ce n'est pas comme ça que je me voyais. « *Quand tu te concentres, ça se lit sur ta figure.* »

Je suis rentrée en Angleterre avec tout ça qui me trottait par la tête. Et la chose que je n'ai jamais oubliée, c'est ce qu'il a dit le jour où on était en mer sur la *Susie Ann* et qu'il y a eu une tempête. Il a vu que j'avais peur, alors il a demandé : « *Quel est le pire qui pourrait nous arriver ? — On pourrait se noyer. — On pourrait se noyer. C'est tout ce qui pourrait se passer.* » Ce n'était pas du fatalisme, c'était mieux que ça. Une façon de garder les idées claires quand la panique venait tout brouiller.

Il dit qu'il veut me voir. Il m'envoie des photos qui me montrent nue, allongée à ses côtés, ou habillée, serrant dans mes bras un homme déguisé en femme. Peut-être qu'il y a d'autres photos. La nuit dernière, j'étais couchée sans bouger, mais je remâchais ça sans fin. Ce qui vous empêche de dormir, ce n'est pas le péché, c'est la honte, ou la peur d'être découvert. Ma mère avait raison sur ce point. Elle voyait le monde juridique comme un temple devant lequel se tenaient des hommes de loi en habit solennel, se moquant de sa fille qui essayait de gravir les marches et de passer devant eux. Elle voyait mes ambitions exposées comme l'avait été ma chair sous le flash de Calvin.

Calvin. Le déclic de l'appareil, et le pouce qui embobinait la pellicule. Il fallait faire ça à la main, à l'époque, et choisir le temps de pose, pas comme maintenant où les appareils font tout pour vous. Calvin avait une cellule photoélectrique. Il l'approchait de notre peau et il parlait de la lumière, du fait qu'elle changeait à chaque seconde. Il développait ses photos lui-même. Une fois, il m'avait emmenée dans la salle d'eau où il avait installé une chambre noire, et j'avais regardé les images de Michael et de moi émerger du bain pour venir à ma rencontre.

Et maintenant je vois le visage de Calvin, tel qu'il était quand j'avais dix-huit ans. Il savait depuis le début à quel point je voulais m'accrocher à Michael. Il me plaisantait là-dessus. *Jusqu'où iras-tu ? Jusqu'où est-ce qu'on arrivera à te faire aller ?* Mais Calvin est mort. Je n'aurai plus jamais à le voir. Quand je suis partie, je me suis dit que c'était à cause de Calvin. Sans lui, ça aurait pu marcher. Il me bouchait le jour, complètement. Il ne lâchait pas Michael d'une semelle. Mais au moment où l'avion reçut l'autorisation de décoller, et que la vitesse prit nos vies dans son poing et détacha de nous la terre comme un ruban adhésif, c'est Michael tout seul qui occupa mes pensées, et pas Calvin. Je me le représentais par une matinée de septembre, avec le travail de la journée devant lui. Je regardais bouger son pinceau. Je regardais le reflet de l'eau qui montait éclairer son visage. Et cet air apaisé dont je me souviens parce qu'il l'avait si rarement.

Je pouvais bien verser toute l'eau que je voulais sur Michael, ça ne le soulagerait pas. Il était blessé dans une partie de lui que mes doigts fureteurs ne pourraient jamais ni trouver ni réparer.

Je crois que Michael avait dû dire oui au type qui lui avait fait des propositions. Et je suis sûre aussi qu'il avait pris l'argent. Quinze dollars, ou peut-être vingt. Pourquoi il m'en avait parlé, je n'en sais toujours rien. En y repensant, il serait facile de s'imaginer qu'il me détestait, mais je ne le crois pas.

Treize

Cher Michael,

Depuis que nous nous sommes parlé au télé-phone hier soir, je me suis demandé quels pouvaient être tes motifs pour reprendre contact avec moi au bout de tout ce temps. Je me rends compte que ta vie n'a pas été facile, mais de ton côté tu dois comprendre que nous avons évolué dans des directions très différentes, et que si nous nous rencontrions aujourd'hui nous n'aurions sans doute pas grand-chose à nous dire. Comme tu l'as déjà appris, je suis mariée et j'ai des enfants. Mes enfants sont ma prio-rité, et j'ai également un métier qui me réclame beaucoup de temps et d'énergie. Le mieux, je crois, serait que tu acceptes le fait que mes vœux t'accompagnent, mais j'estime inutile, après un intervalle de vingt ans, toute reprise de contact entre nous. J'ai montré cette lettre à mon mari, ainsi que la tienne, car je ne veux pas avoir de secrets pour lui.

Cher Michael,

Je t'écris pour t'informer que tout envoi de ta part te sera dorénavant retourné non ouvert. Le répondeur du téléphone restera branché vingt-quatre heures sur vingt-quatre, et tout message que tu pourrais y laisser sera enregistré et sauvegardé pour le cas où.

Cher Michael,

Pourquoi fais-tu ça ? À quoi est-ce que ça rime ? Tu ne me connais même plus. Il n'y a pas une seule cellule de mon corps qui n'ait pas changé depuis l'époque où tu me connaissais. Je suis une femme de trente-huit ans, plus une fille de dix-huit. La personne à qui tu écris n'existe pas. Tout ce que je te demande, c'est d'accepter cette réalité et de me laisser tranquille. J'ai ma vie à mener, le travail, les enfants, mon mari. Je ne peux pas passer mes nuits à me demander s'il y aura une lettre de toi, ou un coup de téléphone.

Michael

Il est deux heures du matin. Je dois aller à mon travail ce matin. J'ai un fils qui s'est blessé à la tête et dont il faut s'occuper. Si tu ne cesses pas de m'appeler et de m'envoyer ces lettres, je serai

Michael, qu'est-ce que c'est que cette histoire ? C'est toi qui as tout gâché, pas moi. ~~Tu te rappelles S'il n'y avait pas eu~~

Je me suis souvent demandé si ce bateau
avait fini par être construit. Le
catamaran.

Cher Michael
Tu es tenace. Je commence à croire que je
t'ai peut-être sous-estimé. Mais si nous
devons nous voir, il faut organiser les
choses. Ça ne peut pas être ici, mais

Je n'en ai envoyé aucune. Soudain il se tait. Pas de
lettres, pas de coups de fil, pas de silences quand je
décroche le téléphone qui sonne. Une semaine d'été
indien se passe, fraîche, avec de la brise et de grands soirs
bleus quand je marche pendant des kilomètres le long de
la jetée. Donald ramène du jardin ses derniers radis et ses
dernières laitues, et il retourne le tas de compost. Samedi
après-midi, alors que nous allons au supermarché, il pique
une colère contre un tracteur. Le tracteur est arrêté au
milieu du chemin, moteur en marche, pendant que le
conducteur bavarde en hurlant avec quelqu'un de l'autre
côté de la haie. Donald klaxonne un coup, discrètement,
pour signaler notre présence. Le conducteur du tracteur
jette un regard, mais n'en tient pas autrement compte.
Donald appuie sur le klaxon sans interruption. Lentement, en prenant tout son temps, le conducteur descend
de son siège et s'extrait du tracteur, puis il s'approche de
la vitre de Donald. C'est un type costaud, qui remplit bien
ses vêtements.

« Quelque chose qui va pas ? » demande-t-il d'une voix
amène, le poing posé sur le rebord de la vitre ouverte.
Donald saute de la voiture. Comparé à l'autre, il est de
moindre stature, mais sa colère est si visible que l'homme
recule d'un pas, et retire sa main de notre voiture. Il
regarde Donald et s'aperçoit qu'il est prêt à n'importe
quoi. Ça n'a rien à voir avec la force physique.

« Je vous signale que c'est une route, dit Donald en

articulant chaque syllabe. Et qu'une route c'est fait pour rouler. Pas pour se poser comme une merde au milieu pour parler à ses potes. »

Le conducteur du tracteur écarte les bras, sollicitant l'approbation de son public. C'est un geste de pure forme. De l'autre côté de la haie, son copain ne dit rien, il écoute. Le type remonte sur son siège et repart, dégageant la route pour Donald.

« Tu ne peux pas te conduire comme ça ici, dis-je. Il doit être parent avec la moitié du village. »

Mais Donald est heureux. Sa colère l'a rendu heureux. Joe et Matt se trémoussent sur le siège arrière, en se donnant des coups de coude ravis.

Mon travail marche bien. Tous les matins, j'arrive de bonne heure et j'ai du temps pour classer mes papiers et étudier les dossiers. Un jugement que j'avais rendu et duquel il avait été fait appel a été confirmé. Le temps n'est plus où j'avais des cauchemars dans lesquels je me retrouvais toute nue devant une rangée de juges et où on lisait, page après page, un document contenant la longue liste de mes erreurs. L'appareil judiciaire fonctionne harmonieusement autour de moi. Je commence à respirer librement.

Sur mon bureau j'ai une pierre que j'ai ramassée sur la plage un matin, encore humide de la marée descendante. C'est un galet blanc avec des incrustations de noir. Sur la mer plate d'un début de matinée, j'avais fait des ricochets, loin dans l'eau. Tout, autour de moi, était gris et blanc et brun, des couches et des couches de couleurs décolorées. Les mouettes brillaient en volant, même s'il n'y avait pas de soleil sur leurs ailes. La mer était si belle que j'aurais voulu tout de suite partir en bateau, entendre le son des rames qui plongent puis se relèvent pour briser un écheveau d'eau en gouttes qui retombent. Pendant que le bateau progresse doucement.

Il y a une barque qui reste tout l'hiver sous une bâche,

au-dessus de la ligne de marée. Personne n'a l'air de s'en servir. Un jour je la prendrai pour aller en mer. J'irai aussi loin que je pourrai, en évitant la route des gros bateaux. Ces pétroliers, rien ne peut les arrêter. Ils glissent sur l'eau comme sur du saindoux. Je me demande à quoi ça ressemblerait de me trouver dans leur sillage sur la mer grise. Il y aurait des vagues énormes, mon bateau serait secoué, il tanguerait. Est-ce que j'aurais peur ? Je ne crois pas. Ce ne serait pas cette peur que je ressens en ce moment, comme si quelqu'un avait la main glissée sous mes côtes et me pressait le cœur, lentement, intimement, pas trop fort pour ne pas risquer de me tuer, pas trop doucement sinon je ne sentirais rien.

Dimanche, nous avons planté deux pommiers. Nous les avons rapportés de la pépinière, les racines enfermées dans des sacs. Je sais que l'automne n'est pas la meilleure saison pour les planter. Ils vont avoir à subir les tempêtes avant d'avoir pu consolider leurs racines. Les jeunes arbres réclament beaucoup de soins, et ce n'était pas un achat raisonnable. Mais ça faisait plaisir à Donald, et puis ça représente quelque chose de planter un arbre. Ça ne veut pas forcément dire qu'on restera là où on est, mais ça veut dire qu'on en a l'intention. Nous avons acheté un Bramley, et un James Grieve. Il y a dans le jardin un coin qui reçoit le soleil et qui est protégé par la maison du plus gros des tempêtes en provenance de la mer. Il y a là la place pour cinq ou six pommiers. La terre n'est pas chère par ici. C'est rongé par le sel, mal irrigué, balayé par le vent. Et puis c'est trop loin de Londres pour que des banlieusards fassent chaque jour la navette, ce qui entraînerait une hausse des prix. Il n'y a pas d'autoroute, et la ligne de chemin de fer n'est pas électrifiée. Il n'y a rien d'autre que la mer, et le ciel, et la terre plate d'un vert grisâtre qui se tasse sous le fouet du vent. Je ne sais pas ce qui est le plus beau, l'immense ciel pâle de l'été avec de tout petits nuages qui mettent une demi-journée pour le traverser, ou le ciel blanc de l'hiver, au moment où le soleil baisse sur l'horizon et qu'il est plus brillant qu'il ne l'a été de toute la journée. Les gens viennent ici, ils disent qu'il n'y a rien à voir, et ils repartent sans avoir rien vu. Quelquefois, par une nuit froide, les étoiles sont grosses comme des œufs, suspendues au-dessus du marais.

Je ne suis pas sûre que les arbres vont survivre. Donald a creusé les trous pour les planter. J'ai mélangé le terreau avec du compost, et j'ai ajouté de l'engrais. Les garçons sont venus regarder, mais ils n'ont pas proposé d'aider. Ils sont restés là pendant que Donald déballait une des deux souches, puis enfonçait le pommier dans le trou, en le tenant bien droit. Il avait le dos penché, ses mains étaient refermées sur l'écorce grise et lisse. Les petites feuilles voletaient au vent. Les pommiers pourraient faire des fruits dès l'année prochaine, mais il faudrait l'empêcher. Sinon, les arbres ne poussent pas. Toute leur énergie sert à faire grossir les pommes. J'ai fait mon mélange sur une bâche en polyéthylène, en remuant avec une pelle. Le terreau humide avait la même belle couleur que les pierres sur la plage quand la mer les a touchées. J'ai tassé le mélange autour des racines pour nourrir l'arbre. Il faut bien comprimer la terre pour qu'il n'y ait pas de poches d'air. Si les jeunes racines rencontrent des poches d'air, elles meurent. Donald avait ses grosses chaussures, et il a piétiné la terre tout autour de l'arbre, pour bien la tasser. J'ai regardé la marque que laissaient ses semelles, de profondes rainures pour commencer, puis les motifs ont été écrasés, et tout ce qui restait, c'est le sol nu et plat. On a planté le second arbre, et on leur a mis des tuteurs à tous les deux.

« C'est là qu'on plantera les autres arbres quand on les aura achetés », a dit Donald aux garçons, en montrant l'emplacement où pouvaient encore pousser quatre ou même cinq autres arbres.

« Quelle taille est-ce qu'ils vont avoir ? a demandé Joe.

— Ils vont dépasser ta tête. Tu pourras te promener dessous.

— L'été, on viendra ici pour pique-niquer », ai-je dit.

Je regardais Joe. Dans ses yeux, c'est comme si on y était déjà. Il était encore assez jeune pour voir deux choses à la fois. Il voyait les bébés arbres tout dégarnis soutenus par un tuteur dans le sol nu, et il voyait une voûte verdoyante, peuplée d'oiseaux, croulant sous les pommes mûres. Il se voyait allongé sur le dos, la bouche pleine de pomme. Matt s'est approché et a touché le tronc mince du Bramley.

« On n'a pas l'impression qu'il va beaucoup grandir, a-t-il dit. Je pourrais facilement l'arracher. »

Ce n'est pas qu'il voulait le faire. Mais l'idée lui était passée par la tête, et il avait fallu qu'il le dise.

« Si c'est comme ça que tu prends les choses, rentre à la maison », a dit Donald. Matt a rougi, et il a tourné les talons, en donnant des coups de pied dans la terre. Joe nous regardait à tour de rôle, voulant se montrer sage pour deux.

Plus tard, le vent s'était à nouveau levé, et je repensais aux pommiers, est-ce que nous les avions assez solidement plantés, est-ce que les tuteurs tiendraient le coup ? Le pire, c'était le sel. Une tempête de sel pouvait brûler les feuilles à des kilomètres à l'intérieur des terres.

Le téléphone a sonné. Donald était en haut, alors j'ai décroché.

« C'est pour la rançon », a dit la voix. C'était une voix que je ne connaissais pas, une voix anglaise. Mon esprit a battu la chamade. Michael, voyant qu'il n'arrivait à rien tout seul, avait engagé quelqu'un. C'était une voix anglaise, une voix d'ici. L'homme parlait de si près qu'il me touchait presque.

« La rançon », a redit la voix, étonnée, commençant un peu à s'énerver. Cette fois-ci, j'ai entendu correctement. Le maçon.

« Le maçon, ai-je répété.

— Exact. Votre mari m'a demandé d'appeler. C'est

pour le soubassement de votre mur, là où il n'est pas d'aplomb.

— Ne quittez pas, je vais le chercher. »

Je me suis assise à la table de la cuisine. Des paroles me sifflaient aux oreilles, mais je ne voulais pas les entendre. Quand Donald aurait fini, il viendrait me retrouver ici. Il saurait que quelque chose clochait.

« Il m'a fait bonne impression, a dit Donald.

— Quoi ?

— Il va consolider le soubassement du mur. Il faudra peut-être qu'il le démolisse. Tel qu'il est, c'est dangereux.

— Qu'est-ce que ça va coûter ?

— Il va me faire un devis.

— Oui, mais combien ?

— Je n'en sais rien, Simone. Sans doute une centaine de livres. Ça dépend du temps que ça lui prendra.

— Cent livres ! »

Une bouffée de colère m'est montée au visage, un vent chaud qui m'envahissait.

« Il faut que tu arrêtes de faire ça, ai-je dit.

— De faire quoi ?

— De faire comme si on pouvait se permettre ce qu'on ne peut pas se permettre. *Laisse ce mur tranquille.* Laisse-le tomber s'il veut. Personne d'autre que nous ne le verra.

— C'est dangereux.

— Alors, dis aux garçons de ne pas s'en approcher.

— Enfin, bon Dieu !

— Tu ne peux pas le refaire toi-même ?

— Je te rappelle que je suis architecte, pas maçon. »

J'ai souri. Et, d'une voix soudain devenue très douce, j'ai demandé : « Qu'est-ce que tu préfères ? Un mur, ou de quoi dîner pour les enfants ?

— Le choix n'est pas là.

— Eh bien si. Eh bien si, justement. Et je te rappelle qu'ils n'ont pas droit à la cantine gratuite parce que nous sommes des gens riches, moi juge et toi architecte – on se

142

demande ce qu'on peut bien faire de tout cet argent. Il faut choisir, Donald, et je sais ce que je choisis moi, même si je dois démolir le mur de mes propres mains. »

Il m'a regardée. J'ai vu son regard sombre, blessé, et j'ai compris à quel point j'étais odieuse, et à quel point c'était odieux pour lui de m'écouter. J'aurais voulu effacer mes paroles, et j'aurais voulu qu'elles le brûlent jusqu'à ce qu'il n'y ait plus ni fleur ni feuillage.

« Tu as changé, a-t-il dit. Je n'arrive pas à croire…, et sa voix s'est brisée.

— Quoi ? Qu'est-ce que tu n'arrives pas à croire ?

— Comme tu t'es endurcie, a-t-il fini par dire. Alors que tu étais tellement… je ne sais pas. Tu ne pensais jamais de mal des gens.

— Si je me suis endurcie, c'est parce que j'ai été obligée. Sinon, on serait dans une chambre d'hôtes, à l'heure qu'il est.

— N'exagérons pas.

— Fais le calcul. Tu crois que ça me plaît ? Tu ne te rends pas compte de la peur que je ressens lorsque je suis là à prononcer des jugements qui ne sont pas forcément les bons, avec tous ces yeux braqués sur moi qui guettent une erreur de ma part. À déclarer que des gens sont en faillite, à leur dire quand ils peuvent voir leurs enfants. À changer complètement leurs vies. Je n'ai pas l'expérience qu'il faudrait. On m'a prise parce que je suis compétente et parce qu'ils voulaient des femmes. Mais tu n'as pas idée de ce que c'est. La moindre erreur, et ils le savent, ils le savent tous. C'est écrit. Tu ne peux rien cacher. Et pendant tout ce temps, toi, Donald, tu es amer. Tu sais bien qu'il nous faut cet argent, mais tu es amer. Moi et ma belle situation alors que pour toi tout s'est écroulé. Tu crois que c'est ça que je voulais ? »

Donald m'a retourné mon regard. La fièvre et la douleur avaient quitté son visage.

« Non, a-t-il dit. Non, je ne crois pas que c'est ça que tu voulais.

— Mais c'est ça que j'ai. Et je vais te dire une chose, Donald, s'il faut que je devienne encore plus dure, je le deviendrai. Je ne laisserai personne nous mettre à la porte. Nous nous en irons d'ici quand nous voudrons. Nous allons rembourser ces emprunts. Nous allons dire à ce directeur de banque qu'il peut aller se faire foutre s'il croit qu'il va saisir nos biens. Personne ne va décider pour moi du sort de mes enfants. »

Il y a eu un long silence. Lentement, Donald s'est assis sur la chaise en face de moi.

« Je suis désolé », a-t-il dit. Et je savais de quoi il était désolé. Il était désolé que j'aie changé et que je ne puisse pas redevenir comme j'étais avant. Je n'ai même pas pu prendre sa main qu'il avait posée sur la table entre nous, à mi-chemin, à demi ouverte.

Quatorze

Dans la nuit juste avant l'aube, le temps m'appartient. Je suis allongée sur le dos, j'écoute la respiration de Donald. Je l'entends à peine. Il doit être plongé dans ses rêves. Mais le jour va se lever, et pendant que je suis là les yeux ouverts, il ne fait plus tout à fait nuit. Notre penderie déborde du mur. Mon tailleur et mon chemisier blanc propre sont pendus là, tout prêts. Ce n'est même pas un uniforme, c'est seulement un déguisement, une imitation au rabais de ce que portent les hommes. Les vêtements pour une journée dont toutes les heures ont été vendues et appartiennent à quelqu'un d'autre.

Mais je récupère une heure en fraude, même si j'y perds en sommeil. Je sors de la maison en jean et avec un chandail de Donald, je ferme la porte en douceur avec la clé pour qu'elle ne les réveille pas en claquant. Ça y est, c'est l'aube. L'herbe est mouillée de rosée, et les étourneaux s'envolent en m'entendant, puis ils se reposent, avec circonspection, et me regardent me diriger vers le portail. Ils penchent la tête et me fixent de leurs yeux de lézard. Ce sont des oiseaux que je n'ai jamais aimés, les étourneaux.

Les champs en cuvette sont pleins de brouillard, un brouillard qui m'enveloppe tandis que je marche, de sorte

145

que bientôt la maison est cachée. J'avance entourée d'un cercle de visibilité, comme un cerceau autour de mes hanches. Les moutons s'écartent lourdement de ma route. Ils poussent des cris à tort et à travers, puis ils oublient le danger, et, dans le brouillard, j'entends leurs dents brouter l'herbe tondue de près.

Le brouillard sent le marais. Quelquefois, quand on marche dans les champs asséchés, on oublie qu'à une époque le marais était partout, et qu'il n'attend qu'une chose, c'est de revenir. La mer est retenue par un mur, mais elle veut monter. On dit que le climat change. Ce sera là sa chance. Un peu plus bas sur la côte, à trois ou quatre kilomètres d'ici, il y a un endroit marécageux où la membrure d'un bateau en bois émerge au milieu des roseaux et du lin des marais. Je ne sais pas comment il est arrivé là, ni si c'est un gros bateau. Ça pourrait être un bateau de pêche. Peut-être qu'un jour il y a eu des inondations, le bateau a avancé dans l'eau et il s'est échoué ici. Des navires sont enterrés sur ce qui était jadis le fond de la mer, et ils remontent à la surface du marécage comme si c'était de l'eau. Le marécage préserve tout : le beurre, les noyés, les bateaux.

J'avais essayé de m'approcher assez près du bateau pour le toucher. Je croyais que j'allais y arriver, mais mon pied était passé à travers une touffe d'herbe et s'était enfoncé dans une soupe froide qui me montait jusqu'en haut de la cuisse. Et le marécage s'était resserré sur moi comme un cercle de fer. J'ai eu de la chance. Je ne suis pas tombée en avant. J'ai projeté mon poids en arrière, j'ai laissé ma chaussure dans le marécage, et je me suis extirpée en rampant, complètement trempée. Je n'ai pas peur de l'eau, mais du marécage, oui. J'ai vu comment j'aurais pu me noyer ce jour-là, sans croire que c'était possible.

Avant que nous emménagions, notre maison était restée vide pendant deux ans. C'est pour cela qu'elle était en si mauvais état, et qu'on l'a eue pour pas cher. Nous avions peine à croire que personne n'en ait voulu.

« Il y a des gens qui trouvent que c'est mort, par ici », voilà tout ce que l'agent immobilier avait dit. Il était en train de sortir de la voiture, et il nous tournait le dos. À l'épicerie du village, on nous avait dit que c'était bien qu'on soit là. Sinon, la maison aurait été livrée aux éléments. Mais il y avait une fille dans le magasin qui remplissait les rayons, une suppléante, et en empilant mes achats dans un carton elle m'avait regardée droit dans les yeux et elle m'avait dit : « Moi ça me plairait pas d'habiter là où vous êtes. » Sous le maquillage, son visage était impassible. Elle s'activait, casant au mieux les corn-flakes, les haricots en boîte et la sauce tomate.

« Ah bon ? » Qu'est-ce que ça pouvait me faire, que la maison lui plaise ou non ? Ce n'était pas elle qui allait y vivre. La maison était à nous. Mais elle n'avait pas répondu. Elle avait eu un petit sourire, comme si nous savions toutes les deux de quoi nous parlions, et elle avait continué à fourrer dans les coins les allumettes et les pinces à linge. C'est ça, la vie de village : il n'y a pas de place pour vous. Tout le monde est déjà casé, et il n'y a pas d'interstices. Mais l'odeur âcre du sel balaie les marais et pénètre par la porte ouverte du magasin. C'est le vent qui pourrit la toile et rouille les voitures et grille les feuilles des arbres, et qui, en l'espace de deux hivers, rongerait jusqu'à l'os une maison vide. À chaque saison il fait son ouvrage, ratissant le marais pour découvrir les lignes pures de la terre. J'ai souri à la fille et j'ai cherché son regard. Elle a été obligée de marquer un temps d'arrêt et de me regarder à son tour.

« Je suis déjà venue ici il y a longtemps, ai-je dit. Avant que vous soyez née. » J'ai fait un chèque, j'ai pris mon carton, je l'ai transporté jusqu'à la voiture. J'avais l'impression de partir en vacances, avec dans les bras des petites choses indispensables. Des allumettes, du sel, des bougies. Quoi qu'il arrive, nous ne manquerions de rien.

147

Je continue à marcher. On dirait que le brouillard s'épaissit, au lieu de se dissiper, jusqu'au moment où j'atteins la digue et je monte les marches. Là-haut, l'air est pur. En bas, à mes pieds, du côté de la mer, les vaguelettes crachotent contre les galets. C'est désert, par ici, voilà pourquoi ça ne plaisait pas à la fille. Moi je ne sais pas si ça me plaît ou pas, mais je me sens chez moi. Je reste là un grand bout de temps, à regarder les vagues s'enfler, se retourner, s'écrouler. L'eau se répand sur les pierres, s'épuise, reflue. Il y a au bord de l'eau un bâton blanchi comme un os. Chaque nouvelle vague le fait bouger, mais il ne flotte jamais librement. Je l'observe un moment, mais il est bloqué par quelque chose que je ne vois pas. Une grosse pierre sous l'eau, peut-être.

Je ne sais pas ce qui me fait me retourner. Il arrive que des promeneurs se retrouvent par ici, parce qu'ils suivaient le sentier côtier, et qu'ils ont raté le panneau indiquant la direction des terres. Je me retourne. Un homme vient vers moi, le long de la digue. Il marche d'un pas régulier, tête baissée, comme quelqu'un qui connaît son chemin. Je ne suis pas inquiète. Une des choses que j'avais décidées en quittant Londres pour venir ici, c'est que je ne me laisserais pas aller à avoir peur. On peut se gâcher la vie à avoir peur. Je me promènerais toute seule où bon me semblerait.

Je me serre un peu du côté des marches, pour ne pas lui barrer la route. On ne sera même pas obligés de se dire bonjour si on n'en a pas envie. Il est maintenant à une cinquantaine de mètres, les mains dans les poches, les épaules courbées et la tête baissée. Un type grand et fort en survêtement de couleur sombre, capuchon relevé. Bien qu'il n'y ait pas de brouillard ici, l'air est légèrement grené, ce qui fait que je vois mal son visage. De toute façon, il baisse la tête. Mais il marche très vite. Et il avance en souplesse, comme…

Mon corps est averti le premier. J'ai déjà le pied sur une

marche. Il faudrait que je coure, mais l'air qui m'entoure est gluant, le brouillard s'est transformé en une ouate graisseuse. Je me retourne, et il est à côté de moi.

« Salut, dit-il. Salut, Simone. » Mon nom entre nous deux se gonfle, devient un objet si compact que je pourrais le toucher en tendant la main. Comme s'il me donnait mon nom pour la première fois. *Simone.* C'est un souffle qui sort de sa bouche et me pénètre. Ce n'est plus compact, c'est un filet qui s'étale en tombant. Et je suis prise.

Il ne me touche pas. Il s'arrête à deux mètres. Si nous tendions les mains, nos doigts se frôleraient. C'est un type grand et massif, dans son survêtement informe, il respire bruyamment. Il rejette son capuchon en arrière. Et alors il disparaît, l'homme que j'ai eu en tête pendant des années sans jamais porter les yeux sur lui. Il est avalé comme une chenille dans la chrysalide d'aujourd'hui, qui se fend sous mes yeux. Les yeux, le nez, les lèvres. Le regard aux aguets pour m'accueillir, vigilant, sur ses gardes. Mais pas toujours. Pas toujours vigilant, pas toujours sur ses gardes. Il pouvait être aussi doux que le sont mes enfants. Je sens encore sa peau, sa chair, si jeune, baignée de sueur, se noyant dans mes bras, venant se perdre au creux de mon corps. La tête rejetée en arrière, la gorge offerte, les yeux fermés.

Il s'est consumé. Il a éteint son existence dans cet homme entre deux âges, massif de corps et de visage. Il a perdu son acuité délicate. Il est mou, flou comme une photo mal mise au point qui revient du laboratoire avec une petite note qui vous explique pourquoi vous l'avez ratée. Je cherche ce que je connaissais. Je vois ses yeux, la buée de sueur sur son front tandis qu'il rejette son capuchon. Les cheveux sont crêpelés, grisonnants. Je n'aurais jamais cru que les cheveux de Michael se mettraient à friser quand il les couperait.

« Comment as-tu su que j'étais là ?

— Je t'ai vue sortir de la maison.

— Tu me guettais.

— Bien sûr, je te guettais. Sinon, comment est-ce que j'aurais fait pour te trouver ? »

Son visage se plisse en un sourire, qu'il voudrait m'inviter à partager.

« Mais tu n'as pas traversé le champ pour venir jusqu'ici, dis-je en réfléchissant tout haut.

— Il y a un autre chemin, qui part du village.

— Je sais. » Mais lui ne devrait pas le savoir. Il doit y avoir un bout de temps qu'il surveille, qu'il se familiarise avec les lieux. Il loge dans les parages ? Qui a-t-il rencontré ? À qui a-t-il parlé ?

« Tu n'as pas changé d'un poil », dit-il. Il me regarde attentivement derrière le demi-sourire aimable qui reste sur sa figure comme s'il avait oublié de l'éteindre.

« Si, j'ai changé. Vingt ans de différence.

— Non. Non non. Je t'aurais reconnue n'importe où. »

J'ai terriblement peur. Mon corps bat la chamade, de peur. Il ne faut pas qu'il s'en doute. C'est pour cette raison qu'il a débarqué comme ça, pour me prendre au dépourvu. Qu'est-ce qu'il veut me faire faire ?

Et alors je le fais. Je regarde sa silhouette massive, son survêtement, sa chair empâtée par la pauvreté, et je dis : « Tu as fait de la prison. »

Il pousse un grand soupir, de soulagement dirait-on, et me regarde droit dans les yeux.

« C'est ce que je disais, Simone. Je n'ai jamais rien pu te cacher.

— Qu'est-ce qui s'est passé ? »

Il hausse les épaules d'un air évasif. Je sens son odeur âcre, la sueur que je léchais sur sa peau jadis. Ma mémoire fait un court-circuit, et je le goûte, tel qu'il était. Je goûte son sperme, crayeux, marin. J'ai les yeux sur lui et il emplit ma bouche. Tiens. Il a peur, lui aussi. Il est secoué par l'adrénaline.

« Ce n'est pas ce que tu crois, dit-il. Je n'ai jamais

150

commis de crime. Mais il a fallu que je m'isole, pendant un bout de temps.

— Il a fallu que tu t'isoles, pendant un bout de temps », je répète en m'efforçant de le dire au même rythme que lui. Je ne sais pas ce qu'il entend par là, et il me regarde comme s'il ne voulait rien me cacher.

« J'ai été malade, dit-il. Dépression.

— Tu as été hospitalisé ?

— Oui. » Il s'essuie le front. « Un bout de temps. » Il lève les yeux et ajoute vite : « J'y suis allé volontairement. » Long silence. *Volontairement.* Je n'y comprends rien. *On s'est portés volontaires.* Tout d'un coup il sourit. « Mais c'est difficile d'en ressortir, parce qu'on te facilite tellement la vie. On pense à ta place. Tu as beau expliquer à tout le monde que tu n'as pas de raison d'être là, personne ne t'écoute. Ils ne savent plus écouter. Tout ce qu'ils savent faire, c'est être des docteurs et des infirmières.

— Il n'avait pas l'air formidable, ton hôpital. »

Il remue un peu les épaules, comme pour les débarrasser de quelque chose. « C'était peut-être ça que je voulais, dit-il.

— Tu es resté là-bas combien de temps ?

— Pas mal de temps, la première fois. » Il s'arrête, il me regarde. « La première fois, ce n'était pas volontairement. Je t'ai menti, Simone. Je traversais une mauvaise passe. Pas le genre de chose qu'on a envie de raconter. »

Je ne le contredis pas. Le froid du brouillard monte et nous entoure, et je réprime un frisson. Lui ne va pas le sentir, massif comme il est. Mais malgré tout j'ai le sentiment poignant qu'il n'est pas solide du tout. Je pourrais le transpercer du regard, traverser la lourde masse de sa chair, les couches de graisse jaunâtre, marbrée, et extraire l'homme qu'il était. Si je lui prenais la main, est-ce que je sentirais son étreinte, comme jadis ? Le contact de ses doigts, avec les petites écorchures, les callosités venant de son travail. Mais je ne vais pas le faire.

151

« Comment l'as-tu su, Simone ?

— Quoi ?

— Que j'avais été hospitalisé. Que j'avais été dans un hôpital psychiatrique.

— Je n'en savais rien. C'était seulement une supposition.

— Tu as dû voir des tas de gens qui ont fait de la prison.

— Ce n'est pas pareil.

— Mais n'est-ce pas ce que tu as pensé ? C'est ce que tu as dit en premier. Si je t'avais répondu oui, tu m'aurais cru.

— C'était une supposition, dis-je.

— Tu devines juste.

— Pas tellement. Je n'arrive pas à deviner ce que tu fais ici. »

Je le fixe droit dans les yeux, comme s'il était quelqu'un d'autre. Imperceptiblement, son visage accuse le coup, se ferme. Il devait être sincèrement persuadé que quand je le verrais mes sentiments changeraient. Il faut que je fasse attention.

« Ça fait tellement longtemps, dis-je, et, pour la première fois, j'esquisse une ébauche de sourire.

— Je sais. » Il se retourne et regarde vers le nord. « C'est ta maison, là-bas.

— Tu le sais bien.

— Et tes fils. De beaux petits gars. »

Je suis sans voix. Je ne peux pas parler de Joe et de Matt à Michael. Je ne veux pas croire qu'il les a vus, qu'il les a touchés des yeux. Ils sont une autre partie de ma vie, et les deux vies ne peuvent pas se rencontrer sans que l'une des deux vole en éclats. Je m'en étranglerais de lui dire leurs noms. Il fait un pas en avant, il pose sa main sur mon bras.

« Il faut que tu m'aides, Simone. »

Il garde sa main appuyée sur mon bras. Elle est lourde, elle pourrait se resserrer. Michael fait négligé, d'apparence, mais il pourrait me mettre en pièces.

152

« Qu'est-ce que tu veux dire, t'aider ? »

Il enlève sa main, il rit. « Ne sois pas comme ça. Mais non, je ne veux rien dire. Tout va bien. Ne sois pas parano. »

Je n'ai pas entendu ce mot-là depuis longtemps. *Parano.* Et avant, Michael ne l'aurait pas utilisé. Je le vois face à un médecin, une femme, de l'autre côté de son bureau. Le médecin écrit quelque chose puis attend, le visage d'une neutralité toute professionnelle. Michael a une posture apparemment détendue, mais qui masque une prudence sournoise. Il ne devait pas être commode, comme malade, difficile à jauger, quand il était assis là devant vous, avec son corps de travailleur manuel et son intelligence tapie derrière ses yeux. « Alors, pourquoi es-tu venu ? je demande. Pour me dire que tout va bien ?

— Non, je ne suis pas venu ici pour ça. Pourquoi te mentirais-je ? Tu comprends tout. » Et il me présente ses mains, les paumes levées, du vieux geste qui montre le rien, le vide. *Je ne suis pas armé. Je ne peux pas te faire de mal. Fais-moi confiance.*

« Alors, dis-moi pourquoi tu es venu.

— Donne-moi une minute, Simone. Je ne me sens pas très bien. » Et ça se voit. Il y a une pellicule de sueur sur son front et ses pommettes. Il est pâle, malade, mais je ne veux pas savoir pourquoi. Mettez-le dans la rue enveloppé dans une vieille couverture avec un chien bâtard à ses côtés, et je jetterai une pièce dans sa sébile. *Mais c'était mon homme.* Michael respire à grand bruit, la tête rentrée dans les épaules, comme pour se protéger. Machinalement, sans le faire exprès, je deviens attentive comme s'il s'agissait d'un des enfants. À surveiller sa respiration, ce ronflement un peu rauque.

« Est-ce que tu as un inhalateur ?

— Oui. Là-bas, au motel.

— Détends-toi. » Je pose la main sur son bras. « Laisse le souffle venir. » Il se plie en deux, aspirant l'air à fond.

Quelque chose a déclenché ça. Dans le temps, il n'était jamais malade. Jamais « mal en point ».

« Ça va aller », dis-je. Maintenant je pourrais courir. Je pourrais me retrouver en bas de ces marches et traverser les champs, et il ne me rattraperait jamais. Dans l'état où il est, il n'arriverait pas à faire vingt mètres. Mais je ne bouge pas. Son souffle se calme lentement, Michael s'accroupit et s'assied par terre. Je m'agenouille à côté de lui. Des cailloux pointus me blessent à travers mon jean.

« Ça va, maintenant ?

— Mieux. » Au bout d'un moment il sourit et il dit : « Je suis un vieux bonhomme, Simone. Je ne peux même plus sortir mon bateau. Dès que je suis en pleine mer, j'ai peur. J'ai l'impression que l'eau m'encercle. » L'espace d'une seconde, il y a entre nous une connivence qui n'a rien à voir avec le passé ou le présent. C'est l'instinct qui relie la chair à la chair, ça ne signifie rien de plus ni de moins que le sourire qu'on adresse à un étranger par une matinée ensoleillée.

« Ça va passer, dit-il. C'est ce qu'ils disent. Il faut que je continue mes exercices de relaxation. » Il me fait un petit sourire cynique et complice. Ses yeux se rivent aux miens comme à l'époque où il savait tout et je ne savais rien. À travers eux je vois les champs noirs de la nuit où il m'entraînait.

« Pourquoi es-tu venu ? dis-je.

— Il fallait que je vienne. »

Quinze

« Il fallait que tu viennes. » Nous marchons lentement, côte à côte, sur la digue, au-dessus de la mer ridée. Je regarde ma montre et je vois qu'il est encore tôt. Il ne s'est presque pas écoulé de temps.

« Il fallait que je te voie.

— Tu avais quelque chose à me dire ? C'est ça ? »

Il s'arrête et je m'arrête aussi. Nous nous faisons face.

« Ce n'est pas des choses qu'on peut *dire*, Simone, répond-il à voix basse. Je te dis que j'ai passé du temps dans un hôpital. Qu'est-ce que ça signifie ? » Il s'éclaircit la voix. « Ça m'a pris tout ce temps de m'expliquer à moi-même ce qui s'est passé. Des choses que je n'avais jamais regardées. Jamais osé regarder. C'était comme d'ouvrir la porte de la chaudière et puis de reculer d'un bond parce que les flammes s'élancent et viennent te brûler. Alors, tu la refermes à toute vitesse et tu te racontes qu'il ne s'est rien passé. Mais ça continue à te brûler jusqu'à ce que tu sois complètement consumé à l'intérieur.

— C'est de toi que tu parles, dis-je.

— Oui, exactement. » Il me regarde avec ce visage gris et lourd qui a perdu sa beauté. « Crois-moi, Simone, certaines choses qu'il y avait dans cette chaudière, j'aimerais mieux mourir que de les toucher. Des choses que j'avais faites et puis je n'y avais plus jeté un regard. Je m'arrangeais pour circuler dans ma tête en évitant de voir la moitié de ce qui s'y trouvait. Quand tu étais petite, ça t'est arrivé de jouer à ce jeu où on doit traverser la pièce sans toucher le sol ?

— Non. Il n'y avait pas assez de meubles. »

Il me jette un regard qui pétille. « Sans blague ?

— Sans blague. Tout le monde n'a pas la chance de naître dans le pays le plus riche du monde.

— Tu n'as pas changé, Simone.

— Bien sûr que si, j'ai changé. »

Un pétrolier se traîne vers l'est sur la mer calme. Je pense aux combustions lentes auxquelles il est destiné. Pas de nappe enflammée qui vienne dévorer la surface de l'eau. Michael soupire. Je l'entends aspirer l'air d'un profond halètement. Il poursuit d'une voix basse, d'où tout rire a disparu, calciné. « Tous les matins je me réveillais à cinq heures et je regardais le carré de la fenêtre virer au bleu. Si je regardais assez longtemps, je voyais un oiseau qui passait comme un éclair, trop vite pour que je puisse savoir quelle sorte d'oiseau. Au début, si je me donnais la peine, j'arrivais encore à me représenter à quoi l'air ressemblait, dehors. Un bleu si humide qu'on a l'impression qu'il va déteindre sur vos mains comme de la peinture. Mais, ensuite, j'étais trop fatigué, il n'y avait rien d'autre que la chambre et la fenêtre, et le boucan dans l'hôpital quand tout le monde se réveillait. Se lever, faire son lit, aller aux toilettes. Prendre une douche dans une cabine sans rideau pour que le surveillant puisse aller et venir sans nous perdre de vue. Est-ce que tu savais qu'on peut se suicider avec une pomme de douche, Simone ? » Il donne des coups de pied dans des cailloux qui dégringolent en bas de la digue.

« Mais tu en es sorti. »

Il se pince un bourrelet au-dessus de la taille. « J'ai gagné le droit de sortir en mangeant.

— Pardon ?

— J'étais le Roi de la Bouffe du pavillon Thoreau. Quand j'ai pesé plus de quatre-vingt-dix kilos et que j'ai cessé de fixer la fenêtre pendant des heures, ils m'ont laissé sortir. Mais ils m'ont dit que je pouvais revenir quand je voulais. Tu trouves ça idiot, n'est-ce pas ? Tu crois qu'on ne voudrait revenir pour rien au monde ? Tu ne comprends pas. Une fois qu'on a été dans ce genre d'endroit, on ne s'en échappe jamais complètement.

— Michael. Comment ça a fini, pour ce gosse qui était coincé dans le panier de basket, quand tu étais petit ? »

Il se tait un moment, et je crois qu'il va me dire qu'il ne se rappelle pas. Puis : « Bien. Un type est venu qui l'a tiré de là.

— J'imagine qu'il n'a plus jamais essayé de venir jouer avec vous. »

Michael rit. « Eh bien, c'est incroyable. C'est là que tu te trompes, Simone. Il est revenu. La fois suivante, il était là. Comme si de rien n'était. Il attendait. Presque comme s'il attendait qu'on recommence.

— Je ne te crois pas.

— Si, je te jure. Il était là. On aurait dit qu'il n'avait pas le choix. Et il m'a fallu tout ce temps pour comprendre pourquoi il avait fait ça.

— Ce n'était pas une très bonne idée, dis-je.

— Il faut revenir sur ses pas. On ne peut pas laisser les choses en plan. On ne peut pas prétendre que le passé n'a pas existé.

— Personne ne prétend que le passé n'a pas existé.

— Plus tu caches de choses, plus tu te détruis. Tu sais de quoi je parle, Simone.

— Explique-moi. » Maintenant je suis en colère. Qu'il dise le fond de sa pensée.

« Je vais te le dire. Je ne veux pas continuer à être exclu de ta vie.

— D'accord. Alors, dis-moi autre chose. Explique-moi pourquoi tu m'as envoyé ces lettres.

— Tu sais pourquoi.

— Tu n'aurais pas dû. Tu n'as pas le droit de faire irruption dans ma vie de cette façon.

— Et c'est toi le juge, c'est ça ? »

Nous n'avons guère avancé. Michael se retourne pour jeter un regard derrière nous. De l'autre côté des champs, on voit encore ma maison. « Alors c'est ça, dit Michael. C'est là que tu vis. En même temps que la maison, tu t'es acheté un bout de terrain ? C'est ça ton royaume ? Ce que tu as tout fait pour avoir, après m'avoir quitté ?

— Je ne t'ai pas quitté. »

Il sourit, d'un sourire indulgent, comme si j'étais une enfant débile. « J'imagine donc que c'est moi qui suis monté dans cet avion. » Il s'arrête, puis il poursuit : « J'ai apporté les photos.

— Quelles photos ?

— Tu sais bien quelles photos.

— Montre.

— Je ne les ai pas ici. Elles sont restées dans ma chambre.

— Où loges-tu ?

— Oh, quelque part. »

Je fais un grand sourire. « Michael, c'est absurde. Tu es en train de me dire que tu as fait tout ce chemin pour venir me voir, et que tu ne vas même pas me dire où je peux te rendre visite ? »

Il sourit lui aussi. « Bon, si tu as l'intention de me *rendre visite...*

— N'en parlons plus. C'est sans importance. Ne me dis pas. »

Aussitôt née, l'idée d'entrer par effraction dans sa chambre pour voler les photos s'évanouit. *Juge pris en flagrant délit de casse dans un motel.* « Alors, tu as apporté des photos à me montrer ?

— C'est exact.

— Qu'est-ce qui te fait penser que je vais avoir envie de les voir ?

— Je ne pense pas que tu aies envie de les voir. Je pense que tu te crois heureuse telle que tu es. Je ne pense pas que tu croies avoir le *moindre* besoin de moi. Mais tu te trompes.

— Pourquoi ?

— Pourquoi ? Parce que je suis ton passé. Je suis ce que tu étais avant. Je suis ce à quoi tu crois avoir tourné le dos, mais on ne peut pas faire ça. Si tu le fais, tu te mens à toi-même, et tu mens à ton mari, à tes gosses, et à tous ces gens qui font le pied de grue en attendant que tu juges leur cas. Tu me réduis à rien. Tout ce que nous avons fait ensemble, tu le réduis à rien. Ton passé, tu le réduis à rien.

— Ce n'est pas vrai. Je n'en parle pas, voilà tout.

— Simone, nous ne sommes pas en train de discuter d'un truc qu'on aurait vu à la télé.

— De quoi parle-t-on ? Dis-le-moi.

— Tout ce qu'on a fait, Simone. On a tout fait. Tu le sais bien. On était comme ça, toi et moi. » Il montre son pouce et son index, les rapproche jusqu'à ce qu'ils se touchent. « C'était toi, toi.

— Tu es sûr ? » Et c'est une vraie question, ma toute première vraie question.

Il ne répond pas. La brume se dégage rapidement, il va y avoir du soleil. En bas sur la plage, deux mouettes à dos noir piquent du bec entre les galets pour dégager quelque chose. Nous regardons la mer.

« C'est toujours aussi plat que ça ? demande-t-il.

— Pas toujours.

— Ce n'est pas mon idée de l'océan.

— Tu devrais aller sur la côte ouest. En Cornouailles ou en Écosse. Là-bas, c'est l'Atlantique.

— Je ne connais pas.

— Tu ne t'es pas baladé du tout ?

— Non. Je suis venu pour te voir.

— Tu as des amis en Angleterre ?

— Pourquoi est-ce que j'aurais des amis en

Angleterre ? Je suis venu pour te voir. Tu te rappelles l'océan à Annassett ?

— Oui, bien sûr.

— Tu te rappelles comme tu aimais nager ? Tu passais ton temps à nager.

— Je le fais encore.

— L'eau est propre ?

— Ça va.

— Je la trouve grisâtre. »

Nous regardons l'eau grise, plate.

« Vous avez quelquefois des tempêtes ?

— Oh, pour ça oui. » Je lève les yeux vers lui. « Dans le temps, c'est par ici que les Vikings accostaient pour faire leurs raids. »

Il rit du rire d'un homme qui vient d'un grand pays.

« Dans le temps, hein ?

— J'imagine. La première fois qu'ils ont débarqué, personne ne s'y attendait. Ils ont dépouillé l'église, tué le prêtre, tué les hommes qui leur résistaient, ils ont rempli leurs navires d'étoffes, d'or et de céréales. La deuxième fois, il n'y avait pas autant à prendre. Les gens avaient été prévenus. Un signal avait été allumé sur la colline, là-haut. Ils avaient filé dans les bois en emportant tout ce qu'ils pouvaient. Cette fois-là, les Vikings étaient furieux, alors ils ont mis le feu à la paille. Puis ils ont trouvé une femme qui n'avait pas pu courir assez vite parce qu'elle venait d'accoucher. Alors, ils l'ont tous violée et quand ils ont eu fini ils l'ont jetée avec son bébé dans le feu.

— Comment est-ce que tu sais tout ça ?

— Attends. Je vais te raconter la troisième fois. Comme tu peux imaginer, ils ne sont pas revenus tout de suite. Ils ont fait des raids plus haut sur la côte, là où ils n'étaient pas encore allés. Mais une nuit, je ne sais pas combien de temps après, le signal a été allumé une fois de plus. Tout le monde s'est sauvé, sauf une femme. Elle a attendu qu'il n'y ait plus personne, et elle a couru dans l'autre sens, vers le rivage et les marais. Elle courait, toute courbée sous le poids de son balluchon. On n'avait pas encore asséché les marais, à l'époque. Il y avait des marécages assez profonds pour engloutir tout un troupeau de chevaux. Elle a atteint l'endroit où elle voulait aller, c'était un terrain surélevé qui surplombait le marécage et la mer. Il n'y avait pas de digue, à l'époque. Elle savait qu'on pourrait voir briller la lumière de son feu depuis la mer, là où les Vikings allaient arriver avec la marée. Ça ressemblerait à la lumière d'un foyer où on peut trouver chaleur et nourriture. Elle a sorti de sous sa pèlerine sa bassine pleine de braises. C'était une nuit de grand vent, avec la lune qui filait entre les lambeaux des nuages, et le vent rallumait les braises. Elle s'est agenouillée, avec son fagot elle a construit un feu de bois, en forme de pyramide, et elle l'a allumé par en dessous. Pendant qu'il commençait à prendre, elle rajoutait du bois, jusqu'à ce que les flammes jaillissent bien haut, attisées par le vent. Essayant de scruter l'obscurité, il lui a semblé entendre le bruit des rames à travers le fracas des vagues, puis le bruit des chaloupes qui raclent les galets quand on les amène sur la plage. Enveloppée dans sa pèlerine, elle s'est avancée en rampant jusqu'au bord du marécage qui s'étendait entre elle et la mer. Elle s'en est tellement approchée qu'elle l'entendait marmonner. Elle s'est allongée par terre, et elle s'est mise à lui parler, puis elle a tourné la tête, et elle a vu son feu qui flambait très fort. Le marécage avait les entrailles qui remuaient d'une faim que rien jamais ne rassasie.

« "Ne bouge pas, lui disait-elle. Ne bouge pas, et tu auras ce qu'il te faut." »

« Et le marécage est resté sans bouger, présentant l'apparence endormie d'un pré où paissent des moutons bien gras. Elle les a vus arriver. Ils étaient à moins de cent mètres d'elle. On aurait dit qu'en l'espace de quelques secondes ils allaient lui bondir dessus. Ils avançaient en bande, comme des loups. Puis les hommes qui menaient la bande ont vacillé comme l'air au-dessus d'un feu et ils ont disparu. Elle, tapie au sol, regardait. Tandis que le marécage absorbait leurs corps, elle se désaltérait des cris qu'ils poussaient. Quelquefois le marécage ne fait qu'une bouchée d'un homme, et quelquefois, quand il le tient dans sa gueule, il joue avec. Il lui laisse croire que s'il se débat suffisamment il va pouvoir s'en sortir. Mais cela n'arrive jamais. Plus l'homme se débat, plus il s'enfonce. La femme, allongée, écoutait le jeu du marécage comme si c'était la musique la plus exquise du monde. Parvenus au bord, les hommes trébuchaient, s'accrochaient les uns aux autres, s'entraînaient mutuellement vers le fond. Ceux qui étaient à l'arrière s'enfuyaient déjà, regagnant leurs navires.

— Comment peux-tu savoir tout ça ? Ces gens-là ne savaient ni lire ni écrire.

— On a trouvé les corps quand on a asséché les marais.

— Seigneur. Pourquoi a-t-elle fait ça, cette femme ?

— Peut-être que c'était sa mère qui n'avait pas pu se sauver à temps. Peut-être qu'elle s'était retrouvée dans les bois, petite fille, sachant que sa mère était restée là-bas. Peut-être qu'elle était retournée sur place et qu'elle avait trouvé sa mère et le bébé. Simple supposition. Ou peut-être que j'invente. » Je souris. « C'est pénétré d'histoire, cette région. Quand es-tu arrivé ?

— Il y a cinq jours.

— Pas plus que ça ?

— C'est déjà pas mal.

— Tu savais où j'étais. Comment l'as-tu su ?

— Ce n'était pas bien difficile. »

Il a raison, ça ne devait pas être bien difficile. Si, par contre, je m'étais appelée Jones ou Carter, il aurait eu du pain sur la planche. Ça a été un vrai coup de chance, pour lui, que je garde mon nom. Mais ce n'est pas très difficile de retrouver les gens. Et puis il avait fallu qu'il prenne des dispositions, une fois qu'il a su où j'étais. La place d'avion, un hôtel. L'argent qu'il avait fallu dépenser avait dû lui sembler bien plus réel que le fait de poster une lettre. Il n'a pas l'air d'un homme qui a de l'argent.

162

« Et qu'est-ce que tu fais, maintenant ? dis-je.

— J'ai une petite affaire de construction de bateaux. Tu sais que j'ai toujours eu les compétences pour ça. Rien de très important, surtout des réparations. Mais je m'en tire.

— Ça a dû être dur de redémarrer, après ton séjour à l'hôpital. »

Je connais bien la question. Les chances de trouver un emploi réduites à zéro. Pas une banque qui vous consente un emprunt pour lancer une affaire.

« En effet, acquiesce Michael. C'est comme si tu avais tué une bête, et que tu aies à trimbaler la carcasse sur ton dos pour le restant de tes jours.

— Mais tu n'as tué personne. »

Ses yeux se rétrécissent un peu. « Non. » Mais il y a dans sa voix comme une hésitation, la langue s'empâte.

« C'est loin tout ça, dis-je. Ça peut arriver à tout le monde, d'avoir une dépression.

— Mais pas à toi, Simone, dit Michael. Toi, tu es une dure. »

J'ai envie de lui cracher à la figure. De lui recracher à la figure tout ce que j'ai fait, tout ce que je suis devenue depuis que je l'ai vu pour la dernière fois. J'inspire un grand coup, je recule d'un pas. Je ne vais pas flancher.

« J'ai changé moi aussi, dis-je. Je ne suis plus celle que tu as connue.

— Tu as changé, Simone, mais dans quel sens ? En bien ou en mal ? »

Cette façon qu'il a de dire et redire mon nom, ça commence à m'énerver. Plus il le fait, moins j'ai l'impression que c'est vraiment à moi qu'il s'adresse. C'est comme un inconnu qui vous prend par le bras, dans les couloirs revêtus de faïence blanche du métro, pour vous entraîner dehors. Les gens vous jettent un regard distrait, comme si vous étiez un couple comme les autres. Il est déjà trop tard pour pousser des cris de protestation.

163

« Alors, comment as-tu fait pour relancer ton affaire de construction de bateaux ? Ça a dû être dur.

— Je suis rentré chez moi. Là, on me connaît. » Il lève les yeux avec un demi-sourire. « Ils avaient eu le temps de passer un coup de balai.

— Qu'est-ce que tu veux dire ?

— J'avais perdu la tête. C'est pour ça qu'on m'a envoyé à l'hôpital.

— Qu'est-ce que tu avais fait ?

— Oh, je ne sais pas. Je crois que j'ai cassé la vitrine du supermarché.

— Quelqu'un a été blessé ?

— Non, personne. Je ne me souviens pas vraiment. »

Je revois la vitrine du supermarché d'Annassett. La véranda, les marches de bois, la porte étroite puis l'odeur d'huile, de bois, de pommes. Mac qui traînait derrière le comptoir, en train de réfléchir à la résolution d'un problème d'échecs qu'il avait trouvé dans un magazine spécialisé. Il n'y avait personne à Annassett qui soit assez fort pour jouer avec lui.

« Une chance qu'ils aient eu des petites vitrines, dis-je.

— Ce n'est plus comme ce que tu as connu. Ils se sont agrandis. Ils ont un parking pour quarante voitures. C'est une affaire qui marche.

— C'est toujours Mac et Lucy ?

— Non. Des nouveaux.

— Ils t'ont fait des ennuis ?

— Ils ont été corrects.

— Et le travail ?

— J'ai plein de boulot. Bosser, c'est ce que je préfère. Le fric, je m'en fous. Les gens me connaissent, ils savent qu'ils peuvent me faire confiance. Je traite chaque bateau comme s'il était à moi. »

Il débite tout ça comme le brave type que je sais qu'il n'est pas. *Ils me font confiance. Pourquoi pas toi ?*

« Il faut que j'y aille, dis-je. Il faut que j'aille travailler. »

Il avance les bras. Il me prend les mains. Je le laisse les serrer l'une contre l'autre et les tenir dans les siennes.

« Je vais te dire une chose, Simone, commence par te regarder toi-même avant de t'accorder le droit de juger ton prochain.

— Tu ne comprends pas. Je ne juge pas les affaires pénales…

— Je sais ce que tu fais », dit Michael d'un air sombre. Ses mains bercent les miennes comme si c'étaient des bébés. « Personne ici ne sait qui tu es, Simone, mais moi je le sais. »

Tout d'un coup, la colère me prend. *Tu es en train de le laisser gagner*, me dis-je. *Tu peux faire mieux, allez.*

« Personne ici ne sait quoi ? C'est quoi exactement, ce que les gens ne savent pas et que tu vas leur dire ?

— Moi, Simone, je ne vais rien dire à personne. Mais je pense que c'est toi qui le feras. Je pense que tu ne trouveras le bonheur que lorsque tu l'auras fait.

— *Le bonheur.* Quel âge as-tu, Michael ? OK. Voyons les choses d'un peu plus près. Sachons de quoi il s'agit vraiment, dans cette histoire. D'avoir fait l'amour avec toi. D'avoir laissé Calvin nous photographier. D'avoir laissé Calvin se servir d'un retardateur pour pouvoir nous montrer tous les trois au lit en même temps. D'avoir fumé des joints avec Calvin et toi. Quelques jeux de travestis. Autres photos. Et toi tu as tout gardé. La une des journaux, c'est ça que tu veux ? Secrets d'alcôve de Simone, cette coquine de juge. Allons. C'est ça ? Il y a peut-être encore des choses que j'ai oubliées ? C'est bien tout ? À l'époque, tu trouvais ça très bien, si mes souvenirs sont bons. Je ne me rappelle pas que tu aies trouvé à redire.

— Je n'ai jamais trouvé ça très bien, dit Michael, dans un élan de colère qui a l'air sincère, cette fois. J'ai toujours trouvé que c'était de la merde.

— Là, tu confonds deux choses. Soit c'est une question de morale, soit ça ne l'est pas. Peu importe ce que tu ressens. Les sentiments n'ont rien à voir là-dedans. Si ça n'était pas mal à l'époque, ça ne l'est pas plus aujourd'hui. »

Il fait un effort manifeste pour se ressaisir, et il me serre un peu moins fort les mains. Je les dégage en douceur.

« Ce qui est mal, Simone, c'est que ce que tu es ne correspond pas à ce que tu fais. Tu portes des jugements solennels sur ton prochain, mais tu me tournes le dos.

— Je ne vois pas le rapport. Je ne t'ai pas revu depuis l'âge de dix-huit ans. Je n'avais même pas commencé mon droit, à l'époque. »

Il recule d'un pas. Derrière lui, la mer est lumineuse, sillonnée de mouettes qui planent en silence. Les distances qu'elles parcourent sans un battement d'ailes. Mais Michael me bouche la vue.

« C'est pour ça que je suis là, dit-il, c'est pour ça que je suis venu, Simone. Pour t'aider à trouver le chemin du retour. »

Je le regarde. C'est un homme dont on a cassé la coque et qu'on a récuré jusqu'à le vider complètement. Il veut que je sois comme ça moi aussi. Il ne me fera pas de mal. Quand je l'ai vu, j'ai d'abord pensé qu'il était venu pour me tuer, ici, loin de tout, où l'on distingue à peine la maison la plus proche, et où la mer emporte au loin autant de bruits qu'elle en fait elle-même. Mais ce n'est pas ça qu'il veut. Il veut, à travers moi, se prouver quelque chose. Il veut rentrer en possession de lui-même.

« Il faut qu'on continue cette conversation », dis-je, lentement, en le surveillant toujours du regard. C'est là qu'il faut y aller doucement, sans donner le moindre indice qui pourrait me trahir.

« Je suis bien content que tu penses ça, dit-il.

— Mais maintenant il faut que je parte.

— OK. »

À nouveau un silence d'attente, sans inquiétude, sous lequel couvent des émotions dont je ne peux même pas soupçonner l'intensité. Cet homme, ça me bouleverse de voir à quel point il m'est étranger. Je ne reconnais rien,

rien du tout de lui, et pourtant je le connais. Je l'ai sucé, je l'ai mordu, je l'ai avalé, j'ai sombré à ses côtés dans un sommeil épuisé, trempé de sueur. J'ai connu le goût et l'odeur de la moindre parcelle de son corps. J'ai eu beau me raconter que pas une de ses cellules n'était restée la même, ça ne me fait aucun effet, maintenant que je l'ai en face de moi. De l'avoir près de moi, cela me donne le vertige, cela m'attire tout près de lui.

Mais le corps que j'ai connu, il n'est plus là, malgré tout. Il a fondu, à force de douches, à l'hôpital, où un surveillant contrôlait tous les corps pâles et charnus des patients. Pour moi, ce qui m'a permis de m'en détacher, ce sont ces longs bains que j'ai pris avec Joe ou Matt, bébés, qui jouaient entre mes jambes avec leurs petits bateaux. Ils m'ont débarrassé du corps de Michael. Les enfants riaient, ils posaient leurs mains potelées sur mes cuisses, ils jouaient dans l'eau, sachant bien que s'ils lâchaient prise un seul instant mes mains étaient là pour les secourir en moins d'une seconde. Tout ce que je savais de mon corps s'est retourné comme un gant quand j'ai accouché de mes enfants. Et pour lui, comment est-ce que ça s'est passé ? J'ai l'impression de le savoir par le simple contact de ses mains. Le manque de solitude. Pour son propre bien, il y avait toujours quelqu'un qui le surveillait. On enlevait les cravates et les ceintures. Il n'avait pas d'autre paysage que le carré de ciel matinal. Les lumières restaient allumées tard, pour la commodité du personnel de garde qui se relayait grâce à un mot de passe. Chaque nuit était remplie de cris et de chuchotements. Et de jour, le bruit des pieds qu'on traîne, les visages neutres, hébétés, qui viennent de subir l'électrochoc, l'odeur de médicaments et d'urine et la sueur aigre des terreurs nocturnes. Les heures de visite où personne ne vient. Le poids qui s'installe, la mâchoire qui s'épaissit, la démarche lourde et ralentie pour la promenade dans la cour de l'hôpital.

« Bon, dit-il.

— Je viendrai te retrouver ici, dis-je. On pourra marcher. Je parle mieux en marchant.

— Tu ne veux pas que je vienne chez toi. »

Mais il connaît la réponse. Ce n'est pas une question.

« Pas encore, dis-je. Tu peux venir ici tôt le matin, comme aujourd'hui, demain ?

— Bien sûr. Je n'ai rien d'autre à faire.

— Personne d'autre à voir ?

— Je ne connais pas âme qui vive, dans ce pays.

— Là où tu es installé, tu es bien ? »

Il rit, un petit rire surpris, presque timide. « Ça va. Rien à redire. C'est un de ces endroits, tu vois, quoi.

— Anonyme.

— Exactement. Ils ne te regardent même pas en face quand tu leur files du fric. »

Nous sourions tous les deux. Je suis face aux marches, prête à repartir.

« Au revoir. »

Il ne répond pas. C'est difficile de lui tourner le dos pour descendre les marches alors que je sais qu'il me regarde, mais je le fais, et mes pieds atteignent la tourbe élastique, bien nette. Les moutons sont à leur poste, ils broutent calmement dans la pleine lumière du matin. Quand je traverse le champ, ils ne sursautent même pas. Au premier échalier je me retourne, il est encore là, debout, s'abritant les yeux d'une main, l'autre levée dans un salut maladroit qui se prolonge et ne veut plus rien dire. Ce pourrait être n'importe qui.

Seize

Il y a une camionnette postale rouge arrêtée devant notre grille, moteur en marche. Le facteur est en train de trier un paquet de lettres. Il me voit, il sort trois enveloppes, il me dévisage longuement. C'est un nouveau. Je tiens les lettres à la main, sans les regarder.

« Où est Pete ?

— Congé de maladie.

— Comment ?

— C'est pour ça que je suis là.

— Ah. Je suis désolée...

— C'est la vie », dit le garçon. Il a tout au plus vingt-cinq ans, des cheveux couleur paille tirés en arrière en queue de cheval, et l'air de quelqu'un qui fait ce boulot tant que ça lui plaît et pas une seconde de plus. Ce n'est pas lui qui peinerait à vélo sur les nids-de-poule, comme ce pauvre Pete Titheradge, facteur ici depuis quinze ans. Non, M. queue-de-cheval a une belle camionnette rouge, la mauvaise nouvelle à colporter, et il est heureux. Il se remet au volant, amorce un recul bondissant qui fait patiner les roues arrière dans la tourbe, et démarre en trombe.

La lettre du dessus est une lettre par avion. Les timbres sont américains. Je n'ai pas besoin de l'ouvrir pour savoir que c'est une lettre de Michael. Je n'ai pas non plus besoin de l'ouvrir pour savoir, en la soupesant, qu'il y a à l'intérieur autre chose qu'une lettre. Je fourre les deux autres dans la poche de mon jean, et je déchire l'enveloppe de Michael. Ça me fait d'abord peur, cette façon qu'il a d'être dans deux endroits à la fois. Michael est ici, à quelques champs de distance, au bord de la mer. Et il est entre mes mains, dans cette lettre. Mais je sais que c'est l'effet qu'il voulait produire, et ça me permet de reprendre mes esprits. Il a peut-être posté cette lettre lui-même, juste avant de partir. Une lettre d'Amérique, ça peut mettre cinq jours à arriver. Ou il a peut-être chargé quelqu'un d'autre de la poster.

« Mets ça à la poste pour moi samedi, s'il te plaît. Je ne voudrais pas qu'elle arrive trop tôt. »

Je crois voir la main qui prend la lettre. Je pourrais tendre la mienne et repousser l'autre, en douceur. *« Non, ne faites pas ça. Vous ne savez pas ce qu'il vous demande de faire. »*

Voilà que j'ai peur des ombres, maintenant. J'ouvre la lettre, je vois l'envers des photos en papier glacé. Je ne les retourne pas. Je commence par déplier la lettre.

Chère Simone,
Est-ce que tu aimes recevoir des lettres ? Moi oui parce qu'elles ont été touchées. Les fax, le e-mail, ça ne vous fait pas le même effet, tu es d'accord ? Les lettres ont l'odeur des gens. Tu ne me crois pas ? Est-ce que tu ne viens pas de porter cette lettre à tes narines pour sentir son odeur ? Je le savais ; je te connais si bien.
Maintenant je suis ici, ici avec toi. Tu le sais déjà. Tu te rappelles le jour où on avait fait griller du poulet et des grosses crevettes, au bord de l'eau ? Puis on est rentrés au cabanon, et Calvin est venu avec

nous, et il a pris des photos. Il avait fallu
qu'on te soutienne, Simone. Tu étais vraiment hors du coup. Ça ne doit rien te
rappeler du tout. Mais quelle belle soirée.

Rappelle-toi que je t'aime. Tu ne peux pas
fuir cette vérité-là.

Il n'a pas signé la lettre. Je retourne les photos. Ce sont
des gros plans de Michael et de moi. Je suis allongée sur le
dos, enveloppée dans une longue robe en étamine bleue,
les cheveux longs, eux aussi, étalés, si bien que Michael
est allongé dessus. Il tient ma main gauche dans ses deux
mains, et il la serre contre sa joue. On dirait qu'il n'y a là
rien d'autre que de la tendresse. Nous sourions dans le
vague, pas pour la pose. Sur la deuxième photo, la robe en
étamine est en écharpe autour de ma taille. Et maintenant,
c'est Calvin qui se trouve sur les coussins à mes côtés. Il
est nu. J'ai l'air de quelqu'un qui dort. J'ai les yeux fermés,
mais le sourire flotte encore sur mes lèvres. La main de
Calvin repose entre mes cuisses. Il ne dort pas, mais il est
au repos, au fond d'un lieu paisible que je n'aurais jamais
cru qu'il pouvait connaître. Sur la troisième photo, c'est à
nouveau Michael qui est avec moi, nous dormons tous les
deux, ou nous faisons semblant. C'est Michael qui porte la
robe bleue, et je suis nue.

Les photos sont tristes, mais seulement parce que tout
ce qu'on y voit a disparu depuis longtemps. Elles décrivent cette époque d'il y a vingt ans d'une façon qui ne
ressemble en rien aux images que j'ai dans la tête. Nous
avons l'air contents. Nous avons l'air d'être bien
ensemble.

Maintenant je me souviens du barbecue. Michael avait
construit sur la plage un feu avec des galets qu'il avait
disposés en cercle. Il avait choisi de gros galets gris bien
lisses. Il avait pris du bois flotté et il l'avait laissé brûler
longtemps, en l'alimentant jusqu'à ce que les galets soient
brûlants et qu'il y ait sous les flammes des braises bien

rouges. Le soir tombait, et on voyait briller les braises. J'étais assise en face de Michael, je le regardais. Je revois son visage éclairé par le feu, et ses mains qui savaient où placer exactement le bois pour qu'il brûle comme il faut. J'avais les genoux ramenés sous le menton, avec ma robe d'étamine bleue qui les enserrait. Quand Michael s'éloignait de la lumière du feu, on aurait dit qu'il disparaissait. Que les ombres ouvrent seulement leur gueule, et notre feu serait avalé.

Calvin devait venir nous rejoindre plus tard et apporter du vin blanc et des joints. Nous n'avions encore rien bu. Juste avant que la nuit tombe, je m'étais baignée, et mes cheveux étaient encore un peu humides ; maintenant, je tournais le dos à la mer, et j'entendais la marée descendre. La brise secouait les flammes puis les remettait d'aplomb, mais il faisait bon. De temps en temps, des étincelles jaillissaient du feu et rougeoyeaient un instant sur les galets avant de s'éteindre. Nous ne disions pas grand-chose. Michael disposait les crevettes qu'il avait fait mariner dans une sauce à l'ail sur la grille du barbecue. Il avait aussi mis des morceaux de poisson, frottés d'huile et entourés de grandes pelures de citron, sur des brochettes, avec de la mayonnaise au citron dans laquelle on les tremperait quand ils auraient doré. Je ne m'y connaissais guère en cuisine à l'époque, et je ne savais pas de quel poisson il s'agissait. Mais la chair était ferme et dense, avec un jus blanc savoureux. Les pelures de citron avaient brûlé, mais le poisson s'était imprégné de leur essence.

Michael savait faire cuire les crabes et les homards. Il vidait les poissons qu'il avait pêchés ou qu'un copain lui avait donnés, et il levait les filets. Je le regardais tenir le poisson d'une main, encore parcouru d'un frisson le long de l'échine, puis le taper contre une pierre. Quand il le vidait, on aurait dit que son couteau suivait une couture invisible et qu'il l'ouvrait, rouge vif, dégouttant de sang. Je n'aurais jamais cru que les poissons contenaient tellement de sang. Et un tas d'entrailles luisantes qu'il jetait au feu.

172

On dévorait, parce que le poisson n'était bon que s'il était frais. Ça me paraissait merveilleux, ce qu'il faisait, même si, la première surprise passée, je me suis aperçue que tous les gens qui vivaient toute l'année à Annassett avaient le même savoir-faire que Michael. Tous pratiquaient la pêche et la chasse, et savaient se servir d'un couteau et d'un fusil. Ils connaissaient par cœur les horaires des marées, ils savaient quelle passe prendre quand ils sortaient un bateau du port, et où placer les casiers à homards. Ils faisaient cela d'instinct. Mais pour moi, qui venais de la ville, et en plus d'Angleterre, c'était comme une porte qui s'ouvrait toute grande sur un univers où je n'aurais jamais imaginé pouvoir vivre un jour. Cette façon qu'avait Michael de sortir un bateau en mer comme on descend se balader dans la rue.

Dès le début, il m'avait emmenée avec lui sur la *Susie Ann*. Je pensais qu'il n'avait pas remarqué que j'avais peur de la mer. Un jour, on était sortis du port, et on pêchait. Les nuages s'accumulaient dans le ciel, le vent décapitait les vagues et lançait des éclaboussures d'écume. Le bateau roulait, je m'accrochais au bord et j'aurais voulu que Michael s'en aperçoive, qu'il lève les yeux vers le ciel qui s'assombrissait, qu'il relève les lignes et qu'on rentre. Mais il continuait à installer des appâts sur les hameçons. Tout d'un coup il m'a regardée, et je me suis rendu compte qu'il était parfaitement conscient, depuis le début, de mes réactions et du temps qu'il faisait.

« Écoute-moi, Simone, quelle est la chose la pire qui puisse nous arriver, là, maintenant ?

— Qu'est-ce que tu veux dire ?

— Tu n'aimes pas le temps qu'il fait. Quel est le pire qui puisse arriver ?

— Eh bien, le bateau pourrait chavirer.

— Bon. Et alors ?

— On se noierait. D'ici, je ne pourrais pas nager jusqu'au rivage.

— Moi non plus, dit Michael, et il avait raison, il n'était

pas bon nageur. Donc on se noierait. C'est absolument le pire qui puisse arriver, d'accord ?

— Ben, oui, sans doute.

— OK. Alors, aide-moi avec ces hameçons. »

Le bateau tanguait et nous sommes restés longtemps dehors, sans rien attraper parce que le temps ne s'y prêtait pas. Mais, après ça, je n'ai plus eu peur en bateau. Michael m'avait appris à sortir en mer un petit dériveur, j'avais chaviré plus d'une fois, et j'avais assimilé ce qu'il fallait faire dans ces cas-là. Au début, c'était dur, j'avais l'impression d'être aussi godiche que quelqu'un qui apprend les rudiments d'une langue étrangère. Mais je commençais à entrapercevoir le moment où j'aurais surmonté ma maladresse, et où je ferais ce que la mer me dicterait, où je me laisserais pousser par la marée, avec l'eau qui bouillonne le long des flancs du bateau.

Le feu de Michael n'était plus qu'un tas de cendres. Les pierres qui l'entouraient étaient trop chaudes pour qu'on les touche. Je pensais qu'on aurait pu faire griller les poissons dessus, mais Michael a installé la grille du barbecue sur le feu. L'huile a coulé et grésillé sur les pierres. Il tournait et retournait les brochettes pour que le poisson dore sans brûler. Les pelures de citron rissolaient, se racornissaient. Michael a lancé une écorce dans le feu. Une flamme a jailli des cendres pour venir l'avaler. Elle a léché un instant la surface, comme la flamme bleue du cognac sur un pudding de Noël.

On s'est accroupis et on a mangé. Michael m'a tendu une brochette de poisson, et il a posé les crevettes grillées sur la pierre chaude devant moi. Elles continuaient à cuire à petits bouillons dans l'huile dont leur carapace était enduite. J'arrachais les têtes et les queues, je les décortiquais, et j'extirpais la chair tendre et savoureuse. Calvin était en retard, alors nous n'avions rien à boire, mais cela ne me dérangeait pas. Finalement, j'ai enlevé les fibres de poisson qui s'étaient coincées entre mes dents, et j'ai jeté au feu mes brochettes en bois. Puis nous sommes allés au bord de l'eau laver nos mains toutes collantes de poisson et d'huile. La mer était noire, sans reflets. C'était une nuit chaude, mais nuageuse. J'ai relevé ma robe et je suis entrée dans l'eau jusqu'aux genoux, puis jusqu'aux cuisses. L'eau qui m'entourait remuait doucement. Elle aussi, elle était chaude, et silencieuse, avec les vagues qui venaient se briser sans bruit sur le rivage. Michael était entré dans l'eau de son côté, scrutant la surface comme s'il cherchait à y voir des choses, même si je savais qu'il n'y avait rien à voir. La force de l'habitude. Derrière nous, le feu rougeoyait. Ce soir-là, il n'y avait que nous sur la plage. Je restais sans bouger, et je sentais l'eau qui me tirait sur les jambes, ce qui voulait dire que la marée continuait à descendre. J'ai regardé en direction de l'Angleterre, et j'étais bien contente de ne pas être là-bas. Ça paraissait loin, et sans importance. J'étais plongée dans ce que j'étais en train de vivre, et le sentiment de malheur que j'avais pu connaître avec Michael cédait la place à un état d'exaltation qui m'engageait à m'accrocher au temps présent comme quand, à la foire, on se retrouve une seconde tout en haut de la grande roue illuminée.

Si bien que maintenant, devant chez moi, lorsque je regarde les photos que Michael a glissées dans sa lettre, je vois l'effet qu'elles produiraient si elles atterrissaient sur le bureau du ministre de la Justice, ou sur le bureau du rédacteur en chef d'un journal aux yeux de qui cela compte, la moralité des juges anglais. Mais je vois d'autres choses. *Quelle belle soirée.* Ça, c'est du chantage, ou est-ce autre chose ? La troisième chose que je vois, c'est comme nos corps étaient jeunes. Si vous tendiez un doigt pour l'enfoncer dans ces fesses, la chair rebondirait. Je suis tellement habituée à la douceur fatiguée de mon corps que c'est un choc de redécouvrir à quoi il ressemblait jadis, avant la naissance des enfants. Il n'y a pas de veines apparentes sur les cuisses. Le ventre est douillettement à sa place entre les deux os des hanches. Le visage, drogué, ivre, à moitié inconscient, est lisse comme une prune.

Même Michael ressemble davantage à mes fils que mon mari. À l'époque, je le trouvais bien plus vieux que moi, le visage marqué. Maintenant je vois à quel point il était jeune. Ses cheveux noirs brillent comme ceux de mes enfants.

Une photo m'a échappé. Elle était collée contre la troisième. Je les décolle, et ils sont là tous les deux, Michael et Calvin, face à face, poitrine contre poitrine, nus, enlacés. Le visage de Michael est caché par ses cheveux. Celui de Calvin est fermé, ses traits sont tendus. Un chiffon d'étamine bleue dépasse de sous les cuisses de Calvin.

J'ai perdu une bonne partie de ma mémoire. C'est quelquefois nécessaire, quand il n'y a pas moyen de recomposer le passé en lui donnant une forme agréable, ou tout simplement une forme avec laquelle on puisse vivre. Et même si cela n'est pas nécessaire, tout simplement parce que vous avez refermé la porte, et que vous ne verrez plus jamais ces gens. Ce devait être mes doigts qui avaient appuyé sur l'obturateur, mon œil qui avait regardé dans le viseur et vérifié que tout ce que je voulais prendre entrait bien dans le cadre. Mais je n'en ai aucun souvenir. Un simple déclic a fait disparaître tout ça. Et pas seulement ce soir-là, mais soir après soir après soir.

« Simone ! »

C'est Donald. C'est Donald à la fenêtre, qui se penche. Depuis quand est-il là ?

« Il est huit heures ! crie-t-il. Tu vas être en retard. Où étais-tu passée ? »

Dix-sept

« Du courrier ? demande Donald.

— Une ou deux lettres. Tiens. » Je les sors de la poche droite de mon jean, laissant celle de Michael dans la poche gauche.

« Qu'est-ce que tu regardais, là-bas ?

— Quoi ? Oh rien. Des notes pour aujourd'hui. Il faut que j'aille vite me changer, je suis en retard. Qu'est-ce que tu as reçu, là ? »

Il y a un bruit de papier froissé, mais Donald replie la lettre sans me la montrer.

« Oh, rien », dit-il, découvrant ses dents dans un sourire. Il est très maigre. Il a perdu beaucoup de poids depuis qu'on est arrivés ici. Et il se voûte. Si c'était moi, j'irais travailler dans une boutique. Combien de fois je me suis dit cela, avec colère, en rentrant à la maison. Ou je prendrais un job dans une station-service. N'importe quoi. Mais il est clair qu'il ne peut pas. Il est au bout du rouleau. Je lui trouve l'air malade et vieilli, ce matin, évasif. Ça ne sert à rien d'y penser maintenant. Je file en haut, j'ouvre la fermeture éclair de mon jean, je le laisse tomber par terre tout en passant mon soutien-gorge et mon chemisier. En moins de dix minutes je suis habillée, propre, coiffée, avec des chaussures à mes pieds. J'ai une

177

mine épouvantable. Matt m'intercepte en haut de l'escalier et se lance avec véhémence dans une histoire de devoir d'écriture qu'il n'a pas fait. Je l'interromps.

« Dis à papa de te faire un mot pour expliquer que ton stylo s'est cassé.

— Je ne peux pas faire ça ! S'il donne cette excuse-là, il faudra me racheter un stylo, parce qu'elle sait à quoi le mien ressemble.

— Matt, ne dis pas de bêtises. Comment veux-tu qu'elle sache à quoi ressemblent les stylos de trente-deux élèves ?

— Mais si, je te jure, je te jure ! Elle va me tuer, et elle va me coller tellement de travail supplémentaire que je ne pourrai pas sortir de tout le week-end.

— OK. » Je cours dans la salle de bains, j'ouvre l'armoire à pharmacie, j'attrape une bande de gaze. « Donne-moi ta main droite. »

J'entoure deux de ses doigts avec la gaze, puis le pouce. « Tiens ça, je vais chercher le sparadrap. »

Matt tient le pansement, me regardant sans réagir. Je fixe le sparadrap, aussi serré que je peux.

« Voilà. Voilà la raison pour laquelle tu n'as pas pu faire ton travail.

— Mais si je me suis blessé la main, elle ne me laissera pas jouer au football pendant la récréation.

— C'est ton problème. Tu n'auras qu'à l'enlever. »

Nous nous défions du regard. Matt finit par baisser la tête. « Enlève-le, maman.

— Bon. Viens dans la chambre où j'ai mes ciseaux. »

Je défais le pansement. Matt se frotte la main. « Et puis elle se dirait que dans notre famille on a tout le temps des accidents.

— Exact. Elle va finir par appeler la Société de protection de l'enfance, alors méfie-toi. On pourrait te placer.

— Je pourrais appeler SOS enfance maltraitée.

— C'est vrai aussi. Allez, arrête de me faire marcher. »

Son visage se détend en un sourire. Je le serre dans mes

bras, je voudrais bien le soulever comme quand il était petit, mais il est trop lourd.

« Écoute, tu diras au revoir à Joe pour moi. Je ne sais pas à quoi il joue, mais on va tous être en retard. Et j'ai une journée épouvantable.

— Ah bon ? » Il me fixe à nouveau, et ses yeux s'arrondissent d'étonnement. Généralement, ce n'est pas comme ça que je parle de mon travail aux enfants. « Je croyais que ça te plaisait, d'être juge.

— Tu sais, un peu c'est bien, mais trop c'est trop.

— Maman. » Il se dégage, n'aimant pas mon ton donneur de leçons. Je me retourne, je descends les marches deux par deux, mes talons claquant sur le bois nu des marches. La porte du fond est ouverte – c'est Donald qui est allé chercher du bois. Il y a un morceau de papier par terre. Je le ramasse, je le déplie. C'est la lettre à en-tête qu'il n'a pas voulu me montrer tout à l'heure. Seigneur Jésus. Il a écrit à une société de prêt. J'enregistre rapidement le nom, je parcours la lettre. Ils n'ont pas encore prêté d'argent, mais ils le feront volontiers. Ça je veux bien le croire. Je lâche la lettre et je passe la porte en courant. Seigneur Jésus.

Voilà Donald qui sort du bûcher, chargé de bois. Il me fait un pâle sourire.

« Va secouer Joe. Il est en retard. »

Le sourire de Donald disparaît. « Ne t'inquiète pas pour lui. Tout va bien. On s'en tire toujours, Simone, tu le sais. »

Il va me regarder partir sans me dire au revoir. J'ouvre brutalement la portière, j'enfonce la clé avec une telle violence que je suis obligée de la ressortir avant de mettre en route. Mes dossiers et mon attaché-case manquent de tomber de la banquette arrière. Je n'aurais pas dû les laisser là, et si on me volait la voiture ? Tous ces papiers archi-confidentiels. J'oublie des trucs, je me laisse aller. Je suis distraite. *Allons, il faut me ressaisir.*

La voiture bondit en avant et cale. Je recommence, cette

179

fois elle démarre, et je fais une marche arrière. Donald est en train de rentrer dans la maison. Il a dû attendre pour me voir partir, mais là, il refuse de me regarder.

« J'ai le plaisir de vous informer que j'ai reçu l'autorisation de vous consentir un prêt de cinq mille livres… »

Cette lettre ne vient pas d'une banque. Donald est allé voir une société de prêt. Je ne veux même pas me demander combien ça coûtera de rembourser ces cinq mille livres. Dans ma tête je revois la procession des clients, qui fumaient, qui parfois pleuraient en me parlant de l'emprunt exceptionnel qu'ils avaient souscrit, en toute innocence, l'argent frais qui allait leur permettre de payer leurs dettes et peut-être aussi d'acheter des cadeaux aux enfants à Noël. C'était l'époque où j'étais là pour les conseiller, pas pour les juger. Ils me parlaient des types qui avaient débarqué chez eux pour récupérer le fric quand ils n'arrivaient plus à faire face aux échéances. Un seul type la première fois, puis trois mecs baraqués. Menaçant de mettre le feu à l'appartement, de repérer leurs gosses, de les asperger d'essence et d'y jeter une allumette. Pas des menaces gratuites, non, ils passaient à l'acte. Quelquefois j'allais voir les clients à l'hôpital. Ils ne pouvaient toujours pas rembourser. L'emprunt croissait plus vite qu'un cancer. On aurait dit qu'il passait du simple au double chaque nuit, pendant leur sommeil. Ils n'avaient pas lu les clauses en petits caractères. J'ai connu des clients qui ont disparu, et un qui s'est tué. Il s'y est mal pris. Il a sauté par la fenêtre mais pas d'assez haut, ensuite, à son retour de l'hôpital avec un fémur cassé, il a avalé des barbituriques. Quelques semaines plus tard, sa femme est venue me voir, parce que les types étaient revenus. Maintenant qu'elle avait eu le temps de récupérer de ce drame dans sa vie, ils voulaient leur fric.

Donald sait tout ça. J'ai dû lui raconter certaines de ces histoires. Quelquefois, quand je rentrais, ça m'empêchait de dormir de repenser à ces doigts tachés de nicotine qui tremblaient en soulevant une tasse de café, ou à une femme qui habitait un huitième étage avec un petit garçon de trois ans, un bébé et deux dobermans dont elle se serait bien passée, et qu'elle n'aimait pas, mais qu'elle était bien obligée d'avoir. Elle n'osait pas quitter l'appartement sans eux, ni dormir sans savoir qu'ils étaient là près de la porte d'entrée. Elle savait ce qui la menaçait dehors. Elle m'avait demandé de venir la voir chez elle. Je n'ai rien remarqué en arrivant. Rien d'autre que le gazon désolé autour des immeubles et l'entassement des ordures dans des sacs-poubelles en plastique noir. Pendant que nous parlions, les dobermans nous tournaient autour, l'enfant jouait avec une pile de petites voitures et le bébé pleurait. Elle n'avait pas pu sortir les chiens ce jour-là, parce que le bébé avait une bronchite. Elle n'avait pas mis l'enfant à la maternelle, par précaution. J'avais peur des chiens, et peur qu'ils sentent ma peur. S'ils m'attaquaient, que pourrait faire la femme ? Ils n'arrêtaient pas de tourner en rond, leurs mâchoires à hauteur du visage de l'enfant de trois ans.

Donald sait cela. Forcément, je lui ai toujours parlé de mes clients. Et le voilà qui veut faire un emprunt. Peut-être qu'il pense que nous, ça ne peut pas nous arriver.

J'ai une audience aujourd'hui. Rossiter contre Delauney. À propos des enfants. Il continue à se battre pour les voir et, semaine après semaine, elle s'arrange pour qu'il ne puisse pas. C'est une de ces affaires qui, on le sait dès le début, ne se réglera pas facilement. Ils sont passés par toutes les étapes : citation en conciliation, assignation à comparaître, ils ont rempli tous les questionnaires, l'audience préalable au jugement a eu lieu le jour où il faisait si chaud et où l'huissier a renvoyé le chanteur des rues. On dispose maintenant d'un rapport de l'infirmière visiteuse. Il y a un problème, pense-t-elle. C'est difficile de mettre le doigt dessus, mais j'ai le sentiment qu'avec toute sa réserve professionnelle elle estime que quelque chose cloche, avec ces enfants. Celui de trois ans a un comportement alimentaire perturbé. Il sait se faire vomir après avoir mangé et il le fait maintenant deux ou trois fois par jour, ce qui inquiète beaucoup sa mère. Elle dit que cela a commencé après un week-end chez son père. Les autres enfants lui ont raconté que Jamie avait pleuré pendant tout le dîner, et qu'il pleurait encore quand il était allé se coucher.

En entendant ce rapport, M. Rossiter affirme que rien de tel ne s'est passé. Sa femme, Christine Delauney, ex-Christine Rossiter, est elle-même boulimique, et il est possible que l'enfant ait observé qu'après avoir mangé elle se faisait vomir. Or, sur les dossiers médicaux de Mme Delauney, il n'y a aucune mention de boulimie. Elle a souffert de dépression et d'anxiété post-partum, mais elle n'a jamais signalé à son médecin traitant le moindre trouble du comportement alimentaire. M. Rossiter explique que, pendant toute la période où ils étaient mariés, son ancienne femme souffrait de boulimie, et que c'est l'une des raisons qui ont contribué à l'échec de leur mariage. Il explique en outre que les boulimiques, c'est bien connu, se donnent toutes les peines du monde pour cacher leur état à leur médecin, leur dentiste, etc.

L'affaire est inscrite à l'ordre du jour pour toute la matinée, et c'est tant mieux. Lors de l'audience préalable, j'avais eu un rapport ambigu de l'assistante sociale, voyons si nous pouvons éclaircir les choses, cette fois. Mais je regarde Christine Delauney et Graham Rossiter, et je sais que ça ne va pas être facile. J'ai déjà eu des affaires comme celle-ci. Les deux personnes en présence sont mues par les émotions les plus fortes, les plus primitives qu'on puisse ressentir. L'amour fou pour leurs enfants, la haine et le mépris pour leur ancien partenaire. Rien ne les fera bouger. Il est presque impossible de ne pas croire que la vie sera plus facile une fois éliminé le passé pénible et contrariant, et Christine Delauney espère bien éliminer de la sienne son ex-mari. Pourquoi supporter de le voir s'approcher de chez elle, de l'entendre sonner à la porte, de voir ses propres enfants se précipiter en criant

« Papa ! ». Tout ce chagrin, cette rage, pourquoi supporter qu'ils soient de nouveau à vif deux week-ends sur quatre, une semaine à Noël et à Pâques, et trois semaines l'été ? Alors que tout ce qu'elle veut, c'est commencer une nouvelle vie et faire une croix sur tout ça...

C'est moi qui mets les mots dans sa bouche. Peut-être que ce n'est pas du tout ce qu'elle ressent. En tout cas, elle ressent quelque chose, si fort que cela envahit l'atmosphère, et il en est de même pour lui.

À dix heures et demie, je vois où le bât blesse. On a fait le tour des questions de santé. Rien ne prouve que les visites à leur père perturbent les enfants. Oui, le petit garçon a un trouble inquiétant du comportement alimentaire, et son frère aîné fait pipi au lit. Mais celui-ci a dit clairement qu'il souhaitait voir son père, et il est assez grand pour qu'on en tienne compte. Pour citer le rapport : *« C'est pas parce que je vois papa que je fais pipi au lit, si c'est ce que vous croyez. Et si quelqu'un dit ça, c'est une menteuse. »*

Si quelqu'un dit ça, c'est une menteuse. Aïe. Ça, c'est inquiétant. Ces enfants savent exactement de quoi il retourne. L'aîné le dit avec des mots, le petit en vomissant. Entre les deux, la petite fille, qui a sept ans, est très proche de sa mère, et du nouveau compagnon de sa mère. D'après Christine Delauney, elle a demandé si elle pouvait appeler Martin « papa ». De toute évidence, Mme Delauney voit là un argument de poids en sa faveur.

« Peut-on en venir aux questions de responsabilité, s'il vous plaît. Madame Delauney, vous affirmez que votre mari ne tient pas ses engagements pour venir chercher les enfants et les ramener. Vous avez donné quelques exemples, et M. Rossiter y a répondu dans sa déclaration. Par exemple, le 2 avril 1997, c'était l'anniversaire des sept ans de votre fille Zoé. M. Rossiter avait annoncé qu'il viendrait la chercher à cinq heures, et l'emmènerait chez lui pour les cadeaux et le gâteau d'anniversaire. C'était entendu entre vous. Quand il est arrivé à 5 h 23, vous n'étiez pas là. Vous aviez emmené les enfants au McDo, "parce que vous ne vouliez pas que Zoé soit déçue". M. Rossiter dit qu'il a été mis en retard par un accident de la circulation, et il a essayé de vous appeler avec son téléphone portable, mais il n'a eu que votre répondeur.

— Oui. C'est comme ça que ça s'est passé.

— Est-ce que vous ne pensez pas que cela faciliterait la réussite des visites si vous étiez un peu plus souple quant aux horaires ?

— Je ne vois pas ce que vous voulez dire.

— Disons que cela n'a rien d'extraordinaire d'être en retard de vingt minutes. Cela peut arriver à tout le monde.

— J'estime que si les gens ont décidé quelque chose, ils doivent s'y tenir. Je ne peux pas passer mon après-midi à attendre, tous les week-ends.

— Je vois. Vous avez également déclaré que les visites à leur père empêchaient les enfants de voir d'autres membres de votre famille.

— Oui, c'est exact. Leurs grands-parents voudraient bien les voir, et ma mère travaille toute la semaine. Les enfants me demandent tout le temps quand on va aller chez papy et mamie. Leurs grands-parents se mettraient en quatre pour eux.

— Je vois. » J'ai l'impression que c'est aux enfants qu'on demande de se mettre en quatre.

Graham Rossiter fixe son ex-femme des yeux. L'atmosphère est lourde de sa colère. Mais la femme, elle, fait semblant de ne rien voir. Elle l'ignore. C'est moi qu'elle regarde, droit dans les yeux, et son visage plutôt joli exprime le sérieux et le désir de mettre les choses au net.

Tout ce qu'on peut chercher à obtenir, dans cette histoire, c'est le moindre mal. L'avocat de Rossiter n'est pas ravi du rapport de l'assistante sociale, mais il ne va pas discuter. Et je pense que ça n'avancerait à rien. Elle a repéré ce que je commence à repérer de mon côté, et même si elle s'exprime de façon prudente, professionnelle, on sent dans ce qu'elle dit un manque d'optimisme que je ne suis pas loin de partager. Au bout du compte, si Christine Delauney met systématiquement des bâtons dans les roues pour empêcher autant qu'elle le peut le père de voir ses enfants – et les enfants de voir leur père –, il n'y a pas grand-chose que le tribunal puisse faire. Je peux prononcer des ordonnances. On peut vérifier que les visites ont bien lieu. Mais il ne faut pas sous-estimer le pouvoir qu'a la mère. Après tout, sur ce plan-là, elle est parfaitement adéquate. C'est une « bonne mère ». Elle adore ses enfants, ils sont le centre de sa vie. Elle leur procure un foyer chaleureux et confortable, des repas, des habits, des jouets, des sorties ; elle gagne plus d'argent que leur père ; et puis c'est elle qui a la maison familiale, plus les revenus de son compagnon. Graham Rossiter vit dans un petit trois pièces, avec un emprunt-logement auquel il fait tout juste face, tant que les intérêts n'augmentent pas. Quand il reçoit les enfants, il dort sur un canapé convertible dans le living, pour que la petite fille n'ait pas à partager une chambre avec ses frères. C'est un risque qu'il ne veut pas prendre. Christine Delauney a ses parents qui habitent dans le quartier, et une sœur qui a trois enfants, dont deux vont à la même école que leurs cousins. C'est une famille unie, aimante, où l'on se serre les coudes, dit l'assistante sociale.

Un week-end, un des enfants aura attrapé un microbe. Bon, d'accord, il n'y a que le petit de malade, mais elle est persuadée que les deux autres couvent la même chose, et de toute manière le petit sera trop malheureux si les deux grands s'en vont sans lui. Un autre week-end, il y aura une grande réunion de famille, chez ses parents. Et puis dans quinze jours, elle veut emmener les enfants à Disneyland, ce qui veut dire passer une nuit là-bas, et s'il faut attendre « son » week-end avec les enfants, l'offre spéciale de l'hôtel ne sera plus valable.

Le plus difficile à contrer, c'est quand les enfants « ne veulent pas y aller ». Ils ont toutes leurs affaires à la maison, et leurs jouets, et leurs copains. Ils n'ont aucune envie de faire leur valise pour aller dans un appartement où il n'y a pas de jardin et où ils n'ont pas toutes leurs petites affaires. Ils veulent dormir dans leur lit. Ce n'est pas qu'elle soit contre le fait qu'ils voient leur père, mais des enfants petits, ça a besoin de savoir où ça vit. Avoir deux domiciles, c'est toute une comédie. Ce n'est bon pour personne. Ça leur donne le sentiment de ne pas être comme les autres.

Quant à Graham Rossiter, il a intérêt à être de parole. S'il part en voyage pour son travail et qu'il ne revient pas avant le samedi matin, eh bien, en ce qui la concerne, elle, c'est son week-end qui saute. Elle, elle organise sa vie autour de ses gosses, semaine après semaine. Il n'a qu'à dire à son patron qu'il doit être rentré le vendredi soir.

Ça fait maintenant plus de six mois que les enfants n'ont pas vu leur père régulièrement. Ça représente un sixième de la vie du petit garçon, il faut que j'en tienne compte dans l'ordonnance que je vais prononcer. Je stipule un droit de visite précis, commençant par le dimanche de deux à cinq. On peut déjà partir de là, ensuite on verra. J'explique aux deux parties que l'important, c'est de créer un contact régulier, de rétablir une relation entre les enfants et leur père, et d'essayer de parvenir à un arrangement où chacun y mette du sien. Je parle de la nécessité de prévenir à temps. Je propose que Mme Delauney annonce à l'avance les réunions de famille à M. Rossiter pour que les enfants ne prennent pas sur le temps qu'ils passent avec leur père pour y assister. Je dis qu'on vérifiera où on en est dans six mois.

Personne n'a l'air heureux. L'avocat de M. Rossiter jette un coup d'œil à son client, rapidement, pour voir sa réaction. Il sait que ça ne va pas se passer bien. De mon côté, je me sens fatiguée, avec un goût d'échec. Il n'y a pas d'autre solution, mais, au moment même où je dresse l'ordonnance, je suis presque certaine que ça ne va pas marcher. Et puis il y a toutes les autres affaires à juger.

Quand enfin ma journée se termine, la fin de l'après-midi est tiède et dorée. Je suis la dernière à m'en aller, l'huissier mis à part.

« Bonsoir.

— Bonsoir, madame. Je vais aller vous ouvrir la grille. »

Eh oui, la nouvelle grille du parking. Même de petits tribunaux comme celui-ci ont dû renforcer la sécurité. Un homme en salopette bleue passe, une boîte à outils à la main. L'huissier fait la grimace tandis que l'autre s'éloigne.

« Il était censé venir à trois heures et demie, et il n'est arrivé qu'à quatre heures et quart.

— Ça va vous empêcher de partir à l'heure ?

— Ça ira. Il faut bien que le travail soit fait. »

Il jette un regard circulaire, l'œil du propriétaire. Il va bientôt se retrouver maître des lieux, sans les juges, les parties, les avocats, les greffiers, le personnel de la cantine. Je suis sûre qu'il préfère que l'endroit soit vide. Je l'imagine arpentant les couloirs, glissant un œil dans les salles d'audience, son visage épais inspectant les lieux. Il remarque tout, il sait pour qui la journée s'est bien ou mal passée. Ce sont des choses que les huissiers savent.

« J'espère que ça ne prendra pas trop longtemps », dis-je. Pourquoi est-ce que j'essaie toujours de caresser cet homme dans le sens du poil ? Il s'avance pour m'ouvrir la porte. Je sors et suis aussitôt plongée dans l'air chaud. Je décèle des effluves de roses, un parfum envoûtant. Je regarde à ma gauche. Sur la clôture, il y a un treillis couvert de petites roses grimpantes couleur crème qui dégringolent à foison. Elles sont encore en fleur, et elles embaument cet après-midi d'automne. Je ne les avais jamais remarquées. Je fais un demi-pas dans leur direction, mais l'huissier est là derrière moi, qui me tient toujours la porte, le visage inexpressif, observateur. Je pivote vers la droite, en déplaçant le poids de mon attaché-case, et je me dirige vers ma voiture.

La grille de sécurité se lève pour me laisser passer.

J'engage la voiture sur la rampe d'accès, et au moment où je passe la grille je vois un homme qui sort d'une Sierra bleue garée de l'autre côté. L'espace d'une seconde, je ne le reconnais pas, et puis je vois son visage. C'est Graham Rossiter. Il traverse la route à la hâte et se penche vers ma vitre.

« Je peux vous parler une seconde ? Je vous en prie. C'est très important. »

Je jette un coup d'œil de côté, et je vois l'huissier qui fait la grimace, qui se prépare à venir à la rescousse. Je suis toujours sous sa responsabilité.

« Tout va bien, lui dis-je. Je vais me garer au bord de la route et parler deux minutes avec M. Rossiter. Ne vous inquiétez pas pour moi, merci. »

Il s'éloigne lentement, ses gros souliers noirs font crisser le gravier du parking. Je me gare et je sors. M. Rossiter s'éclaircit la voix d'une toux sèche. « J'espère que je ne vous ennuie pas », dit-il. Il est plus pâle que ce matin. Ses cheveux châtains ne sont plus lissés bien à plat, ils sont en désordre. Il a desserré sa cravate et déboutonné le bouton du haut de sa chemise. Son visage pâle en sueur, ses lèvres sèches montrent sa fragilité. Il n'a que trente-deux ans, il est bien plus jeune que moi.

« Voilà, dit-il, je sais que je ne devrais probablement pas être ici, mais je suis rentré chez moi et tout ça me trottait par la tête, et je me suis dit qu'il fallait absolument que j'essaie de vous parler. J'espère, je ne sais pas, que ça n'est pas illégal.

— Non, dis-je, ça n'est pas illégal. Mais ça n'est pas très courant. Je ne peux pas discuter avec vous de votre affaire, il faut que vous le sachiez.

— Je sais, répond-il aussitôt. Je sais. Je pensais bien que vous ne pourriez pas. C'est que… » Il lève la main et s'aplatit les cheveux. Il a un large cercle de sueur sous le bras. Mais il a une odeur d'homme propre. « Je suis retourné à l'appartement, et il y avait cette livraison. Un lit neuf pour Zoé. Elle avait dit qu'elle ne pouvait pas dormir dans son lit parce qu'il sentait. C'était un lit d'occasion, je l'avais racheté à une femme que je connais à mon travail. C'était le lit de sa fille. Il ne sentait pas, mais une fois que Zoé s'était mis ça dans la tête, ça ne servait à rien de lui dire que c'était faux.

« Après le départ des livreurs, j'ai enlevé tout le plastique qui enveloppait le lit. Et pendant que je le regardais, je me disais : "À quoi ça sert ? Zoé ne dormira jamais dedans, de toute façon." C'était comme si ça n'était pas moi qui pensais ça. C'était comme si on me disait, noir sur blanc : *Zoé ne dormira pas dans ce lit*. Ça n'arrivera pas. Et cette ordonnance que vous avez rendue, eh bien il fallait que je vous dise que ça ne changera rien à rien. Elle fera tout ce qu'il faut pour que ça ne soit pas appliqué. Et moi je ne peux rien faire. Vous le savez, non ? »

Il a posé une main sur la portière de ma voiture. Son poignet tremble comme s'il était secoué par des petites décharges électriques. Sa voix est atone.

« Je suis désolée, dis-je.

— Mais vous le savez, non ? Vous savez parfaitement que tout ce que vous pourrez dire ou faire n'y changera rien, vous ou n'importe qui d'autre. Elle continuera jusqu'à ce qu'ils ne veuillent même plus me voir. Je la connais. Seulement elle ne l'admettra jamais. Elle est bien trop maligne pour ça. »

Je tends le bras. Je pose ma main sur la manche de sa chemise blanche, juste au-dessus du coude, et je lui serre le bras très fort, rapidement, puis j'enlève ma main. Sa chair sous le tissu fin est chaude et sèche. Si c'était un de mes enfants, je dirais qu'il a de la fièvre. Je répète : « Je suis désolée.

— C'est pour ça que je suis revenu. Je ne savais pas quoi faire. Je ne peux pas réagir par la violence, ce genre de truc. Ça n'est pas dans mon caractère. »

Je sens toujours l'odeur des roses. Il se penche en avant,

pose les paumes de ses deux mains sur ma voiture et baisse la tête. Il reste là, sans bouger. Je pense à l'enveloppe en plastique du lit neuf, qui se déploie lentement dans sa poubelle, comme quelque chose qui respire.

Dix-huit

Cher Michael,

Peut-être que tu as raison. Comme juge je ne vaux pas grand-chose. Il y a tout juste deux ans j'ai vu le vieux reportage en noir et blanc tourné au moment du bombardement de l'ambassade américaine à Saigon. Une rétrospective à la télévision : une interrogation de plus sur les racines de la guerre. Et ça continuait, jusqu'à ce qu'on en arrive à des scènes que j'étais sûre de me rappeler. Pas qu'elles aient fait partie de mon expérience personnelle, mais c'était cette lumière bleu et blanc dans laquelle j'avais vécu, la lumière des actualités, qui se répandait sur moi quand je faisais mes devoirs ou que je dessinais avec mes crayons de couleur. La télévision était allumée en permanence. J'étais plongée dans l'Histoire sans le savoir. Tous les soirs, ils arrivaient sur nos écrans, ces types qui sautaient de leur hélicoptère, tête baissée et pliés en deux pour résister à l'air brassé par les pales des hélices.

Puis la carte les avalait. Ces jeunes visages américains sous des casques qui les faisaient tous se ressembler. Même avant qu'ils aient participé au combat et qu'on leur voie cet air hébété, délavé, comme si on les avait décolorés. Pour moi, tout ça se passait en noir et blanc. Et il se passait toujours quelque chose d'autre en même temps.

Mais ce n'étaient pas tous les mêmes. C'était toi et Calvin, et tous ces autres garçons qui sont maintenant des hommes que l'âge mûr a épaissis. Ou alors ils gisent transformés par la mort et, quel qu'ait été leur but dans la vie, leur avenir est maintenant immuable. On n'échappe pas aux morts, et je sais que c'est vrai de toi. Ils sont jeunes en permanence, maintenant, ces types que tu appelais « mon lieutenant » parce qu'ils en savaient plus long que toi. Tu espérais qu'ils en savaient assez long pour te garder en vie. Ils deviennent de plus en plus jeunes, tandis que toi tu t'affaisses et tu te rides et tu vieillis.

Je me demande s'il a pu m'arriver de te voir. Peut-être que j'étais allongée par terre en train de faire mes devoirs à l'heure du journal et que j'ai levé les yeux parce que j'essayais de faire une soustraction de tête, et que j'ai plongé mon regard droit dans le tien sur l'écran de télévision. Mais si on m'avait demandé cinq minutes plus tard, j'aurais été incapable de dire ce que je venais de voir. La télévision se parlait à elle-même, ressassant ses soucis. Ma mère disait volontiers que si on se mettait à se tracasser pour tout ce qui se passe dans le reste du monde, on deviendrait fou. On a bien assez de tracas à se faire avec sa propre vie. Elle disait ça avec conviction. Les actualités, c'étaient des vérités qui ne peuvent pas resservir. Rien de tel que les vérités qu'on apprend par sa propre expérience.

À l'époque, je n'écoutais sûrement pas ce que disait ma mère. Ses jugements ne m'intéressaient pas. J'appuyais sur le bouton, et ça sautait d'une chaîne à l'autre. Une, deux, trois. La guerre au Vietnam, les premiers hommes sur la Lune, une manif antiapartheid. Quelquefois la caméra filmait de si près qu'on voyait leur salive. Ils étaient proches mais lointains, magnifiquement lointains. On pouvait les faire disparaître instantanément. Quand ça avait un rapport avec la guerre, ma mère se perchait sur le bord du fauteuil, une cigarette allumée aux lèvres, et elle en tirait une bouffée en prenant un air que je ne comprenais pas à l'époque, et que je ne comprends encore qu'à demi. Vigilante, sur ses gardes, haussant les sourcils. *Et voilà, ils remettent ça, je l'aurais parié*, pouvait vouloir dire son air. *On dirait que ça ne leur a pas servi de leçon.*

Au fond, Michael, vous auriez eu plein de choses à vous dire, ma mère et toi, si vous vous étiez connus. Je crois que vous vous seriez bien entendus. Elle t'aurait compris. Elle aurait su ce qu'il ne fallait pas dire. Elle savait se taire. Et quelle fumeuse aussi. C'était la seule chose qu'elle n'aurait jamais sacrifiée pour nous.

Pendant tout le temps où je parlais à M. Rossiter, l'huissier est resté dans les parages. J'en suis convaincue. Regardant par une des fenêtres qui donnent sur le parking. Il m'a sûrement vue parler. Il a sûrement remarqué la façon dont j'ai passé le bras autour des épaules de Graham Rossiter et dont je l'ai ramené à sa voiture. Alors c'est ça, l'impartialité du judiciaire, hein, Michael ? Mais je n'ai pas dit de choses que je n'aurais pas dû dire.

Toi, tu m'as dit des choses que tu n'aurais jamais dû me dire, Michael, et je n'ai jamais pu les oublier. Elles se sont infiltrées dans mon esprit comme de l'eau sale, et elles ont tout assombri. Tu te rappelles ce village dans lequel vous êtes entrés, pendant ta première période de service ? Ta section avait été informée qu'il s'y trouvait des Viets. L'ennui, c'est que vous ne saviez pas les reconnaître des autres, quand ils étaient à l'abri dans un village, habillés comme tout le monde et allant travailler aux champs comme tout le monde. Au début, tu aurais dit qu'ils avaient tous quatorze ans, avant de savoir qu'ils étaient comme ça. Les filles étaient menues, rapides dans leurs déplacements. En ville, elles avaient les pieds fins, mais dans les villages ils étaient durcis et élargis parce qu'elles ne portaient pas de chaussures. Comparées aux Occidentales, elles avaient malgré tout de petits pieds. Tu m'as dit que quand tu es rentré en Amérique, les filles t'ont paru vulgaires, avec leurs cuisses musclées, bronzées, leurs shorts, et leur façon de rire la bouche ouverte en montrant toutes leurs dents blanches. Et puis leurs nichons qui tressautaient, pas comme les petits seins des Orientales qui se soulèvent doucement sous la soie.

Pas signe de vie dans le village. Vous avanciez avec précaution, comme on vous avait appris à le faire, mais il n'y avait personne. Maison après maison, toutes vides. Ils s'étaient tous sauvés là où vous ne pourriez jamais les trouver. Le dépit vous montait à la gorge comme une réaction physique. C'était comme de vouloir retenir de l'eau dans ses mains. Calvin était là. Tu m'as raconté comment il s'est accroupi pour pénétrer dans la toute dernière maison du village. Puis on a entendu un cri enroué partant du fond de sa gorge. Ensuite, un cri aigu. Il est ressorti en traînant une fille, qui avait l'air, comme toujours, d'avoir à peu près quatorze ans. Elle tenait un bébé dans les bras, elle le secouait, le bébé avait la tête qui ballottait. Même de loin, c'était mauvais signe. Ça n'avait rien à voir avec Calvin. Quand il était entré, le bébé était déjà mort. Encore doux et chaud, doux comme il l'était quand tu l'as pris des bras de la fille, parce que Calvin ne voulait pas y toucher. Elle t'a laissé faire. Elle était tellement dans les vapes qu'elle te regardait comme si tu lui apportais des médicaments pour remettre son bébé d'aplomb.

Elle l'avait étouffé. Pas exprès, mais prise de panique, les autres étaient partis sans elle, elle avait entendu les soldats

arriver, et elle savait ce que cela signi-
fiait. Elle ne savait pas que vous ne lui
vouliez pas de mal. Elle n'avait pas été
capable de courir assez vite, sans doute. Le
bébé était un nouveau-né. Il s'était mis à
pleurer et elle avait eu si peur qu'elle
n'avait pas su quoi faire. Ce petit couinement des nouveau-nés, qui perce les murs.
Elle l'avait serré contre elle, de près,
de très près. C'était probablement son
premier bébé, elle ne savait pas comment s'y
prendre pour l'empêcher de pleurer. Ou bien
elle lui avait mis son téton dans la bouche,
mais il était trop mal pour téter. Il
s'était arqué pour s'éloigner et s'était
remis à hurler. Et tu étais là, le bébé dans
les bras, avec la fille qui se tordait par
terre en pleurant comme si elle avait voulu
s'enfoncer dans la terre, sous la couche de
poussière. Son visage était ruisselant de
salive et de larmes. Calvin a dit : « Et
quand ils vont revenir, elle leur racontera
qu'on a tué son chiard. »

Alors que tu n'y avais pas touché. En fait,
jusqu'à ce jour-là, tu n'avais pas le
souvenir d'avoir jamais tenu un bébé dans
tes bras. Mais tu l'avais pris. Le bébé
était léger, tout mou. Tu avais beau le
bercer, il était inerte dans tes mains. Tu
ne savais pas quoi en faire. Ton chef de
section est arrivé, il a donné des ordres,
et on a emmené la fille. La priorité,
c'était de sortir les hommes de là. Il y
avait des Viets dans le secteur, c'était
certain, sinon pourquoi toute la popula-
tion aurait-elle filé comme ça ? Ç'aurait
pu être une grenade qu'elle berçait dans ses

bras. Vous aviez eu de la veine que ce soit seulement un bébé mort.

Tu m'as dit : *Il était doux comme un petit chaton. Et tu sais, je ne crois pas que depuis j'aie eu l'occasion de tenir un autre bébé dans mes bras.* Tu as resservi du vin blanc et tu as bu, plongeant les yeux dans la nuit, où les étoiles ne scintillaient pas mais semblaient simplement plantées là, si près qu'elles faisaient luire la sueur sur ton visage. Je savais que tu sentais encore la légèreté du bébé. Son absence de poids. *Je ne sais pas pourquoi j'y repense tout le temps*, as-tu dit. *Dans la guerre, ce qu'il y a d'étonnant, c'est qu'il se passe tout le temps des trucs que personne n'a voulus, ni prévus, ni planifiés. C'est n'importe quoi. Après coup, on donne forme à ce qui est arrivé et on appelle ça l'Histoire. On peut ne pas être d'accord sur la forme en question, mais ce qu'on n'a pas le droit de dire, c'est que c'était n'importe quoi.* Ensuite, tu as dit : *Tu sais, Simone, je n'arrêtais pas de penser à la Bible. L'endroit qui dit : « Tu es poussière et tu retourneras en poussière. » Parce que c'est à ça qu'il ressemblait, ce bébé. On aurait dit la poussière de là-bas, chaude et soyeuse. Et puis ça vous file entre les doigts. Pas par la volonté de quelqu'un, mais par négligence, parce que c'est tellement facile. Les pires choses se faisaient toutes seules, comme cette fille avec le bébé, qui ne savait même pas qu'il était en train de mourir. Parce que la peur rend idiot, on fait n'importe quoi quand on croit qu'on va mourir. Il avait un filet de sang noir qui lui coulait des narines. Je le vois encore.*

Puis on a bu le reste du vin, toute la bonbonne. Vers la fin, ce que nous buvions avait un goût tiède et métallique, mais ça nous aidait à rester détachés de ce que tu étais en train de raconter. En me levant, j'ai trébuché, et j'ai fait tinter les pierres, mais tu n'as pas remarqué. Tu ne voulais pas que je parle, pas que j'existe, tu voulais seulement que je t'écoute pendant que tu déversais tout cela en moi comme si cela devait te permettre de t'en débarrasser. Au moins un petit peu.

Mais tu te trompais, Michael. En parler, ça n'a fait que développer ces souvenirs. En toi comme en moi. Le fait que je t'écoute n'a servi à rien.

Peut-être que tu as raison, que je ne suis pas un bon juge. Je passe encore beaucoup de temps à écouter, mais ensuite il faut que je prenne des décisions. Il faut que j'aille de l'avant. Je dois prononcer des ordonnances même si je sais que ça ne changera rien. Il y a des choses qu'on ne peut pas changer, mais ce que je suis en train de t'expliquer, je crois, c'est qu'il faut malgré tout se dire qu'on peut. Peut-être que c'est ça, la justice, après tout : la vision de ce que les choses pourraient être, et la foi dans le changement.

Je rentre, je gare la voiture, et je fais le tour de la maison. Les enfants tirent à l'arc dans le jardin. Une flèche me dépasse, puis une autre.

« Regarde, maman ! hurle Joe. Regarde ce qu'on a fait. » Il arrive en courant et me montre l'arc. Le bois est fraîchement coupé, il commence déjà à noircir à l'endroit des entailles.

« C'est du houx. C'est papa qui nous a montré comment les fabriquer. »

Les arcs sont épais et robustes, la corde bien tendue. J'oublie toujours à quel point Donald est bon pour ce genre de choses, comme il sait prendre le temps qu'il faut et le faire bien. Matt me voit avec Joe à côté de moi, il se redresse, encoche une flèche, et tend l'arc. Il y a une cible faite de cercles rouges et blancs au crayon de couleur collés contre un morceau de carton. Dans sa hâte à me montrer son savoir-faire, Matt tire trop brutalement sur la corde. Sa flèche tombe à ses pieds. Il rougit, se rembrunit. Il y a un an, il aurait jeté son arc par terre et il l'aurait piétiné. Là, il ramasse la flèche, l'encoche à nouveau, plisse les yeux, tire et lâche la corde. La flèche prend son envol, manque la cible, mais après avoir fendu l'air avec un sifflement des plus honorables.

« Pas mal, dit Donald. La prochaine fois, tiens ton arc à l'horizontale, et fixe la cible des yeux. Ça vient. » Matt fait oui de la tête, sans protester.

« À moi ! » crie Joe. En regardant à peine ce qu'il fait, il ajuste sa flèche et tire. Ses mouvements sont si bien coordonnés que j'en souffre pour Matt. Mais, pour une fois, Matt est détendu. Il me montre la courbure de l'arc, et les entailles découpées pour passer la corde. Je passe mon doigt sur le bois.

« C'est papa qui l'a fait. Il a dit que du bois d'if ce serait encore mieux, mais le houx c'est bien aussi. Ça se plie et ça ne casse pas. » Il regarde Donald puis détourne la tête avec timidité, ne voulant pas montrer comme il est content. Donald me sourit.

« Tu sais, ces nids sous le toit ? dit-il. J'ai découvert ce que c'est. J'ai cherché dans le livre sur les oiseaux. Ce sont des hirondelles de fenêtre. Elles vont revenir tous les ans.

— Ah bon ?

— C'est ce que dit le bouquin. Elles vivent en colonie.

— Tu veux dire qu'elles nous ont colonisés ?

— Exact. Il paraît qu'elles portent chance.

— C'est aussi dans le bouquin ?

— Je te montrerai. Il y a une citation de Shakespeare.

— Oh, alors on a de la chance. »

Je regarde les nids de boue blottis sous l'avant-toit. Les hirondelles reviennent fidèlement, année après année. Je me demande depuis combien de temps. J'aime cette lumière oblique du soir. Les enfants ont l'air d'avoir surgi du sol, sans le moindre lien avec nous.

« Vas-y, Matt, essaie encore une fois. »

Je me recule. Ils sont tous les trois dans la lumière du soleil couchant. L'herbe brille comme si elle était éclairée par une autre planète, et les trois ombres allongées la traversent comme des échelles, se rejoignant puis s'écartant. Ils confèrent, têtes rapprochées, Donald rectifie minutieusement une encoche avec son couteau de poche. Autour des formes solides de son père et de son frère, Joe semble flotter. Puis ils font tous face à la cible, et ils tirent l'un après l'autre.

Les garçons pourraient continuer indéfiniment. Mais le jour se fait plus compact, et j'ai faim.

« J'allais m'occuper du dîner, dit Donald.

— Pas la peine. Je vais emmener les garçons, on ira chercher du fish-and-chips, quand ils seront prêts. »

Donald fronce les sourcils. « Est-ce que ça n'est pas un peu...

— On est vendredi. »

Immédiatement, je repense à l'emprunt. Penser à l'argent entraîne trop d'associations, et aussi de la colère. J'ai envie d'envoyer à la figure de Donald : « Toute la semaine je travaille comme une dingue, et je ne peux même pas payer à mes gosses du fish-and-chips le vendredi soir ? » Mais je sais que Donald se dit la même chose.

On fait lentement le tour de la maison jusqu'à la porte

de la cuisine. La lumière est magnifique, et la brise souffle sur le marais, tiède et sentant bon.

« Quelquefois je me dis que je pourrais m'habituer à vivre ici, dit Donald.

— Tu finiras par connaître des gens.

— Je n'ai pas envie.

— J'irai me promener demain matin, dis-je. De bonne heure. J'ai besoin de marcher pour me laver de la semaine.

— Si tu veux, je viendrai avec toi. » Il dit ça sans me regarder. Un frisson d'air nous caresse, je lève les yeux vers les nids d'hirondelle.

« Oui, si tu te réveilles. » Il sait ce que ça signifie. Son visage se fige, il pousse la porte et nous sommes entourés par l'odeur de la maison, une odeur humide, en avance sur la saison. Quand je sors mes vêtements de la penderie, ils sentent l'humidité.

« Tu pourrais faire un feu ?

— Écoute, j'essaie de rentrer du bois pour l'hiver. Il ne fait pas encore froid.

— Non, mais on n'a pas chaud. Rien que ce soir. »

Je vois la main de Donald sur l'embrasure de la porte, aussi nettement que si je venais de la faire naître moi-même. Il a de très belles mains, longues, déliées. Il n'est jamais maladroit. Je regarde sa main, et je frémis à l'idée de son contact. Tout est froid dans cette maison. Il y a des recoins froids, humides. J'essaie d'éliminer l'odeur des souris avec du désinfectant. La mer pourrit tout.

« Fais-nous un feu.

— D'accord.

— Dans deux minutes je vais emmener les garçons. Je ne sais pas comment ils font pour continuer à tirer à l'arc alors qu'il fait pratiquement noir. Je ne vois même pas la cible. »

Et c'est vrai que de minute en minute, quand je regarde dans le jardin, je vois la nuit tomber. C'est comme ça que vient la nuit, à pas furtifs. On est fin septembre, après tout. Chaque journée, même chaude, est bordée de froid.

Bientôt, la mer sera plus chaude que la terre, elle enverra vers la terre une brume qui ne se lèvera que vers midi pour réapparaître dès deux heures de l'après-midi. Je me rappelle l'automne dernier, le brouillard et la pastille blanche du soleil qui jouaient à cache-cache. Je traversais le marais en voiture avec mes phares antibrouillard allumés, et les vitres baissées pour pouvoir passer la tête dehors et distinguer le bord de la route. Je n'aime pas le brouillard. Une ou deux fois, il m'est arrivé de sentir naître la peur en moi, par un bourdonnement dans les oreilles, le cœur qui bat plus vite, le souffle coupé. Je me forçais à respirer lentement. Je relâchais mes épaules, et les muscles de mon visage. Je continuais à rouler, forçant la voiture à avancer sur la corde humide de route tendue au-dessus du marais. Quelquefois je n'osais pas regarder dans le rétroviseur parce que j'avais peur d'y voir le carré de brouillard me rendant mon regard. Et je sais que la seule chose qui me fasse vraiment peur, c'est la peur. Si je mettais la voiture au point mort et que je la laissais glisser puis s'immobiliser, le brouillard m'envelopperait entièrement. À chaque inspiration, il pénétrerait dans mon corps. Alors j'ouvrirais la portière, je poserais le pied sur la route qui serait toute glissante de condensation, je descendrais le talus, je sauterais par-dessus le fossé, et je m'en irais par le terrain spongieux dans lequel j'enfoncerais à chaque pas. Je ne crois pas qu'à ce moment-là j'aurais peur. Peut-être quand je me retournerais et que je me rendrais compte que je ne peux voir ni le fossé, ni la route, ni ma voiture, mais je crois que je continuerais à marcher, les mains dans les poches, humant le sel à travers la couche de brouillard et sentant poindre la brise marine qui va venir la balayer.

Les garçons sont dehors dans la nuit qui tombe. Alors que nous n'y voyons plus rien, eux voient encore clair. La lumière électrique nous a aveuglés. Ils s'interpellent, ils poussent des cris en courant chercher leurs flèches. Ce sont des créatures lâchées dans un monde sauvage qui est leur monde à eux. Dans une minute, je vais les appeler. Il faudra que je crie plusieurs fois leurs noms avant qu'ils rentrent. Ils se cogneront contre la porte, en clignant des yeux dans la lumière. Ils auront les joues froides, le teint vif. Ils me regarderont sans me voir, tout éblouis par les flèches. Toute la soirée, le souvenir du tir à l'arc les habitera : filer jusqu'à la cible, se pencher tout contre pour voir s'ils sont près du but, s'écarter d'un bond chaque fois que l'autre crie *Dégage, je tire !* Puis revenir avec la flèche, courir en piétinant le sol, prêts à faire demi-tour. Attention, prêt, tirez. La flèche se fond dans le noir, puis frappe le carton avec un bruit mat. Presque dans le mille. Allez, encore une fois, rien qu'une, la dernière.

Je ramène les garçons après avoir parcouru les dix kilomètres qui séparent le village du carrefour où un camion vend des beignets de poisson tous les vendredis soir de cinq à huit. L'odeur graisseuse emplit la voiture et, toutes les fois que je prends un tournant, les sacs en plastique font un bruit de papier froissé. Je roule vite, pour rentrer avant que les beignets et les frites ne refroidissent ; ça n'est jamais pareil quand il faut les réchauffer dans le four. La voiture secoue et cahote dans le noir. Les garçons chantent en même temps que la cassette qu'ils ont mise à plein tube, et nous filons entre les haies qui vont bientôt être plus clairsemées, et disparaître dès que nous allons arriver au marais.

Nous nous arrêtons devant la maison, et nous voyons que Donald a allumé le feu. Les lumières sont éteintes, et les flammes se reflètent dans les fenêtres. Les garçons descendent de la voiture.

« Matt, prends les paquets. Ne les attrapez pas tous les deux en même temps, si vous ne voulez pas tout faire tomber par terre. »

Le feu pétille. Les garçons s'asseyent le plus près possible pour défaire les paquets de fish-and-chips. C'est encore chaud. Joe enlève la pâte des beignets de morue pour la manger séparément.

« Tiens, maman », dit Matt en m'offrant la plus longue de ses frites, et je la trempe dans le sel. Joe tend le bras vers la pochette de sel et la renverse par terre.

« Vite. » J'allonge la main, j'en prends une pincée et je la jette dans le feu, par-dessus mon épaule. Les flammes virent au bleu, puis redeviennent jaunes. Les frites, molles, déposent une pellicule de graisse sur ma langue. Les frites du camion ne sont pas formidables, mais la morue est parfaite : la pâte à frire est croustillante, pas trop épaisse, et la chair du poisson se défait en copeaux laiteux, juteux.

« Maman, tu veux encore un peu de vinaigre ? » Matt arrose à nouveau ses frites et tient la bouteille au-dessus des miennes.

« Merci, je n'en veux plus. Vous pouvez finir les miennes. Attention, vous partagez. »

Donald mange sans rien dire, les yeux fixant le feu. Il y a des étincelles qui jaillissent du foyer de pierre, et il donne un coup de pied dans une bûche pour l'enfoncer dans l'âtre. Il fait délicieusement bon. J'ai chaud à l'estomac, j'ai bien mangé, la chaleur du feu me rougit les joues. On va finir le repas, puis on ira se coucher. Je ne veux pas qu'on rallume les lumières. La maison nous entoure, profonde et sûre comme une caverne.

Tout d'un coup je sens la fenêtre derrière moi. La vitre est nue, ouverte sur la nuit. Je sens le froid qui me picote le dos. Je voudrais me retourner mais je ne le fais pas.

« Joe, va fermer les rideaux, s'il te plaît. »

Il se lève, il trébuche, il écrase les pieds de Matt.

« Espèce d'imbécile, regarde où tu marches. Tu as fait tomber mes frites. » Matt essaie de les récupérer au milieu de la cendre.

« Ne parle pas comme ça à ton frère, dit Donald d'un ton coupant. Et ne mange pas des trucs qui ont traîné par terre. Jette ça dans le feu. »

Joe couve ses frites de son bras et mange en vitesse, en surveillant son frère du coin de l'œil.

« Bon, d'accord », dit Matt, et il lance dans le feu les frites, le papier, les restes de pâte à frire, tout ce qui traîne. Il défie son père du regard, l'air de dire *Alors ?* tout en regardant le papier gras prendre feu.

« Non, Donald. Matt, viens t'asseoir près de moi. Allez, viens. »

Je garde toujours pour la fin les meilleurs morceaux de mon poisson. J'attire Matt contre moi, je ne relâche pas mon emprise.

« Tu peux partager le mien. Allez. »

Il pourrait se dégager en se tortillant, et filer dans sa chambre pour remâcher sa colère toute la soirée. Mais pour une fois il ne le fait pas. Il ne sait plus se faire câliner, comme Joe qui réclame et obtient l'affection dont il a besoin. Mais, raide dans le cercle de mon bras, il reste sans bouger. Tout ce qu'il peut faire, c'est de se retenir de tourner le dos à ce dont il a envie.

« Tu veux du poisson ? »

Il fait non de la tête, lèvres serrées. Mais je crois qu'il est content d'être là. Je le sens comme une force magnétique.

Ils sont là, je suis là. *C'est ça ton royaume, Simone ? Ce que tu as tout fait pour avoir, après m'avoir quitté ?*

Et maintenant il est tard. Ils dorment tous ; les garçons en boule dans leur lit, calmes, dormant de leur sommeil qui commence tout juste à perdre la douce odeur d'herbe du début de l'enfance. Même Matt est détendu, et quand je suis passée le voir, il avait le visage lisse, jeté tout ouvert sur l'oreiller, l'air à la fois plus jeune et plus vieux que son âge véritable. Donald dort, recroquevillé comme s'il se défendait contre quelque chose qu'il n'arrive pas à oublier même à travers des couches d'inconscience. Il parle tout haut, mais les mots ne sont jamais assez distincts pour que j'arrive à entendre ce qu'il dit. Je reste assise dans le lit, les bras autour des genoux, et je le regarde. On ne peut pas regarder quelqu'un dormir sans un petit sentiment de tendresse ; ou de pitié, même lorsqu'il n'y a pas de raison de s'apitoyer. Qu'il n'y a que cet état, le sommeil. Je me rappelle quand mon père est mort, comme il était dur, sculpté. J'avais appuyé avec mon doigt et n'avais rencontré que de la résistance. Avant, même quand il était en colère, quand je le touchais, c'était souple. Une fois, chez le boucher, j'avais touché un porc suspendu à un croc, et j'avais senti sa densité. Cette matière blanche, dure, c'était de la graisse. Si on se mettait tout près, on sentait une odeur intime de chair morte. À l'intérieur de moi, la graisse était tiède, jaunâtre. Je n'arrivais pas à me représenter que ma chair vivante pourrait un jour se transformer en cette matière blanche et dure. Et puis se transformer encore pour se ramollir en commençant à se corrompre. Les yeux de mon père étaient fermés. J'avais appuyé sur son globe oculaire, et il était dur, lui aussi. J'avais huit ans.

Donald soupire et dort. Notre maison craque, elle s'installe comme nous pour la nuit. Si je la connaissais mieux, je comprendrais l'origine de chaque bruit. Je comprendrais que chaque craquement correspond à la température qui baisse d'un degré avec le feu en bas qui s'affaisse en un tas de cendres. Je comprendrais comment le vent se heurte à la masse solide des murs et trouve à se faufiler par les fentes des fenêtres. Je saurais reconnaître la condensation qui se produit dans le froid d'un matin d'automne, et la glace qui se forme à l'intérieur des fenêtres en février. Mais je ne sais rien de tout ça. Je ne suis pas vraiment chez moi, ici.

Ce n'est pas inhabituel. Il est normal, de nos jours, de vivre dans une maison qu'on ne comprend pas vraiment. Notre maison de Londres, je la connaissais. C'est là que j'avais ramené chacun des garçons après sa naissance. Toutes les nuits, je restais sans dormir, comme il arrive quand on vient d'accoucher, mon sang s'écoulait sur une serviette hygiénique entre mes cuisses, mon lait gouttait et je surfais sur le sommeil comme un galet qu'on lance sur l'eau pour faire des ricochets. Je tenais le bébé dans mes bras, dans ce châle vert et rouge dont je me suis servie pour les deux. Je l'entendais couiner, et puis le chauffage central se déclenchait bruyamment, ranimant la veilleuse, et j'entendais la maison s'étirer, soupirer tandis que la chaleur commençait à y circuler. Je connaissais le trou noir des fenêtres à deux heures du matin, et le crissement des pneus dehors, et le bruit rassurant de la circulation qui ne cessait jamais tout à fait, là-bas au loin. Quelquefois Donald s'extirpait du sommeil pour aller me faire du thé et des toasts. Je mourais tout le temps de faim. Il sortait le beurre du réfrigérateur, en tartinait mes toasts, puis il étalait dessus de la confiture d'abricots, sortant exprès du pot le fruit entier, transparent, parce qu'il savait que c'était ce que je préférais. Il coupait en deux les tranches de toast et les empilait sur une assiette. Pendant que je mangeais tout en donnant sa tétée au bébé, il me regardait.

« Ne te lève pas ce matin. Dors aussi longtemps que tu pourras. »

On bavardait un peu, puis il cessait de parler, et au bout d'un moment je me rendais compte qu'il s'était endormi. Et le bébé lui aussi se rendormait, après un dernier frisson de sa langue sur mon téton. Et moi je sombrais dans le sommeil d'un seul coup, comme quelqu'un qui fait un pas de trop sans avoir même remarqué le bord de la falaise.

Je me souviens de la crasse sur le sol de la salle de bains, que je n'avais pas le courage de balayer ; la peinture qui s'écaillait du plafond de la cuisine et dont il tombait des morceaux dans les casseroles pendant que je préparais le dîner. Je savais à quoi ça ressemblait de refaire la peinture de cette maison, et de poncer le plancher, et de remonter la poussette du bébé à reculons en la tirant sur les vieilles marches du perron, une à une, avec la même contraction, chaque fois, du même muscle au milieu du dos.

Cette nuit la maison flotte sur le sommeil. Je vais à la fenêtre, je me tiens sur le côté, et je tire très lentement le rideau, centimètre par centimètre, pour que, si quelqu'un guettait à l'extérieur, il ne s'aperçoive pas que moi aussi je guette. Dehors, la nuit est claire. La lune est sortie de la masse laiteuse des nuages et elle poursuit sa route, haut dans le ciel. L'espace qui l'entoure est lumineux, et va le rester pendant des heures, parce que le vent balaie les derniers nuages. Je scrute les ombres qui s'empilent à la base des murs. D'autres ombres s'entassent près de la grille, près des arbustes et des buissons rabougris. Au-delà, il y a les champs asséchés qui mènent jusqu'au marais. Ils s'étalent sous la lune, mais ils ne sont pas pour autant plus faciles à déchiffrer. La lumière ne fait qu'épaissir le mystère. Je me tiens immobile. Je vois loin, jusqu'à la digue. Au-delà, il y a la mer ; peut-être que, même si je ne le savais pas, je devinerais sa présence. Tout le paysage donne l'impression qu'il s'étend au-delà de ses propres limites. Le vent remue, et les ombres des branches furètent et fouillent sur le sol, comme si elles se rapprochaient de la maison. Les aboiements lointains d'un chien de ferme martèlent le silence.

Je crois l'apercevoir. Tout contre le montant du portail, là où c'est le plus noir. Je crois qu'il ne fait pas un geste, pour que la lune ne vienne pas capter sa silhouette et l'éclairer s'il se mettait à bouger. Il est immobile et il regarde dans ma direction. Il ne me voit pas. Il voit la maison, ses fenêtres blanchies par les reflets de la lune. Il les compte. Il sait combien nous sommes, dans la maison.

J'ai fermé toutes les fenêtres du rez-de-chaussée. Mais peut-être que, par inadvertance, j'en ai laissé une ouverte.

Le chantage ne vient pas briser la vitre transparente d'une vie comme une pierre qui casse un carreau. Il y a toujours un complice dans la place. Quelqu'un dans la maison a laissé la petite fenêtre entrouverte, à peine à peine. Mais ça suffit. La main se faufile et la fenêtre grince tandis que l'air froid s'infiltre par l'ouverture. Quand je ferme les yeux avant de m'endormir, je vois cette main. Quelquefois c'est une lourde patte qui m'est étrangère, la main d'un inconnu. Mais d'autres nuits je sens les doigts bouger et je comprends que ce sont mes doigts à moi.

Dix-neuf

Quand vous êtes enfant il y a des journées entières où vous êtes persuadé que votre corps est capable de tous les exploits. C'est une des raisons, j'imagine, pour lesquelles les gens adorent repenser à leur enfance. Vous vous rappelez à quoi ça ressemblait de faire avancer votre vélo bringuebalant sur le bitume, avec la main de votre papa tenant la selle, votre papa qui marchait puis qui courait et qui tout d'un coup n'était plus là. C'est seulement plus tard que vous aviez pu deviner le moment où il avait lâché prise, vous laissant filer sur votre élan, et où il avait cessé de courir tout en continuant à vous surveiller, la tête levée, les yeux plissés pour le cas où vous auriez fait une chute.

Je me revois courant dans la rue de toute la force de mes jambes, avec mes chaussures qui battaient la mesure, sans rien au monde qui vienne s'interposer entre moi et ma course. Aucune de ces ruminations qui accompagnent maintenant mes actes.

Le ciel est couleur de perle. C'est le moment qui m'appartient, avant le début de la journée. Ça m'est égal de prendre sur mon sommeil pour me réveiller de bonne heure et regarder la lumière qui gagne en vigueur à la lisière des rideaux.

Quand Matt était bébé, il était presque tout le temps

malade. On aurait dit que ça démarrait toujours après une journée où il avait été en pleine forme. La peau comme une amande mondée, les yeux scintillants. Une journée où il avait ri. Il ne riait pas souvent, et son rire était un son enroué qui partait du ventre et qui fusait comme malgré lui. J'en avais les larmes aux yeux de tendresse. J'en étais venue à redouter les moments où Donald et moi on se regardait en ayant envie de nous dire, mon Dieu, quel amour, cet enfant, mais nous n'osions pas. Au milieu de la nuit, je me réveillais en sursaut, entendant le râle dans ses pleurs et sachant avant même de le prendre dans mes bras qu'il allait être brûlant. Une fois que j'étais arrivée à le rafraîchir, je le laissais dormir près de moi, je passais une main sous son corps pour le soutenir dans son sommeil, et sentir ses petites vertèbres pointues. Le premier hiver avait été désastreux. Il était malade tout le temps, et au mois de mars il avait l'air d'avoir trois mois de moins que son âge. Quand on le passait rapidement à l'eau chaude pour le laver, on voyait son pelvis qui ressortait. On ne lui donnait pas de bain, pour qu'il ne risque pas de perdre trop de forces et de chaleur. Il avait une tête trop grosse pour son corps, comme lorsqu'il était nouveau-né. Et même s'il avait appris à s'asseoir, là on le voyait s'affaler sur le côté, les yeux vagues, enfoncés dans les orbites. La nuit il repliait les pieds et les croisait, comme s'il était encore dans mon ventre, et je le berçais pour traverser la nuit avec lui, effleurant à peine la surface du sommeil. Je ne me suis jamais autant concentrée sur quoi que ce soit. Je n'avais rien d'autre en tête que l'heure de son prochain médicament, la boîte de Kleenex, la bile qu'il venait de vomir, le gant de toilette tiède pour l'essuyer, l'eau dans laquelle je trempais un doigt que je lui donnais à sucer.

Une nuit, il a été pris de tremblements. J'ai allumé et j'ai vu qu'il avait les mains bleues. Même les ongles étaient bleus, mais le reste de sa peau était comme de la cire, et il était glacé. J'ai hurlé pour réveiller Donald, mais le temps qu'il ait émergé du sommeil, la température de Matt était remontée en flèche et le bleu avait disparu. Une fois qu'il s'est mis à aller mieux, on est restés le matin allongés tous les deux longtemps après que Donald soit parti à son travail. Le bébé dormait, et moi je regardais le plafond et les ombres qui y jouaient, comme si le monde entier passait devant moi en flottant. J'étais hors d'atteinte. Je revois un ciel couleur de perle, et Donald apportant du courrier, et puis j'avais replongé dans le sommeil ; la température du bébé était un peu moins forte à chacun de ses réveils. Je ne m'étais pas habillée. J'avais monté des toasts et des pommes, et je lisais un manuel de droit, levant les yeux de mon lourd bouquin pour le surveiller tandis qu'il dormait et reprenait des forces. À quatre heures de l'après-midi il s'était réveillé pour de bon, il m'avait regardée et il avait souri. Hors d'atteinte. Si quelqu'un avait escamoté la façade de la maison, ça n'aurait pas entamé cette paix.

Donald ne dort pas.

« Simone, dit-il, au moment où je me glisse furtivement hors du lit pour ne pas le réveiller, comme je l'ai fait tant de fois.

— Oui. »

Je me penche sur lui. Je respire son odeur sure du matin que je connais aussi bien que l'odeur de mon propre corps. Sa peau est fripée, ses yeux sont bouffis. Il fait un petit sourire en clignant des yeux.

« Je vais t'apporter une tasse de thé, lui dis-je.

— Tu vas te promener toute seule, c'est ça ?

— Tu es fatigué. Reste donc un peu couché. Les garçons vont regarder la télévision.

— Viens ici. »

Il lève un bras et m'attire à ses côtés. « Tu m'aimes ? »

Je remue les lèvres avec raideur. « Bien sûr.

— Qu'est-ce que ça veut dire ? Pourquoi tu ne le dis pas ? Pourquoi tu ne dis pas les mots ?

— Je t'aime. » Je dis les mots. Sortant de ma bouche, ils ne sont pas vrais, mais quelque part ils sont encore vrais.

212

Qu'il en soit conscient ou non, Donald m'attire plus près de lui.

« Je suis désolé, dit-il.

— Il n'y a pas de quoi être désolé. Tout va bien.

— Je n'aime pas te voir... » Tout d'un coup il se redresse sur un coude, faisant sortir de sous les draps un souffle d'air fatigué, et il prend mon visage entre ses mains. Il repousse mes cheveux en arrière. Avant ça, j'étais nue, mais je ne ressens ma nudité que maintenant, avec mon visage nu exposé devant lui. Il m'examine. « Je vois l'effet que ça a sur toi.

— Quoi ?

— Tu travailles trop. » Il passe sa main sur mon visage, comme s'il pouvait, par son geste, effacer le teint gris du matin et les rides dont je connais l'existence.

« Mais non, je ne travaille pas trop. »

Il touche le coin de ma bouche. « Je voudrais que tu n'aies pas à faire ça.

— Ne t'inquiète pas. »

Je repense à ma mère. À l'époque, pendant les années qui suivirent la mort de mon père, j'avais peur qu'elle ne meure elle aussi, d'épuisement. Comme elle avait des fibromes, elle devait subir une hystérectomie, mais nous n'en savions rien. Je la revois, quand elle rentrait du travail, qui se mettait à éplucher des pommes de terre avant même d'avoir enlevé son manteau. Boutons défaits, le manteau qui se balançait lorsqu'elle se penchait pour aller prendre les pommes de terre dans leur bac. Elle posait ses deux poings au creux de ses reins et s'appuyait dessus en fermant les yeux. Elle avait un très beau visage en amande, un peu slave : je m'en rends compte maintenant, mais pas à l'époque. J'avais horreur de la voir fermer les yeux. Je la revois sortant avec effort les draps du double bac. Nous ne savions pas pourquoi cela lui faisait mal. Nous aurions dû l'aider davantage. Elle aurait dû nous le demander.

Et puis un jour elle s'est affalée par terre. J'ai cru qu'elle était tombée, mais non. Je suis arrivée, et je l'ai trouvée coincée entre le mur et le double bac, les deux jambes allongées toutes raides devant elle. Elle avait les yeux fermés. J'ai eu très peur, parce que ses yeux fermés ressemblaient à ceux de mon père au moment de sa mort. Elle ne les a pas ouverts, mais elle a étiré ses lèvres en un sourire et elle m'a dit : « *Tout va bien, Simone, j'ai seulement la tête qui tourne un peu. Sois gentille, va me chercher une tasse de thé avec du sucre. Je n'ai pas déjeuné, c'est pour ça.* » Elle ne prenait jamais de sucre.

C'est ça, quand on travaille trop.

Donald me passe la main dans les cheveux pour me dégager le visage, d'un geste régulier, énergique. « À quoi penses-tu ?

— À ma mère.

— Elle te manque toujours, c'est ça ?

— Oui. » Il y a longtemps que je n'ai pas pleuré en pensant à ma mère. Une fois, pendant que je dormais, elle m'avait rendu visite. Tout d'un coup j'avais ouvert les yeux, et elle était là, sa silhouette se détachant dans le noir. Debout devant moi, elle me regardait. Je voulais lui dire quelque chose, mais j'avais peur qu'elle ne disparaisse si je parlais. Très doucement, je me suis redressée sur les oreillers, pour la voir en entier. Elle portait une robe de laine bleue qui épousait la courbe de ses hanches et de ses cuisses. Même dans le noir je sentais qu'elle me souriait. Je savais exactement à quoi ça ressemblerait de me frotter les joues contre le tissu de sa robe et de serrer son corps dans mes bras. Cette robe, elle la portait quand j'avais quatre ou cinq ans. Comment se faisait-il que je voie si bien la couleur de sa robe dans le noir ? Ce n'était pas une couleur vive, mais un bleu très doux, comme le ciel derrière la brume.

Elle restait là sans bouger, sans toucher le lit, et elle me regardait. Ça avait duré longtemps. J'étais toute réchauffée, alors qu'il faisait froid dans la chambre, et que

j'avais repoussé mes couvertures en me redressant.
J'aurais pu la regarder pendant une éternité, sans rien
vouloir de plus. À la fin elle avait dit : « Tout va bien,
Simone, tu n'as pas à t'inquiéter pour moi. »

Puis, un peu plus tard, j'avais dû détourner mon regard.
Ou peut-être que je m'étais endormie. Mais quand j'avais
regardé à nouveau, au pied du lit, elle n'était plus là.
Donald était allongé à côté de moi. C'était bizarre de le
voir là, comme si j'avais trouvé un mari tout en étant
encore une petite fille. Alors je m'étais rendormie pour de
bon, et quand je m'étais réveillée j'étais moi-même, et
j'avais deux enfants qui commençaient déjà à oublier leur
grand-mère.

« Tu pleures. »

Je n'avais jamais raconté ça à Donald. Je pensais qu'il
ne me croirait pas. Il se serait dit que j'avais cru voir
quelque chose, ce qui n'est pas pareil. Si j'avais eu une
fille, peut-être qu'à elle je l'aurais dit, plus tard, une fois
qu'elle aurait été grande. Je ne pouvais pas en parler à
Jenny. Elle était plus proche de maman que moi, c'était
ça le problème. J'aurais eu l'air de lui dire : « C'est moi
qu'elle préférait. C'est moi qu'elle est venue voir après sa
mort. »

« Ne t'en va pas tout de suite. Recouche-toi », dit
Donald.

Il a un peu tiré le rideau, et le jour gris, humide, tombe
sur nous deux. Je vois des fils de pluie zébrer l'épaule de
Donald. Je pense aux nids des hirondelles, sous l'avant-
toit, j'imagine l'eau qui leur coule dessus, qui les ramollit
jusqu'à ce qu'ils s'effritent et tombent par terre en petits
tas de boue. Mais je sais que les oiseaux ont fait attention
en les construisant. Ils savent d'où le vent souffle, et par
où la pluie pénètre, et ils gardent leurs nids bien au sec
pour les accueillir d'une saison sur l'autre. La maison qui
croulera, c'est notre maison de pierre et de bois, tandis
que les hirondelles reviendront, année après année.

Je pense à ma mère appuyant de la main sur ses reins, et

planifiant les choses en vue de la période qu'elle devrait passer à l'hôpital pour se faire opérer. Prévoyant le moindre de nos repas. Elle ne laissait rien au hasard. Je la vois de tout près, ses cheveux noirs, fins, qui glissent devant ses oreilles, la pâleur de sa peau, avec le petit sillon entre son nez et sa bouche. Elle avait un visage qui pouvait paraître complètement terne, usé, et qui, d'un seul coup, était capable de tellement s'animer qu'on lui aurait donné n'importe quel âge, on pouvait la croire aussi jeune que Jenny ou moi. Elle adorait qu'on lui raconte ce qui s'était passé à l'école : le jour où Bridget Connolly était venue en classe avec des faux cils, Lucy Rydal qui s'était évanouie en apprenant les résultats de son brevet blanc, une élève du nom d'Aileen qui était nulle comme actrice mais qui était arrivée à jouer *Richard III* par la seule force de sa volonté. Mais souvent on ne lui racontait pas tout ça. On préférait le garder pour nous.

Donald sait me caresser. Déjà, la soirée d'hier et la journée qui s'annonce me sortent de la tête. Sa respiration change, il s'avance, fait basculer son poids et cale son genou entre les miens pour que mes jambes s'ouvrent. Il y a un moment où je me retourne presque pour m'écarter de lui. Mais il ne me laisse pas faire. Je sens son haleine sur mon visage, son odeur aigre mais familière. J'avais oublié à quel point la peau de ses épaules est douce, comment elle me donne envie d'enfoncer mes ongles dans sa chair et de voir jusqu'où il va le supporter. Il avait très bien supporté la naissance des garçons. Le sang, les mucosités, et l'espèce de graisse blanche sur leurs corps, cela n'avait pas semblé l'affecter du tout. Ensuite il a dit que oui, ça l'avait affecté. Il m'avait sentie m'éloigner de lui. Il croyait que cela nous rapprocherait, le fait d'être ensemble pendant la naissance de notre bébé.

« J'aurais pu être n'importe qui. »

Maintenant il me soulève et me berce dans ses bras. Je ne dis rien, je ferme les yeux. L'espace d'un instant je crois qu'il peut tout effacer, faire que ce ne soit pas. Je voudrais que ça dure toujours, cette pluie, et moi qui me dilate comme une chose toute sèche qu'on jette dans l'eau. Un vieux bout d'algue desséché. Je ris contre l'épaule de Donald.

« Pourquoi ris-tu ?

— Je me fais vieille, c'est à ça que je pensais. »

Il me serre très fort. « Mais non. Écoute-moi, je vais t'acheter un beau cadeau.

— Ne dis pas ça. » La pensée de l'emprunt parcourt ma peau d'un frisson, et j'ai envie de repousser Donald. Qu'il apprenne la vérité. Mais ce sourire qu'il a, innocent, lumineux, c'est un sourire que je ne lui ai pas vu depuis longtemps.

« Ça me ferait plaisir. »

Maintenant il est en moi, les yeux fermés à nouveau, le visage absent, aveugle, il se concentre. Je pense à l'endroit où je vais, près de la mer, là où l'eau grise tourne et retourne sans cesse les objets. Je pense à la façon dont la mer tombe à pic à partir de la plate-forme continentale, à des kilomètres de profondeur. Une pierre tomberait tout droit, d'abord brillante de la lumière venant de la surface, puis s'enfoncerait lentement dans le noir, plus bas que les poissons, et les baleines, et les monstres qui habitent les fonds marins. C'est à ça que j'ai envie de penser, pas à Donald.

« Tu pleures encore, dit Donald. Tu n'as pas aimé.

— Si si.

— Tu devrais te détendre davantage, Simone. »

Je me redresse dans le lit, je repousse les larmes qui me coulent le long des joues.

« Voilà une excellente idée, dis-je.

— J'aimerais que tu me dises…

— Quoi ?

— Rien. Ça ne fait rien.

— Non », dis-je, en m'agenouillant, mon visage à quinze centimètres du sien. Je sais qu'il a peur de poser les

217

questions qu'il devrait poser, et une bouffée de colère me calme. « Ça ne fait rien. »

Il ne veut rien savoir. Il est à l'abri dans son monde à lui, et il prend bien garde à ne rien savoir qui l'obligerait à en sortir. À moi de faire face. Et en même temps il voudrait que je perde la tête quand il me saute. Comment pourrais-je me laisser aller alors qu'il peut à la dernière minute retirer ses mains qui me soutiennent ? Mais il n'y peut rien. Il est comme ça. En fait il sait. Quelque part, il sait tout. Chaque coup de téléphone, chaque lettre. Lui aussi retient son souffle, attendant de savoir ce qui va se passer.

« Tu sais qui j'ai haï, pendant des années ? dis-je. Mon père. Pour s'être défilé et nous avoir fait faux bond.

— Simone, il est mort.

— Il n'aurait pas dû. Ça aurait pu ne pas arriver. Je m'en souviens maintenant. Jenny et moi on dessinait. On avait des crayons de couleur, en réalité, ils étaient à moi, et on se disputait pour s'en servir. Ils étaient en désordre par terre. J'étais allongée sur le ventre, et j'ai levé les yeux vers l'endroit où il se tenait, une main sur le rebord de la cheminée, le corps plié sur le côté à l'endroit où ça lui faisait mal. Ma mère le suppliait d'appeler le médecin, mais il n'a pas voulu. Il s'est forcé à se redresser, et puis il a pris trois aspirines et il est allé se coucher. Ma mère est restée près du feu avec nous, et elle a regardé les devoirs de Jenny, mais elle allait tout le temps dans la chambre voir comment il allait. Chaque fois qu'elle en ressortait je sentais le courant d'air dans mon dos. Le lendemain matin il avait moins mal. Mais il n'arrivait pas vraiment à se réveiller.

« Ce n'était pas de sa faute. Il ne savait pas que c'était si grave.

— Il aurait bien pu s'en douter. C'est surtout qu'il était têtu comme un âne.

— Ta mère aurait pu appeler le médecin quand même.

— Impossible. Ça n'est pas comme ça que les choses se

passaient. C'était lui qui prenait les décisions. Lui qui gagnait l'argent. Lui qui était censé s'occuper de tout le monde. Mais il n'a pas su comprendre que c'est quand ça ne fait plus mal que ça devient vraiment grave.

— Je suppose qu'il n'était déjà plus en état de raisonner.

— Non. À l'école, on nous demandait comment il était mort. On avait dit aux élèves de ne pas nous poser de questions mais, bien sûr, elles le faisaient quand même. Dans le fond, à l'arrière des cuisines, là où on avait chaud parce que la vapeur sortait des ventilateurs, et où les dames de la cantine ne pouvaient pas nous voir. La vapeur avait toujours une odeur de ragoût et de lessive. Et j'étais entourée d'une bande de filles, des grandes, qui faisaient les gentilles et me posaient de plus en plus de questions. Mais je n'avais pas les réponses. Je ne l'ai pas vu quand il était à l'hôpital. Tout ce que je me rappelle, c'est que le docteur est venu, et ensuite je suppose qu'il a été emmené en ambulance. On jouait dans notre chambre et on n'est pas sorties. Peut-être que maman nous avait dit de ne pas sortir. Il y a eu tout un branle-bas, je croyais que c'était maman qui bougeait les meubles pour faire le ménage, mais ça devait être le brancard qui descendait l'escalier. Après ça je ne l'ai pas revu. Mais je l'ai vu quand il était mort.

— Je sais.

— Comment le sais-tu ? Je ne t'en ai jamais parlé.

— C'est Jenny qui me l'a dit. Elle a dit que votre mère vous avait demandé à toutes les deux si vous vouliez voir votre père, et qu'elle avait dit non, mais que toi tu avais dit que tu voulais le voir. Quand tu es revenue, elle t'a demandé à quoi ça ressemblait mais tu as refusé de lui répondre. Tu as dit que si elle voulait le savoir, elle n'avait qu'à y aller elle-même.

— J'ai vraiment dit ça ? Quelle petite chipie.

— C'est ce qu'elle a pensé aussi. Écoute-moi, tu ne vas pas sortir maintenant ? On est samedi, tu peux traîner un peu. Ne te lève pas. Je t'apporterai le petit déjeuner au lit. »

Il passe un chandail et va préparer des toasts. Je reste allongée sur le dos et je regarde la fenêtre par où je ne vois que du ciel. Là-bas, Michael attend. Il a besoin de moi. Il ne s'en ira pas. Il est dehors, non loin d'ici, sous la pluie.

Donald apporte deux tasses de thé et une assiette de toasts. Les toasts sont minces et très grillés, comme je les aime. Je croque, m'attendant à sentir contre mes dents la pâte grasse de la margarine, et c'est du beurre. Le toast est encore chaud, le beurre commence tout juste à fondre. C'est du beurre salé, blanc, celui que je préfère. Il a dû aller l'acheter hier, se disant qu'il pensait à moi. Mais il pensait aux cinq mille livres qu'il a le projet d'emprunter. Ça va nous couler.

« On va s'en tirer », dit Donald, en écho à des pensées qui lui trottent par la tête. Je nous regarde tous les deux, je regarde le lit froissé, et à ce moment-là Donald me sourit. C'est alors que je me rends compte que je n'attends plus rien de lui. Je mords dans le toast. Je lève les yeux vers Donald et je dis : « On ne va pas subir un échec, c'est fini, ça. »

Des échecs, j'en ai trop vu. J'en ai vu dans mon cabinet, vécus dans la douleur et la honte, et puis au tribunal, exposés sous mes yeux. Il y a des gens qui se battent pied à pied jusqu'à la dernière goutte de leur sang. Et puis il y en a d'autres, et on apprend à les connaître, qui ont avec l'échec une connivence secrète, qu'ils ne s'avouent même pas. Ils le suivent à la trace, ils le flairent dans l'atmosphère comme un parfum familier, un peu répugnant, qu'eux seuls savent détecter. Ils le suivent à la trace parce que quelque part ils savent qu'il fait partie d'eux, ils le recherchent. C'est seulement lorsque le pire est arrivé et que tout s'est effondré autour d'eux qu'ils commencent à se sentir en sécurité.

Je dis « ils » parce que je ne supporte pas de dire

« nous ». J'ai été idiote. Toutes ces semaines où j'ai réagi au lieu de réfléchir. Je me suis laissé entraîner par la panique là où Michael voulait m'amener. Il veut me faire chuter, et je me suis contentée d'esquiver, de courir dans tous les sens, jusqu'à être une proie facile. Mais je ne vais pas le laisser faire. Le chantage, c'est un délit, ça ne peut pas servir de base à une relation.

Tu crois me connaître, Michael. Mais tu ne me connais plus. Tu ne sais pas qui je suis, ni ce qui me motive, ni ce dont je suis capable maintenant que j'ai deux enfants qui dorment dans la pièce d'à côté.

« Tout ira bien », dis-je à Donald en touchant sa main qui est exactement à la même température que la mienne. Il retourne sa main, enserre la mienne. Nos mains sont soudées, elles se fondent l'une dans l'autre. Je plonge la tête et j'embrasse l'articulation de ses doigts.

« Tu n'as pas à t'en faire », lui dis-je.

Vingt

J'ai la dernière lettre de Michael dans la poche de mon imperméable. *Maintenant je suis ici, ici avec toi... Rappelle-toi que je t'aime. Tu ne peux pas fuir cette vérité-là.* C'est le mot « aime » qui me fait peur. C'est comme la chaussette, au pied du lit, que le père Noël a remplie de cadeaux pendant votre sommeil. Vous pouvez la palper, sentir les froissements du papier, mais vous ne savez pas ce qu'il y a dedans. La lettre glisse jusqu'au bas de ma poche, contre ma cuisse. *Tu ne peux pas fuir cette vérité-là.*

Les champs et le marais sont embués de pluie. C'est une pluie fine, mais qui s'infiltre partout. J'ai mis le pantalon imperméable de Donald, en le roulant à la taille, et ma veste imperméable à moi. Les champs sont détrempés, comme si le marais les récupérait déjà, après une nuit de pluie. L'automne est là. Je ferme les yeux et je le hume, il arrive par grandes bouffées de l'ouest, là d'où vient le vent.

L'échalier, de ce côté-ci, comporte une seule marche, mais de l'autre côté il y en a quatre, parce que le champ est en contrebas. Quand je suis en haut et que j'ai un pied de l'autre côté pour redescendre, Michael surgit de l'abri où il m'attendait.

« Me voilà. »

Il me tend une main, mais je ne la prends pas. Je m'accroche au bois de l'échalier, poli par toutes les mains qui sont passées par là. Puis je lâche prise, et je saute. J'atterris à côté de lui, plutôt brutalement.

« Me voilà, dis-je à mon tour, comme si je trouvais tout naturel de le voir ici. Il y a longtemps que tu m'attends ?

— Ça fait un bout de temps. »

Il n'est pas équipé pour le temps qu'il fait. Sa veste est déjà complètement trempée par la pluie, et l'eau doit pénétrer à l'intérieur par les coutures. Le poids semble le courber en avant, ou alors c'est le froid qui le recroqueville. Lui qui avait de si belles mains bronzées, souples, elles sont devenues blanchâtres, enflées.

« Tu as froid ?

— Non non. Il fait toujours aussi mauvais que ça ? »

Nous marchons du même pas, nous traversons les champs pour aller vers la digue.

On ne voit déjà plus la maison, avalée par un brouillard de pluie.

« Il y a deux ans il a fait tellement chaud que les champs ont complètement grillé et que la terre s'est craquelée. C'est ce qu'on nous a dit. C'était avant qu'on arrive. Je crois que le marais ne sèche jamais complètement. Il y a tout le temps de l'eau qui suinte. Et quand ça devient un marécage, c'est plus de l'eau que de la terre.

— Ça doit être plus bas sur la côte. Ici, on a asséché le marais, non ?

— On a asséché les champs. Mais tout ça, regarde, c'est encore du marais.

— Alors, où est le marécage ?

— Je te l'ai dit, à trois ou quatre kilomètres plus bas, sur la côte.

— On pourrait peut-être y aller ?

— Si tu veux.

— Je ne peux pas croire qu'on n'en ait pas profité pour faire des fouilles.

— Tu sais, on est en Angleterre. Il y a plus de choses sous la terre qu'à la surface. Et aussi plus de gens. Si on trouve par hasard quelques os, on les rejette là d'où ils viennent. »

Il rit. Il n'a pas l'air de souffrir de la pluie. Il a des tennis aux pieds, de mauvaise qualité, avec des semelles spongieuses. Je suis sûre qu'elles prennent l'eau.

« Je ne pensais pas qu'il pleuvrait comme ça », dit-il. Je regarde à nouveau sa veste, ses tennis. On dirait qu'il ne fait pas attention à la façon dont il s'habille. Il n'a même pas pensé à tenir compte du temps. Pour lui, ici c'est un endroit de vacances, c'est si petit, si douillet qu'il ne peut rien arriver pour de vrai. La pluie anglaise ne peut pas vous tremper jusqu'aux os, la mer anglaise ne peut pas vous noyer. Je revois la façon dont il a regardé l'eau. *Ce n'est pas mon idée de l'océan.* Il ne prend pas de précautions. Je me demande si c'est vrai, comme il le dit, qu'il n'a pas cessé de penser à moi, pendant toutes ces années. Lui était dans un coin de ma tête, point sensible dont je me gardais bien d'approcher. Je n'aurais jamais eu l'idée de reprendre contact avec lui.

« Il ne nous faudra pas longtemps pour aller jusque là-bas, si nous marchons sur la digue », dis-je.

Nous sommes sur la digue. La bruine nous fouette le visage, s'infiltrant partout.

« Si ça continue, on ne va pas voir grand-chose, dit Michael.

— Ça va se lever. » En marchant, je sors sa lettre de ma poche. Je la déplie, je tends la feuille de papier devant moi sous la pluie. Les caractères se mettent aussitôt à s'effacer, à couler les uns sur les autres. « Pourquoi est-ce que tu as écrit ça, Michael ?

— C'est une lettre, c'est tout.

— Et c'est vrai, ce que tu m'as dit, que Calvin était mort ? »

Il me regarde d'un air indigné, offensé. C'est de la

comédie, me dis-je. De la comédie. Rien n'est aussi vrai que ce qu'il voudrait me faire croire.

« Pourquoi est-ce que je mentirais à propos d'une chose pareille ?

— Tu pourrais avoir une raison. Dis-moi. Tu étais devant ma maison hier soir ? »

Il continue à avancer pendant une douzaine de pas, tête baissée, et puis il me coule un regard de côté. « Tu sais bien que oui.

— Tu es resté là toute la nuit ?

— J'ai dormi dans ton bûcher. »

— *Tu as dormi dans le bûcher ?* » Près du mur de bois de Donald, ce rempart qu'il construit contre le froid de l'hiver qui vient. Chez Donald, dans le seul endroit d'ici où il se sente chez lui. Ah, c'était bien choisi.

« Tu n'aurais pas dû faire ça, dis-je.

— Excuse-moi, je suis désolé que ça te contrarie.

— Ne sois pas désolé, Michael. Tu n'as pas fait tout ce voyage pour être désolé. »

La lettre se désagrège. Elle est écrite sur du papier recyclé, poreux, qui est maintenant saturé. Il est gorgé d'eau. Je secoue la feuille en l'air, et le papier se déchire à l'endroit des pliures. Je recommence jusqu'à ce que la lettre soit déchirée en lambeaux détrempés. *Les lettres ont l'odeur des gens.* Mais ta lettre, Michael, elle a l'odeur de la pluie maintenant. *Quelle belle soirée.* Les mots résonnent douloureusement dans ma tête.

« Pourquoi as-tu fait ça ?

— Je ne voulais plus l'avoir avec moi. »

Le nuage qui vient de la mer a la couleur des coquilles de moule, il amène une plus grosse pluie.

« Si on se dépêche, on arrivera au blockhaus avant qu'il pleuve trop fort.

— Au blockhaus ?

— D'ici, ça ne ressemble à rien. C'est en partie enterré. Après la guerre, ils étaient censés le démolir, et puis personne ne s'en est occupé. Dedans, on sera au sec. »

Nous allongeons le pas. Je fais de grandes enjambées pour me maintenir au même rythme que lui, vieux souvenir, et je me sens réchauffée de l'intérieur. Je suis plus résistante maintenant qu'à l'époque, et je peux marcher longtemps sans me fatiguer. C'est mon pays, ce pays pluvieux qui s'étend autour de nous. De grandes rafales de pluie arrivent de la mer, les unes après les autres, comme des rideaux qu'on ferme. Les rideaux frissonnent. Chaque fois qu'on lève les yeux, ils obstruent davantage la vue. Michael est trempé. Pourquoi ne s'en rend-il pas compte ? Pourquoi n'essuie-t-il pas les gouttes qui dégoulinent sur son visage comme sur une vitre ?

Le blockhaus est recouvert d'élyme des sables et de chardon bleu des dunes, il s'enfonce dans la terre. C'est une bosse arrondie, et l'on ne voit l'entrée que lorsqu'on fait le tour par-derrière. On arrive aux marches, on jette un coup d'œil à l'intérieur, ça sent une odeur de toilettes publiques, un mélange de ciment brut et d'urine. Je laisse Michael passer devant moi, et le nuage nous rattrape, faisant crépiter la pluie sur la surface de mon imperméable. Je regarde le sommet de son crâne, qui bouge, qui descend. L'espace est clos, et il n'y a que de minuscules fenêtres, bien trop petites pour qu'on puisse sortir par là. Une fois qu'on est en bas, il y a une seule sortie, et je n'ai pas envie de me retrouver là-dedans avec lui.

« Simone, tu viens ?

— Je suis bien là-haut. Mes vêtements sont imperméables. »

Je l'entends qui marche en bas. « Ça pue la pisse, là-dedans », s'exclame-t-il. Je sais que ce n'est pas vrai. Il y a de vagues relents d'urine, une odeur presque familière. L'été, il se peut que des jeunes du village viennent là, en soirée, boire du cidre, et ensuite pissent contre le mur. Mais l'hiver, les orages lessivent l'intérieur du blockhaus et le remplissent de galets, de couteaux ou autres coquillages, d'algues et de morceaux de liège. La pluie tombe à verse, elle glisse des deux côtés de mon capuchon et ruisselle sur le devant de ma veste. Pour sortir, il faudra que Michael passe devant moi. Pour me retrouver, il faudra qu'il monte par ces marches. Ça a quelque chose d'inquiétant, cette idée, un inconnu qui émerge de l'obscurité. Je jette un rapide coup d'œil circulaire, cherchant du bois de flottage. Une protection, une barrière. Mais il n'y en a pas, rien qu'un vieux morceau de bois aussi blanc que le bréchet d'une chouette. Et un tas de varech tacheté de polystyrène. L'entrée du blockhaus est couverte de graffiti peints en rouge. Des symboles et des chiffres agressifs qui ne signifient rien pour moi.

« Simone ? »

Je le laisse attendre un peu. Puis je réponds · « Je suis toujours là.

— Pourquoi est-ce que tu ne viens pas te mettre à l'abri ? Il faut qu'on parle.

— Dans un moment. »

Mais je sais que je ne descendrai pas. Je n'ai pas envie de parler pour l'instant. À partir de maintenant, le choix du territoire m'appartient. Je regarde la façon dont la pluie et le vent peignent l'élyme des sables. Là-bas, en mer, un ferry semble posé, immobile. En contrebas, le rivage est coupé en deux par un brise-lames en béton. Ils se sont donné un mal fou, ces gens, pour briser les lames, en construisant la digue, en remplaçant le vieux brise-lames en bois. La mer flâne au pied du mur, au-delà de la bande pâle des galets, attendant son heure.

J'ai envie de nager. Au sortir de la pluie froide, la mer paraîtra tiède. Tourner le dos à tout ça, descendre de la digue, me déshabiller, envelopper mes vêtements dans la veste imperméable, et mettre des pierres par-dessus.

Je recule lentement pour qu'il n'y ait pas de brusque changement d'éclairage devant l'entrée. Je ne veux pas que Michael se doute de quelque chose. Simplement, quand il sortira, je ne serai plus là. Quelquefois, ce qu'on peut faire de plus fort, c'est de ne pas être là. C'est comme le silence au tribunal, un refus de se laisser entraîner dans le sens voulu par celui qui vous interroge.

Il y a derrière la pluie une bande de ciel plus pâle. Je cours le long de la digue, jusqu'à l'anneau de métal rouillé qui marque le début des marches découpées dans le béton. Je descends sur la plage, je fais crisser les galets. Je regarde le ciel, puis je me déshabille en hâte, j'emballe mes vêtements dans la veste imperméable et j'entasse dessus un petit monticule de pierres. L'air n'est pas aussi froid que je pensais, mais les pierres me blessent les pieds. Je descends vers l'eau avec précaution en choisissant les galets les plus arrondis. J'ai envie de courir, les pierres déboulent sous mes pas, des petits tas s'écroulent. Il y a juste assez de vent pour faire friser les vagues.

L'eau est froide, mais pas trop. J'avance un pied, les pierres dérapent et disparaissent. L'eau est sombre. La pente doit être forte à cet endroit-là. Je n'ai même pas besoin de marcher pour m'éloigner du bord. Tout ce que j'ai à faire, c'est de me pencher en avant. Je me penche en avant. Je ferme les yeux et je me laisse aller.

Vingt et un

Une fois qu'on se met à nager, il ne fait plus froid. Lorsque je n'ai plus pied, j'expire jusqu'à ne plus avoir d'air du tout dans les poumons, puis je me laisse couler à pic, fermant les yeux pour me protéger du sel qui pique. Je me mets en boule, j'entoure mes genoux de mes bras et je me laisse flotter dans l'eau. C'est très bruyant dans la mer, ce n'est pas calme du tout. Quand cela devient douloureux de retenir mon souffle, je donne un coup de pied pour remonter. Ma tête crève la surface de l'eau, j'ouvre les yeux. Le ciel pluvieux est éblouissant. Je fais la planche, en pagayant avec les mains, et les petites vagues me bercent. Une goutte de pluie me tombe dans l'œil. Je reste enfoncée le plus possible, seuls mes lèvres et mes yeux sont hors de l'eau, et je respire doucement.

Je devrais continuer à nager, mais je n'en ai pas envie. Je n'ai pas envie de faire le moindre effort. Je suis maintenant assez loin du bord, une centaine de mètres, hors de la portée d'un jet de pierre, et je dérive avec les courants. Je suis au-delà de tout sauf de l'eau. Je ne sais plus si j'ai froid ou si j'ai chaud. Sans doute pleut-il encore, même si le ciel paraît blanc quand on le regarde, comme je fais, verticalement de bas en haut. Le ciel blanc, l'eau grise. Il ne faut jamais avoir peur. Et moi ça fait longtemps que j'ai peur.

La poitrine de la mer palpite doucement, comme si elle respirait, et je bouge avec elle.

Au bout d'un long moment j'ouvre les yeux. Je me suis laissée dériver assez loin, mais le courant est parallèle au rivage, si bien que je ne me suis en fait guère éloignée. Deux cents mètres peut-être. Sûrement pas plus de trois cents. C'est difficile d'apprécier les distances, en mer. Trois cents mètres, ça paraît tout près. Je peux nager un bon kilomètre. Je pouvais, du moins. Michael me disait, si tu tombes à l'eau, nage à toute vitesse. Le bateau va plus vite que tu ne crois. Tu as à peu près cinq minutes. Une minute le bateau est là, et puis une vague le cache et tu n'as plus qu'à nager, les cheveux plaqués contre ta figure, les vêtements qui te tirent vers le bas.

Je cesse de flotter et j'avance dans l'eau. Je ne vois pas loin, à cause de la houle qui monte et descend. Sous cet angle, la terre a l'air petite, bien moins réelle que le clapotement de l'eau dans mes oreilles. Il y a derrière la digue un énorme ciel pâle. Quand on marche sur la terre, on ne se rend pas compte qu'elle n'est qu'une bande étroite entre le ciel et la mer. La terre, c'est comme le fait d'être vivant. Ça s'échappe quand on regarde ailleurs. Là-bas, ça doit être le blockhaus. Et il y a quelqu'un qui marche sur la digue : Michael, ou quelqu'un d'autre ? Peu de gens se promènent par ici. La silhouette bouge, j'en suis sûre. Ça doit être Michael. Il doit être en train de me chercher. Il doit se dire que j'ai continué à marcher pendant qu'il s'abritait de la pluie.

Je suis maintenant dans l'eau depuis un grand moment. Comment se fait-il que je n'aie pas froid du tout ? J'ai bien chaud, et j'ai sommeil, comme si je me glissais au fond d'un lit où quelqu'un d'autre dort déjà. La chaleur d'un autre corps contre le mien. Qui eût cru qu'il puisse y avoir dans cette eau grise de tels trésors de bien-être ?

La lettre de Michael s'ouvre dans ma tête.
Est-ce que tu aimes recevoir des lettres ? Moi oui parce

qu'elles ont été touchées. Est-ce que tu ne viens pas de porter cette lettre à tes narines pour sentir son odeur ? Je le savais. Je te connais si bien. Non, Michael, je ne l'ai pas portée à mes narines. Je ne voulais pas te toucher. Je ne veux plus de toi. Voici ce que je veux. La mer ; que chaque atome de mon corps se laisse pénétrer par elle. Il n'y a pas d'endroit où se cacher pour lui échapper, mais je ne veux pas me cacher. Maintenant je peux poser ma tête, et bientôt je dormirai.

Mais pas tout de suite. Le mot « dormir » perd de sa douceur lorsque je me mets à penser aux garçons. Ils apparaissent devant mes yeux, bouche entrouverte, paupières baissées. Joe dort paisiblement, mais Matt s'agite et lance un bras en l'air, et il pousse des gémissements. Il est angoissé, comme moi. Tous les jours, il doit se donner du courage. Il me repousse comme jamais Joe ne le ferait, parce que ça lui fait peur d'avoir tellement besoin de moi. Quand j'allais chercher Matt à l'école, ça me serrait le cœur de le voir sortir tout seul, la tête bien droite, et de savoir qu'il avait passé une mauvaise journée. À ce moment-là, Joe surgissait en piaillant au milieu d'une bande de copains.

« Tout s'est bien passé ? demandais-je à Matt sans m'appesantir pendant que Joe faisait ses adieux à la cantonade.

— Oui, très bien. » Et puis tout d'un coup, derrière mon dos, un méchant coup de coude à Joe.

Quand ils étaient bébés, c'est Matt qui était le plus beau. Je le regardais longuement, au creux de mon bras, je regardais la bulle de salive qui perlait de sa bouche endormie, et je me demandais ce qu'il dirait quand il commencerait à parler. Je n'imaginais pas d'être séparée de lui ne fût-ce qu'une heure.

Je roule sur moi-même dans l'eau profonde, j'aspire une grande bouffée d'air qui me soulève, je plonge la tête en avant et à grands battements de pieds je prends la direction du rivage.

« *Tu sais ce que je ne supportais pas, à l'hôpital ?* demande Michael.

— *Non, je ne sais pas.*

— *L'odeur. Tous ces types enfermés ensemble comme dans un zoo.*

— *Au bout d'un certain temps, on pourrait se dire qu'on ne la remarque plus.*

— *Si. Elle était toujours là. Tu prenais une douche, et une heure après, elle t'imprégnait à nouveau. Et puis l'odeur des médicaments. Elle ressort dans ta sueur. Je me disais que si j'étais sorti de l'hôpital pour aller dans un bar, tout le monde aurait su d'où je venais. Ils n'auraient pas su comment ni pourquoi, mais ils se seraient éloignés de moi.* »

Quand Michael m'aperçoit dans l'eau, il revient sur ses pas en courant sur la digue, alors qu'il a bien dû voir que je nageais avec vigueur. Il arrive jusqu'aux galets, il les écrase sous ses chaussures. Moi j'ai déjà pied, je me mets debout, de l'eau jusqu'aux épaules.

« Bon Dieu. Je me suis demandé ce qui se passait. Qu'est-ce que tu foutais là-bas ?

— Tout va bien. Je suis habituée à nager. »

Mais je suis morte de fatigue. Mes genoux me font mal, et il faut que j'escalade la pente abrupte à cet endroit-là. Je me mets sur le dos et je nage en petit chien jusqu'à la barre des galets. Ils me filent sous les pieds quand j'essaie de me mettre debout. La barre est trop à pic. Par forte houle, ça vous rejetterait contre les pierres. Quand je sors de l'eau, j'ai les jambes qui tremblent. Je sens l'air sur moi, et ma peau mouillée se glace. J'ai les pieds engourdis, maladroits, je trébuche en cherchant où les poser.

« Laisse-moi t'aider. » Il me tend une main mais je ne la prends pas. Je cherche sur la plage le monticule de pierres sous lequel j'ai laissé mes vêtements mais je ne le vois pas. J'ai la chair de poule et mes cheveux emmêlés, trempés, m'envoient des frissons dans le dos.

« Où sont tes vêtements ?

— Je les ai posés par là quelque part.

— Tu veux mettre ma veste en attendant ?

— Elle est trop mouillée. »

Je traverse péniblement la plage, traînant mes jambes comme deux poids séparés.

« Il pourrait venir quelqu'un », dit Michael. Je me retourne et je plante mes yeux dans les siens.

« *Il pourrait venir quelqu'un ?* Et alors ? Quelqu'un pourrait aussi voir ces photos, Michael. Ce n'est pas ça que tu veux ? Je croyais que c'était le cœur du problème. »

Je secoue mes cheveux pour les ramener en avant et je les essore. Les gouttes me tombent sur les épaules, comme à la maison, quand je viens de me laver les cheveux. Il a cessé de pleuvoir, et j'aperçois le monticule de pierres, là où j'ai laissé mes vêtements. Un petit tas gris qui pourrait être là depuis un siècle.

« Tu n'as pas froid ?

— Je vais me rhabiller dans une seconde. Il faut d'abord que je me sèche.

— Tu as vraiment changé », dit Michael.

Je ris. « Michael, quand on a eu deux enfants, c'est à ça qu'on ressemble. Et qu'on a vingt ans de plus. » Je sais ce qu'il voit.

« Mais tu es très bien, dit Michael. Je te trouve très bien. »

Je m'agenouille et je commence à défaire le tas de pierres. Pour la première fois, je tourne le dos à Michael. Ce n'est pas que je lui fasse confiance. Mais c'est bizarre, au bout de tout ce temps, je peux encore me retrouver nue devant lui sans la moindre gêne, ce qui ne m'est jamais arrivé avec quelqu'un d'autre. C'est bizarre que tout le reste change, et pas ça. Je me sens à l'aise avec lui. Plus même qu'avant, parce que je ne m'efforce plus de lui plaire. Il est encore l'homme que j'ai connu.

Un galet lui file sous les pieds. Michael est juste derrière moi, mais je ne me retourne pas. Je continue à déplacer les

pierres. Je sais qu'il ne va pas me toucher, pas maintenant. Je me dis que c'est vraiment bizarre qu'un autre
homme ait toutes les qualités que Michael n'a jamais eues,
et que pourtant ce soit avec Michael que je me sente bien,
pas avec l'autre. Je récupère mes vêtements en farfouillant
sous les pierres. Les pierres dégringolent les unes sur les
autres avec un bruit bref, aigu.

« C'est plutôt tranquille, par ici, dit Michael.

— Oui, c'est toujours comme ça. C'est pour ça que ça
me plaît. »

Je ramasse mon jean, mon tee-shirt, mon soutien-gorge
et ma culotte. Tout est resté sec à l'intérieur de la veste
imperméable. Mes chaussures sont pleines de graviers. Je
les secoue, et les graviers me picotent les cuisses, ils sont
plus pointus que je n'aurais cru. Michael s'avance. Il
s'agenouille à côté de moi, pas assez près pour me toucher.
Devant nous, le terrain est un peu incliné, jusqu'au monticule. Michael pose ses paumes sur les pierres, à plat. Il se
penche, il fait basculer son poids vers l'avant. Sa tête
plonge. Je vois sa nuque, fripée comme le reste de sa peau
par des années d'exposition au soleil. Je me déplace un
peu. Des gouttes d'eau dégoulinent des pointes de mes
cheveux sur sa peau. Elles glissent sur son cou et
disparaissent.

Au bout d'un moment, Michael se redresse. Il se
retourne et je vois ses pupilles se rétrécir au contact de la
lumière. Il devait avoir les yeux fermés. Il est maintenant
trop près pour que je voie l'expression de son visage. Rien
que son iris clair qui s'élargit tandis que la pupille noire
se rétracte. Il tend un doigt et le passe sur les vergetures
argentées de mon sein gauche. Il encercle la froideur toute
raide de mon bout de sein.

« Deux enfants, dit-il.

— Tu n'as pas eu d'enfants ? »

Il secoue la tête. « Je m'en suis bien gardé, dit-il. Tu as
ces marques sur le ventre aussi.

234

— J'avais beaucoup grossi, avec Joe. Il pesait presque dix livres. »

Il suit les marques, là où ma peau se perd dans les plis. Du dos de la main il frôle mon nombril et je sursaute.

« Ça va ? »

Je fais signe que oui.

« La peau, je crois que c'est ce qui change le plus. Je ne peux plus brunir, ma peau ne le supporte pas. C'est les médicaments. Tu peux bouger ton genou ? »

Je bouge mon genou, ouvrant les cuisses.

« Tu veux qu'on aille là-bas ? demande-t-il, en montrant le blockhaus de la tête.

— Non, je n'ai pas envie. On se sent enfermé, là-dedans.

— Je suis d'accord. » Sur le moment, il n'a rien dit de plus, mais par la suite j'ai compris à quoi il devait penser. « Alors ici c'est bien ?

— Michael, je ne veux plus avoir d'autres bébés.

— Ce n'est pas un problème. J'ai ce qu'il faut dans ma poche. » Il sent que je me raidis. « J'en ai toujours sur moi.

— Ah, c'est commode.

— Et ces petites marques, tu en as aussi sur les cuisses. D'où est-ce que ça vient ?

— Je n'en sais rien. C'est apparu chaque fois que je reperdais du poids après la naissance des bébés.

— Tu sais, Simone, si j'enlève ces vêtements trempés, ce que tu vas voir ne va pas trop te plaire. Je ne suis plus comme avant. J'ai quarante-huit ans, et j'ai de la brioche.

— Et toi, ce que tu vois, ça te plaît ?

— Tu sais bien que oui. »

Il se lève. Quand il enlève ses chaussures, un frisson lui parcourt tout le corps. Il est resté trop longtemps dans ses vêtements mouillés.

Il a raison : il n'est plus comme avant. Il s'est empâté, c'est le genre de type qu'on voit dans les routiers, qui mange en vitesse avant de repartir. Il a un corps de prolo, à s'y tromper si on ne le connaît pas. Il a des épaules massives, et un ventre qui déborde de la ceinture de son jean. Sous la veste, ses vêtements sont moins mouillés que je n'aurais cru. Il y a des taches d'humidité sur les épaules, là où l'eau s'est infiltrée à travers la toile de sa veste, et son jean est trempé depuis les cuisses jusqu'en bas.

Il défait sa ceinture et sa braguette, enlève son jean, puis son caleçon. Il déboutonne lentement sa chemise, comme si on avait la vie devant nous, puis il enlève son tee-shirt en le faisant passer au-dessus de sa tête. Il y a un moment où sa tête est prise dans le tee-shirt et où il ne peut pas me voir. Je regarde l'endroit où se trouve son cœur, recouvert de chair. Son corps est exposé, son pénis épais, dressé. Puis le tee-shirt tombe sur la pile de vêtements, et il s'accroupit à côté de moi sur les pierres inconfortables.

« Je vais étaler les vêtements pour qu'on puisse s'allonger », dis-je. Les pierres sont trop pointues.

Je n'ai encore jamais baisé avec un homme ventru. Mais ce ventru-là m'attendait, dans les os du Michael que j'ai connu. Sa chair m'aspire, comme si je le pénétrais au moment même où il me pénètre. Je suis étonnée de trouver son corps aussi tiède. C'est le poids : un homme gros est moins sensible au froid. Il sent la bière et le tabac d'hier soir, et l'air marin de ce matin.

Ça fait bizarre, de trouver nos marques entre son poids et les galets. Il replie son jean et le glisse sous mes hanches, et nous mettons sa chemise et la mienne sous mes omoplates pour les caler. « Tu n'es pas bien grosse, Simone, je ne voudrais pas que tu aies mal. C'est là qu'on sent la pression. » Il a l'esprit pratique. Et d'un coup il est en place, les yeux ouverts, me clouant à l'instant présent et à ce que nous sommes en train de faire. Ses pupilles sont maintenant élargies, comme si nous étions dans une chambre noire. Il se déplace un peu sur le côté pour ajuster son poids, puis il s'enfonce en moi, profondément, comme s'il ne savait pas ni où il est ni où je suis, il pourrait s'agir de tout autre chose. Je me rappelle qu'il a toujours fait ça. Je revois comment il louvoyait dans le noir, étroitement embrassé par le sac de couchage. Je reconnais sa façon de respirer, une grande inspiration suivie d'une interruption brusque. Ça a toujours été comme ça. Sa chair déborde sur la mienne, épaisse et chaude, sentant l'odeur du bain moussant du motel. Et sous ce parfum suave et citronné, l'odeur de son corps, qui n'a pas changé du tout.

Après, nous ne nous séparons pas l'un de l'autre pendant un long moment. Il a un bras passé en travers de moi, et le poids de son flanc gauche m'écrase un peu. Il tourne la tête et me dit : « Ça ne fait pas du tout le même effet, maintenant que tu as eu deux enfants.

— Tu plaisantes. Tu ne te rappelles sûrement pas.

— Bien sûr que si. C'est le genre de choses que je me rappelle. Cette fois-ci tu m'as vraiment laissé te pénétrer.

— Il y a deux bébés qui sont passés dans l'autre sens, c'est ce qui explique la différence.

— Non, pas seulement ça. Dis-moi, tu frissonnes.

— Je suis restée trop longtemps dans l'eau. Il va falloir que je me rhabille. »

Je m'habille rapidement, même si je n'en ai pas envie. J'ai froid, je suis engourdie, j'ai mal partout, je n'arrive pas à passer mes vêtements. Je suis restée bien trop longtemps dans l'eau. Avec une délicatesse à laquelle je ne m'attendais pas, Michael enterre sous les pierres le préservatif dont nous nous sommes servis. Il n'a pas l'air de souffrir du froid. Il se rallonge sur le dos, croise les mains derrière la tête, et dit : « Tu sais ce que je ne supportais pas, à l'hôpital, Simone ? »

Et c'est là qu'il me parle de l'odeur des types entassés ensemble, faisant sans but plusieurs fois le tour du jardin au milieu des fleurs que quelqu'un a plantées pour les égayer. Je vois d'ici le genre de fleurs. Trop raides, avec des couleurs trop vives, sans le moindre parfum qui puisse ramener leurs sens à la vie. Les patients rentraient en troupeau à l'intérieur, et l'odeur de salle d'hôpital venait les submerger.

« Mon père n'a pas voulu aller à l'hôpital, dis-je brusquement. Et c'est pour ça qu'il est mort. » Pour la première fois je me rends compte que mon père n'avait pas tellement le choix. Il avait choisi de ne pas nous quitter. On me l'a répété des dizaines de fois, mais je l'avais toujours entendu avec un fond de ressentiment. Cette fois, ça fait mouche.

« Les hommes ont une odeur très particulière, poursuit Michael. À l'extérieur de l'hôpital, on ne la remarque pas, même quand on est dans un métro bondé. Parce qu'à l'hôpital tout ce que tu as à toi, c'est ton odeur et ta merde. Tu es un morceau de viande. Quelquefois, tu as l'impression que tu es en train de pourrir et que ce que tu sens, c'est cette odeur de pourriture. »

Et son corps à lui est là, allongé sur les pierres. Le corps qui a subi toutes ces années, et quelque part en lui le corps que j'ai connu il y a vingt ans, et que j'ai reconnu dès qu'il a touché le mien. Il a raison : ce sont des choses qu'on n'oublie pas. Michael avait ce don de me transformer en velours. Il extrayait de moi mon suc comme du sirop qui coule de l'arbre.

Il a une cicatrice en relief sur la partie charnue de son épaule droite. Je la touche. « C'est quand tu as démoli le magasin ? »

Il tourne un peu la tête sur le côté. « Non, c'est avant. Un petit mec défoncé au crack. Je n'ai pas vu qu'il avait un couteau. Il a dit qu'il m'avait pris pour quelqu'un d'autre. » Michael sourit sans ouvrir les yeux.

« C'est vrai, cette histoire ?

— Bien sûr. Tu me connais.

— C'est bien pour ça que je ne sais pas s'il faut te croire.

— Je te raconte ce que d'après moi tu as envie de croire. » Il lève les bras en l'air comme pour embrasser le ciel. « Ça me plaît, ici. Je pourrais vraiment m'attacher à cet endroit.

238

— Ce n'est pas un endroit pour toi, Michael. Il faut que tu repartes.

— Dis-moi, tu n'as pas de couteau, Simone ?

— De couteau ?

— Dans la poche de ton jean, par exemple. Ou bien dans ta veste ?

— Si j'en avais un, tu l'aurais vu.

— Peut-être.

— Pourquoi est-ce que je voudrais te faire du mal ?

— Ne sois pas hypocrite, Simone.

— Je ne pense pas être hypocrite.

— En tout cas, quand tu baises tu ne l'es pas, ça c'est sûr. »

Je m'agenouille à côté de lui. « Écoute-moi, Michael, je ne suis pas un jeu auquel tu puisses jouer. Je suis une femme qui a deux enfants à élever, un mari au chômage, des factures à payer, et du travail à faire. Ça ne te plaît pas, mais c'est ma vie, et ça ne te regarde pas. Je ne vais pas te laisser la foutre en l'air. Je ne vois pas quelle raison au monde tu aurais de la foutre en l'air.

— Nous, ce qu'on veut, c'est s'envoyer en l'air tous les deux, voilà la vérité, dit Michael. Est-ce que ça n'est pas la vérité ? La meilleure, la seule, non ? » Il me regarde droit dans les yeux, et je crois qu'il se prend complètement au sérieux, puis je le vois qui sourit de son sourire indolent, taquin.

« Pas en ce qui me concerne, dis-je au bout d'un moment.

— Ça m'a vraiment, mais vraiment plu, avec toi, Simone. S'il y a un couteau dans ta poche, c'est le moment. Je mourrai heureux. » Il ferme les yeux.

« Je te l'ai dit. Je n'ai rien. » J'ouvre grandes mes mains vides. « Rien.

— Alors, pourquoi est-ce que tu ne regardes pas dans ma poche pour voir ce que j'ai ?

— Quoi ?

— Tu m'as entendu.

— La poche de ta veste ?

— Celle-là même. »

Je retourne sa veste.

« La poche droite. »

Ma main plonge et sort une pochette enveloppée dans du plastique.

« Qu'est-ce que c'est ?

— Ces photos dont tu parlais. Sors-les, jette un coup d'œil.

— Non.

— Si, vas-y.

— Non, Michael. Ça n'a aucun sens. C'est le passé, ça ne veut plus rien dire.

— Alors, déchire-les.

— Tu es sérieux ? »

Avec des yeux rétrécis pour faire face à la lumière qui devient plus vive, il me regarde défaire le plastique et sortir le paquet de photos. Je les retourne pour ne voir que les revers blancs, sur lesquels Michael a inscrit des dates. Je ne veux plus jamais revoir ces visages et ces corps. Il y a trop de photos à déchirer d'un coup. J'en prends quelques-unes, je les lacère jusqu'à en faire des confettis aux couleurs vives où l'on ne reconnaît rien des images. J'en prends d'autres, je les déchire jusqu'à la dernière, puis je déblaie un petit coin de plage jusqu'à atteindre le gravier humide, et je creuse un trou où l'eau suinte. J'enterre les restes des photos, et j'entasse du sable par-dessus. Pendant tout ce temps, Michael me regarde faire.

« Tu as des doubles à ton motel, j'imagine, dis-je en m'essuyant les mains contre mon jean.

— J'ai quitté le motel. Mon sac est à la gare.

— Avec le reste des photos dedans.

— Non. Il n'y avait que celles-là.

— Mais tu as gardé les négatifs. »

Il se frotte le front avec son poing. « Bien sûr que j'ai les négatifs, chez moi dans un tiroir. Toi, tu ne gardes pas tes négatifs ?

— Alors, je ne serai jamais tranquille.

— Simone. Pourquoi crois-tu toujours à ce qui est mauvais et jamais à ce qui est bon ? Qu'est-ce que tu veux que je fasse ? Que je te tende ma vie tout entière pour que tu la déchires et que je ne vienne plus jamais t'embêter ? Je ne peux pas faire ça. Voilà au moins une chose que j'ai apprise.

— Mais c'est ce que tu veux me faire à moi.

— Tu te fais des idées. »

Je m'assieds à côté de lui. Le ciel qui blanchit de plus en plus semble indiquer que le soleil va peut-être finir par se lever. Deux hirondelles de mer dansent au-dessus de l'eau. La marée commence à descendre, elle a dégagé une mince bande de galets fins où une bécasse cherche sa nourriture. Il fait bon maintenant.

« Tu ne te ronges plus les ongles », dit Michael. Je baisse les yeux, je sais que je vais voir les croissants bien lisses, bien nets au bout de mes doigts. Ça n'est pas rassurant, une avocate qui se ronge les ongles jusqu'au sang. Et chez un juge, c'est impensable.

« Je n'ai pas de raison, dis-je.

— Tu les rongeais jusqu'au sang. Tu te rappelles que j'essayais de t'empêcher ? Qu'est-ce que c'était, ce truc que je t'avais acheté à la pharmacie ?

— De l'aloès amer.

— Oui, c'est ça.

— Il faut qu'on y aille. Je devrais déjà être rentrée.

— Je pensais que tu allais me montrer ce bateau.

— Le navire. C'est plus bas sur la côte, à plus d'un kilomètre d'ici.

— Allons-y. J'ai vraiment envie de le voir. »

Bien sûr qu'il en a vraiment envie. Je me rappelle les heures qu'il passait sur le chantier, à travailler à l'œil sur ce catamaran tandis que je me rongeais les ongles en pensant à tout ce que les magazines vous donnaient comme conseils pour garder votre jules. Ce que Michael veut voir, c'est un bateau, pas des membrures et des espars qui dépassent du marécage. Ils montent et descendent, soulevés par quelque chose qui n'est ni la terre ni la mer. Si on ne vous l'a pas dit, on ne peut pas deviner que c'est un bateau. On pourrait croire que c'est une carcasse de maison.

C'est un endroit désert. Pas de blockhaus, pas de graffiti, pas de marches qui descendent vers la plage. C'est dangereux de se baigner, parce qu'il y a des sables mouvants qui se déplacent d'un hiver sur l'autre. Il n'y a rien d'autre que la terre qui vient se noyer dans le marais, et la digue dressée au-dessus, et la pâleur de la mer qui rencontre la pâleur du ciel. C'est magnifique. Un paysage nu, et magnifique. Pas un arbre, pas même un buisson de ronces. Rien que du lin des marais, et des roseaux, et des plaques spongieuses d'un vert vif là où le marécage est le plus profond. Et puis la lumière qui bouge par taches brillantes et humides, sans rien qui vienne faire des ombres. Comme la lumière sur la chair nue, les belles ombres frémissantes. Je regarde Michael. Il semble m'avoir oubliée, il regarde le ciel d'un œil vide, sa chair est flasque, comme si toute vie l'avait quittée.

Michael enfile ses vêtements, il roule en boule la veste mouillée pour l'emporter. Tout d'un coup il s'arrête, dressant l'oreille.

« Qu'est-ce que c'est ? »

J'écoute à mon tour. « Ce n'est rien. Un mouton.

— Il a l'air paniqué.

— Il est peut-être coincé quelque part. Quand ils sont pris au piège, ils s'affolent. »

Le mouton bêle encore, au loin dans le marais.

« Chaque année, des moutons se laissent prendre dans le marais, là où ça devient du marécage. Ils sont, en principe, enfermés dans un enclos, mais ils passent à travers le grillage. »

Nous écoutons, mais nous n'entendons plus rien.

« Je te croyais citadine, dit Michael.

— Je le suis. Mais je connais cet endroit, voilà tout. Quand j'étais petite, je venais passer l'été à quelques kilomètres d'ici.

— En vacances ?

— Pas vraiment. C'était une espèce de colonie que ma mère avait trouvée pour l'été après la mort de mon père, quand il fallait qu'elle travaille. On dormait dans des vieilles tentes de l'armée. On ne nous faisait pas faire grand-chose, on nous laissait dehors toute la journée. J'ai passé un été entier à me construire un abri avec du bois de flottage.

— C'est pour ça que tu es revenue ici ?

— Non. Pour mon boulot.

— C'est formidable pour les gosses.

— Ce n'est pas ce que disent les miens. Ils voudraient retourner à Londres. »

En escaladant les marches escarpées de la digue, je ressens des courbatures. C'est le fait d'avoir enserré de mes deux jambes le corps de Michael. Il a fallu que je m'ouvre toute grande pour le tenir entre mes cuisses. C'est le genre de courbature qu'on garde avec soi toute la journée, en secret, comme une nouvelle qu'on est seule à connaître.

« Tu vois l'endroit où la digue fait un coude ? C'est là. On ne voit pas encore le marécage d'ici.

— Ça n'a pas l'air loin. »

Ça n'a pas l'air loin, parce que l'air est devenu d'une transparence limpide qui annonce à nouveau du mauvais temps. On pourrait croire que le pétrolier qui se profile à l'horizon ne mettrait que quelques minutes à changer de cap et à venir accoster. Mais il est à des milles d'ici. Le vert des marais a cette qualité métallique qu'il prend avant la pluie. Il va falloir qu'on se dépêche. Le mauvais temps se prépare, le vent se lève rapidement, les nuages poursuivent une petite poche de lumière et de chaleur.

Vingt-deux

« C'est là. »

À notre gauche se trouve l'étendue liquide, trompeuse, du marécage, poche plus sombre au milieu des marais. Chaque fois que je reviens ici, ça me paraît plus petit. Entre-temps, ça s'agrandit dans mon souvenir. Je recommence à y croire, comme lorsque j'étais une petite citadine qui n'avait rien à faire de ses journées que d'errer dans le marais. À sept heures et demie, on devait avoir fait nos lits de camp, relevé et fixé les rabats des tentes pour que le vent s'y engouffre librement pendant la journée. Puis on faisait la queue pour aller chercher notre porridge et nos tartines de confiture qu'on mangeait dehors, sur des tables pleines d'échardes, sauf s'il pleuvait. Ensuite, on faisait à nouveau la queue pour laver nos bols de porridge, en les trempant dans de l'eau savonneuse, puis en les rinçant à l'eau claire. Nous vivions en plein air, et quand les matinées étaient fraîches nous ramenions sous nous nos jambes nues, tout écorchées, pour avoir plus chaud. Quelquefois, on mangeait le petit déjeuner en plein soleil, avec les abeilles qui planaient très haut au-dessus de nos tables et les tentes qui projetaient des ombres si nettes qu'on aurait dit des découpages sur l'herbe. On faisait aussi notre toilette dehors, les filles d'un côté d'un

244

paravent de toile, les garçons de l'autre. L'eau était si douce qu'elle devenait bleue à la moindre goutte de savon. Il y avait une fille qui enlevait toujours son maillot de corps pour se laver. On regardait les deux rosettes de ses bouts de sein, et le renflement de peau blanche, veinée de bleu, qui les entourait. Elle avait des cheveux roux. Au contact du soleil, sa chevelure flamboyait, et la fille s'éteignait.

Mon père était mort. Tous les matins, je pliais en deux ma tartine de confiture et je la fourrais dans la poche de mon short. Il y avait une cabane où on jouait au ping-pong quand il pleuvait, et un terrain où on pouvait jouer au football et au base-ball. Personne parmi nous ne savait jouer au cricket. Il y avait dans un coin de la cabane un échiquier, des cordes à sauter, et quelques vieilles BD écornées.

Personne ne me voyait jamais filer en douce, sauf Jenny. Tous les matins je m'assurais qu'on me voyait chercher une batte ou une balle, choisir un livre ou prendre mon tour pour la corvée de ménage. Puis je partais sur le sentier qui menait à la mer.

Mon père était mort, et le marécage était immense, assez grand pour engloutir le monde entier. Je me tenais au bord de la digue, je regardais, en bas, les roseaux frissonnants, le lin des marais, les fleurs roses qui faisaient un bruit de grelot quand les graines étaient mûres dans leurs enveloppes. Je touchais ma poche là où était ma tartine. Je la mangeais coin par coin, pour la faire durer. Je me penchais le plus possible, dans l'espoir de voir mon reflet à la surface du marécage. Je voulais qu'il échange quelque chose avec moi.

Quand j'étais toute seule, tout allait bien, mais quelquefois Jenny me suivait, et elle n'aimait pas me voir si près du bord. Elle croyait toujours que j'allais tomber. Elle m'attrapait par la main, elle me tirait en arrière :

« *Ne reste pas si près du bord, Simone ! C'est dangereux. Qu'est-ce que tu fabriques ?*

245

— Rien, je regarde le marécage.

— D'ailleurs, ça n'est même pas un marécage. Ça fait partie du marais. Il n'y a pas de vrais marécages par ici, c'est seulement en Écosse et en Irlande. J'ai demandé à M. Hilbert. »

Mais moi je savais ce que c'était. C'était difficile de filer sans Jenny, mais j'y arrivais quelquefois. Personne d'autre ne remarquait mon absence. Du moment qu'on revenait pour les heures des repas, et qu'on mangeait tout ce qu'on vous donnait, on pouvait faire ce qu'on voulait. Une bouchée de ragoût filandreux égalait une heure de liberté. Une fois par semaine on vérifiait qu'on n'avait pas de lentes dans les cheveux, quand on prenait notre bain. Je n'avais jamais de poux, et je ne faisais pas pipi au lit.

Je crois que le bord en béton de la digue était plus tranchant à l'époque. Peut-être venait-on de le refaire. Je crois qu'il y avait eu des inondations et qu'on avait réparé toutes les protections contre la mer. Quand j'étais là, pieds nus, j'enserrais de mes orteils le rebord de la digue et, les yeux fermés, je me balançais d'avant en arrière, aussi loin que je l'osais. Puis je revenais en arrière. Je me balançais de plus en plus vite, enfermée dans mon noir à moi, comme si j'étais dans ma propre matrice. Si le vent décidait de souffler plus fort, il pouvait m'enlever. Chaque bruit me parvenait distinctement, mais je n'aurais pas su dire d'où il venait. Quand j'avais le vertige j'ouvrais les yeux, et le marécage avançait en tanguant vers moi, plus vaste que le ciel. Alors, je m'asseyais au bord de la digue et je frottais doucement mes poignets contre le béton nu, longuement, jusqu'à ce que des sillons rouges se forment sur ma peau. Personne ne les voyait jamais, pas même Jenny.

Aujourd'hui le marécage n'est plus si vaste. Jenny avait raison : c'est une partie du marais, en fait, mais je ne peux toujours pas l'appeler comme ça. C'est un grand bol lisse et qui respire, une soupe d'eau et de limon végétal. Je tends le bras vers les espars de bois lisse, noirci, qui se dressent entre des touffes de lin des marais.

« C'est ça ? demande Michael. C'est ça le navire dont tu me parlais ? »

Il est déçu. C'est nul, comme la mer anglaise, si grise et toute petite. Les gens qui viennent de grands pays courent le risque de penser qu'ils sont grands eux aussi. Grands, invulnérables. Mais ils peuvent se noyer dans une flaque d'eau, comme tout le monde.

« Oui, dis-je. C'est ça le navire. C'est tout ce qu'on en voit.

— Comment est-ce qu'on descend jusque-là ?

— Par le mur. Il y a des prises. Il faut juste faire attention au fil de fer barbelé.

— Et là où on atterrit, c'est du marécage ?

— Non. Le terrain est mou, mais on n'enfonce pas. Là où c'est vert vif, il faut se méfier. Ça a l'air solide, mais ça ne l'est pas.

— Ce n'est pas tellement grand. Quelle profondeur est-ce que ça a ?

— Je n'en sais rien. Je ne pense pas que quelqu'un soit jamais allé jusqu'au fond. Si certains l'ont fait, ils ne sont pas revenus pour en parler.

— Il y a des gens qui se sont noyés ici ?

— C'est ce qu'on dit.

— Descendons pour regarder de plus près, puisqu'on est là », dit Michael. Mais je pose la main sur son bras.

« Michael, pourquoi es-tu revenu ?

— Je ne sais pas.

— Si, tu le sais. C'est ton idée. Moi je ne t'aurais jamais écrit.

— Je ne peux pas te le dire. »

Il y a entre nous un silence total, sur fond d'une centaine de bruits. Le sifflement du vent, le bêlement docile d'un mouton, la mer, quelque part au loin un bruit de métal qui cogne contre du métal. Un paysage de bruits tissés ensemble.

Au bout d'un moment il dit, doucement : « Pourquoi est-ce que tu vis comme ça, comme si je n'existais pas ? » Je me tais et j'attends. Il continue. « Les gens te respectent. Mais tu aurais dû rester avec moi. »

Je ne réponds pas, et il regarde au loin vers la mer, vers les nuages aux couleurs d'ecchymoses.

« Il n'y a jamais de soleil, par ici ?

— Le vent va chasser les nuages. Le temps change très vite.

— Je n'aime pas me sentir enfermé, poursuit-il. Je ne peux pas vivre avec une porte fermée à clé. »

Je regarde le ciel, immense, chargé de tempête qui s'accumule, venant de l'ouest.

« Ma première nuit à l'hôpital, j'ai entendu se refermer la porte de la salle, je me rappelle le bruit que ça faisait. Assourdi, comme tous les bruits là-bas. Tu sais, comme les portes coupe-feu, qui ne claquent jamais. Elles se ferment en s'écrasant comme si elles comprimaient tout l'air qu'elles trouvent. Je ne savais même pas que c'était une porte qui se fermait. Je devenais fou. J'avais plein de coupures et de coups sur les mains, et on les avait pansées. Je les ai cognées contre les montants du lit pour essayer de sentir quelque chose. Mais on m'avait fait une piqûre de calmant, et j'aurais pu me briser les deux mains sans rien sentir.

« Il y avait un infirmier qui venait tout le temps près de mon lit. Je l'entendais chanter tout haut alors que c'était la nuit et que la salle d'hôpital était plongée dans le silence. C'était un de ces airs qui vous entrent dans la tête, et plus vous essayez de vous en débarrasser, plus ils s'enfoncent. Je ne pouvais m'arrêter de l'écouter. Et puis tout d'un coup j'ai eu peur, parce que le type est parti au fond de la salle, et que moi je continuais à l'entendre aussi nettement que s'il était assis sur mon lit. J'ai respiré, j'ai compté, j'ai fait tous les trucs de relaxation que je connaissais. Il y avait une pendule au mur et au bout d'un long moment l'aiguille a avancé d'un cran, et je me suis aperçu qu'il ne s'était écoulé qu'une minute. Je me suis demandé combien il y avait de minutes dans une heure. Puis je me suis mis à calculer combien il y avait de minutes jusqu'au lendemain matin. Je savais que j'allais devenir fou. J'étais trop faible pour descendre de mon lit, aussi je me suis mis à rouler d'un côté et de l'autre, en cognant ma tête contre l'oreiller pour la faire taire. L'infirmier est passé, il n'a rien dit, il s'est contenté de me regarder, et il a noté quelque chose sur ma fiche. Je voulais hurler pour l'obliger à me parler, mais je savais que si je faisais ça, on m'emmènerait. Je pensais à toutes les minutes de la nuit, et aux minutes de la journée à venir et à celles des jours suivants, et des jours suivants, un déroulement interminable dont personne ne verrait jamais la fin.

— C'était quoi, la chanson ?

— Ça n'est pas des questions qu'on pose. À l'hôpital, on n'attire pas l'attention sur soi. Chaque fois que tu ouvrais la bouche pour dire quelque chose, on te forçait à avaler des pilules supplémentaires. Même s'il me l'avait dit, maintenant j'aurais oublié. J'ai la mémoire qui fout le camp. Je suis comme ces vieux qui peuvent te dire exactement quels bonbons ils ont volé dans une confiserie il y a soixante-dix ans, mais qui ne sont pas capables de retrouver leur chemin pour rentrer chez eux. »

Nous descendons le long du mur, Michael en premier et moi derrière lui. Les pointes du fil de fer barbelé ont rouillé depuis la dernière fois que je suis venue. La mer se débarrasse de tout vite fait. Elle bouscule de l'épaule fil de fer et béton avec un entrain presque joyeux. Je revois les sacs de sable qu'il y avait dans le temps, salis, lourds, crevés à l'endroit des coutures. Jenny et moi on aurait voulu s'en faire une maison, mais on n'était pas arrivées à les soulever.

La descente est facile, et puis soudain la mer disparaît, et presque tout le ciel, et nous sommes dans l'ombre du mur, sur le terrain mou, où l'on enfonce, au bord du marécage. Il y a un espar de bois dressé, tout près, tentant. *Il te suffit de tendre le bras pour me toucher.*

« Quelquefois, ils repêchent des corps dans le marécage, vieux de plusieurs siècles, dis-je.

— Ici ?

— Non, je l'ai lu. Un type, on avait même trouvé de la nourriture dans son estomac. Des grains d'orge agglutinés. Je crois qu'on les a plantés, pour voir, et ils ont germé. Et puis une fois le corps d'un homme qu'on avait pendu, il avait encore la corde autour du cou. On a fait une émission de télévision sur lui, on a dit que c'était probablement un meurtre rituel. Écoute, tu connais la chanson :

> *La lavande est bleue, digue digue,*
> *La lavande est verte,*
> *Quand tu seras roi, digue don,*
> *Moi je serai reine,*
>
> *Appelle tes hommes, digue digue,*
> *Fais-les travailler,*
> *L'un à la charrue, digue don,*
> *L'autre à la charrette,*
>
> *Un pour couper l'foin, digue digue,*
> *Un pour couper l'blé,*
> *Et nous toi et moi, digue don,*
> *On est sous la couette.*

— C'est joli. Je ne l'avais jamais entendue.

— Mais si, sûrement. Elle est très vieille. Ils l'ont chantée à la télévision, et ils ont dit que ça venait d'une époque matriarcale où la reine choisissait chaque année son roi du blé. Toute l'année il festoyait avec elle et partageait son lit. Et puis après la moisson on le tuait et on répandait son sang dans les sillons pour que la récolte pousse l'année d'après. Si on ne le faisait pas, la récolte ne lèverait pas et tout le monde mourrait.

— Et le roi du blé, il n'était pas assez malin pour se rappeler ce qui était arrivé à celui d'avant ?

— Sûrement. Il devait le savoir.

— Il faudra que tu m'apprennes les paroles. » Michael fredonne l'air, sans une erreur.

« Tu la connaissais.

— Non. Comment se fait-il qu'on ait pu trouver des graines dans son estomac au bout de tout ce temps ?

— Le marécage l'avait conservé. Il s'était un peu racorni et il était tout noirâtre à cause de la tourbe. On aurait dit du cuir. On l'a trouvé par hasard, pendant qu'on récoltait de la tourbe. Il doit y en avoir plein d'autres, mais ça n'est pas souvent qu'on les trouve.

— À quoi bon ? Laissez ces pauvres diables là où ils sont.

— Je sais. Ça avait quelque chose de choquant, cette façon de filmer son corps sur une table d'autopsie. C'était en trop gros plan. Mais je crois qu'ensuite on l'a enterré. On ne l'a pas mis dans un musée.

— Seigneur, dans un musée ! Simone, tu plaisantes. Il s'agit d'un cadavre, je te rappelle.

— Un très très vieux cadavre. C'est du passé, Michael. »

Il rit et je ris moi aussi. C'est bizarre de penser que les gens qui avaient condamné ce type à mort se sont volatilisés. Alors qu'on a pu reconstituer le visage de la victime. Si victime est le mot qui convient, ce dont je ne suis pas sûre.

« On ne peut pas dire de lui que c'était une victime, si ? Parce qu'il était sûrement au courant. Il aurait pu choisir de ne pas devenir roi.

— Je ne crois pas qu'on choisisse ce genre de choses. »

Il a été tué, mais il a survécu, alors que tous ceux qu'il a pu connaître se sont évanouis dans la nature. Je revois l'expert en médecine légale qui avait construit une maquette pour montrer comment la chair devait entourer les os du temps où elle était chaude et vivante.

« Est-ce qu'on les jetait dans le marécage après les avoir tués ? demande Michael.

— Je ne sais pas. Et puis on en a trouvé un autre, ou deux autres, je ne sais plus. Quand on a analysé la nourriture qu'ils avaient dans l'estomac, on a vu qu'ils avaient tous mangé la même chose. On avait dû leur servir un repas rituel avant le meurtre.

— Ça paraît difficile à croire, qu'on les nourrisse.

— Non, réfléchis. Les condamnés à la chaise électrique, on leur donne des gaufres au sirop et au bacon. Je crois qu'on fait ça aujourd'hui pour la même raison qu'à l'époque. Ce n'est pas une faveur, c'est un rituel. Si on donne à manger à quelqu'un tout ce qu'il réclame pour son dernier repas, il ne viendra pas vous tourmenter après sa mort. Il ne reviendra pas.

— Alors, qu'est-ce qu'on leur donnait ?

— Des céréales et des baies, et puis de l'alcool. L'expertise médicolégale a montré qu'on les tuait tout de suite après leur repas. Mais on ne peut pas savoir comment ça se passait vraiment. Je veux dire, comment eux voyaient ce qui se passait.

— Non, dit Michael. On ne peut pas le savoir. Quand on n'est plus dans la situation, on ne peut pas juger. On ignore quelles pressions pouvaient s'exercer. »

Nous sommes maintenant tout au bord du marécage. Une petite pluie froide s'est mise à tomber, piquetant la surface.

« Tu dis qu'il y a tout un navire là-dedans ?

— Oui, je crois. Le marécage le soulève un peu, et puis il l'engloutit à nouveau.

— Ça n'est pas dangereux d'aller jusque-là ? »

Je jette un regard sur lui. « Ça dépend.

— C'est-à-dire ?

— Du poids. Du fait qu'il a plu ou pas. Toutes sortes de facteurs. Tu as envie d'essayer ? »

Mais il s'agrippe à mon bras, aussi fermement que Jenny il y a trente ans. « J'irai si tu y vas, dit-il.

— Non, je n'ai pas envie. »

Mon bras me picote au contact de sa main. Avec Michael, on sait à tout instant qu'il y a un corps sous l'enveloppe des vêtements. Il ne vous laisse pas l'oublier. J'aspire calmement de longues bouffées d'air, et je regarde au loin vers le marais vide surplombé par les nuages qui s'approchent.

« Tu ne veux pas essayer ? demande Michael.

— Non, je ne veux pas essayer.

— D'accord. J'y vais. » Sans me lâcher, il s'avance, ses tennis font un bruit de succion sur le terrain mou. « Je ferais mieux de me déchausser. » Il se baisse, enlève ses chaussures, et les jette par terre derrière nous, toujours sans me lâcher. Je regarde ses longs pieds nus, tout blancs, avec les poils noirs qui surgissent de la chair tendre de ses orteils. Je regarde, et je vois ses pieds qui commencent à avancer. Je me raidis.

Le marécage s'empare de lui en douceur. Une seconde, c'est lui qui tâte le terrain, la seconde suivante, c'est le terrain qui le tâte. Son pied s'enfonce, incrédule, au travers d'une surface qui soudain n'existe plus. Il perd l'équilibre et trébuche vers l'avant, m'entraînant avec lui. Mais l'instinct d'écarter les bras pour se protéger est plus fort que la volonté de s'accrocher à moi. Je fais un pas en arrière.

Le marécage ne l'engloutit pas. Il ne tombe pas la tête la première. La secousse de mon bras le tire vers l'arrière, si bien qu'il tombe à genoux, les mains enfoncées dans la vase. Mais pas trop profond. Il se débat pour s'extirper, même si le marécage s'agrippe à lui comme un hôte à un visiteur qui veut s'en aller trop tôt.

« Merde, dit-il. C'est pire que ce que je croyais, ce truc. » Il arrache une touffe d'herbe et s'essuie les mains. Je regarde une escouade de bulles surgir à la surface du marécage. Du fond de ses entrailles, le marécage sait qu'il est en train de se passer quelque chose. Il envoie un petit spasme de regret à l'idée de ce qui lui échappe, rote encore quelques bulles, puis se remet au repos pour digérer ce qu'il a déjà pris. Nous sommes assis sur la terre humide, sans nous toucher.

Tout va bien. Michael n'a jamais été en danger. Le marécage n'est pas profond, c'est comme un mauvais rêve qui s'évapore au lever du jour. Mais mes vêtements sont trempés de sueur. Je lève les yeux, le marécage est à nouveau lisse et paisible. Il y a même un papillon sur les roseaux, dont les ailes remuent comme des papiers de bonbon. Il ferait bien de se mettre à l'abri de la pluie avant qu'elles ne soient déchirées, et qu'il ne puisse plus voler.

« Je meurs de faim, dis-je.

— Je crois que j'ai une plaquette de chocolat dans ma poche.

— Du chocolat ?

— Oui. »

Il sort de la poche intérieure de sa veste une plaquette à moitié mangée. Le papier d'argent s'est mêlé au chocolat. Michael l'enlève délicatement, adroitement. Le chocolat, qui s'était ramolli, s'est à nouveau durci. Michael le coupe en deux et me tend ma part. Quatre carrés de chocolat au lait Cadbury. Je commence par le lécher, puis j'en gratte quelques miettes avec mes dents. Le plaisir est si intense que je ferme les yeux. Je suce et j'avale, et le sucre s'engouffre dans mon sang. Et puis c'est fini. Il reste deux morceaux à Michael.

« Eh bien, tu avais faim.

— Ça va. J'ai trop nagé, ça m'a fatiguée.

— Ah oui, j'avais oublié. Tu étais partie si loin que j'ai cru que tu ne reviendrais jamais. Tiens, prends ça. » Et il me tend le reste du chocolat.

« Tu n'en veux pas ? »

Michael se tape sur le ventre. « J'en voudrais peut-être, mais je n'en ai sûrement pas besoin comme toi. »

Je mange son chocolat, j'en suce le gras, les calories

sucrées qui sont lumière et chaleur. Le sang réchauffe le bout de mes doigts.

« Et maintenant on va rentrer, dit Michael.

— Rentrer où ça ?

— Tu n'as pas envie de rentrer ? » Il regarde le marécage, les roseaux qui tremblent, la surface noire et plate qui a l'air aussi innocente que de l'eau. « Drôle d'endroit. C'est vraiment aussi profond que tu le dis ?

— Qu'est-ce que tu en penses ?

— C'est une mare aux canards. »

Et il ne reste plus rien de ce qui s'est passé ou de ce qui ne s'est pas passé. Les espars de bois se dressent, exactement comme avant, et la pluie légère tombe. Je pense à la carcasse du navire enseveli, à ses membrures arrondies sous la surface comme un berceau. Je crois qu'il y a eu ici un jour un jugement, et une exécution. Je ne saurais pas identifier le juge, ni le bourreau ni la victime. Leurs visages sont comme du cuir, et de toute façon ils ne me font pas face. Mais je peux observer leurs gestes. Ils me sont familiers. Je sais comment le juge, lorsqu'il rend son jugement, s'abstrait, il n'est plus que son discours. Sinon, on ne tiendrait pas le coup. Le bourreau se fond dans la foule jusqu'au moment où il s'avance, pas en prenant l'air important, mais d'un air désinvolte, comme si c'était quelque chose de prévu de longue date. Entre la victime et le bourreau, il y a toujours un sursaut de reconnaissance.

La victime se tient là, portant dans ses mains son choix réduit à presque rien. Une semaine plus tôt, l'homme aurait pu se sauver. S'il l'avait fait, peut-être qu'on ne l'aurait jamais rattrapé. Peut-être a-t-il cru qu'il ne lui arriverait rien, ou peut-être a-t-il fait confiance à quelqu'un à qui il n'aurait pas dû faire confiance. Ou peut-être que non, simplement il a consenti. Il s'est avancé vers tout cela de la démarche glissante qu'on appellerait du somnambulisme et que lui nommerait peut-être la foi. Hier, il avait encore la liberté de vingt-quatre heures devant lui. Cela paraît énorme quand on regarde en arrière et qu'on ne les a plus. On aurait pu s'étirer, bâiller, dormir. On aurait pu faire tous ces rêves qu'on n'a jamais faits, condensés en moins de cinq secondes.

Et maintenant, il ne reste plus de temps. Il y a une heure il a mangé, il a senti le poids de la nourriture descendre dans son gosier en gorgées douloureuses, puis se déposer dans son estomac. Il savait qu'il ne pourrait pas la digérer, mais il fallait qu'il la mange. Il a la gorge à vif. Même s'il essayait de parler, pas un son ne sortirait. D'ailleurs, il n'essaie pas de parler. Il est au-delà de l'angoisse, en un lieu où le tremblement de ses jambes ne le dérange pas. Et cette tache d'urine devant sa tunique, cela ne le concerne pas non plus. Le même vent volette autour d'eux tous, le juge, le bourreau, le condamné. La même promesse de pluie ou de soleil dans la lumière tranquille du marais. Ils sont tous les trois réunis dans l'égalité de la chair, dans le même besoin de nourriture et d'abri. Puis le juge ouvre la bouche, et ils commencent à se séparer.

Je retrouve cette sensation de froid, de dureté, que j'avais perçue quand j'avais touché mon père. Je m'étais avancée pour le toucher. Non. Je m'étais avancée pour qu'il me touche. Pour qu'il ouvre les bras et me serre contre lui. Pour que je sente son odeur, que je m'approche de sa chaleur qui était toujours la même, comme un feu bien entretenu, pour être frôlée par le poil qui piquait sur sa joue. Mais il ne m'avait pas touchée. Il gisait là et il m'avait assommée d'une joue de pierre. Je n'avais pas reculé. Je n'avais pas même cillé. Il y avait quelqu'un dans la chambre avec moi, qui me regardait de près. Ma mère, peut-être. Je n'avais pas pleuré. J'avais encaissé en silence le coup qui m'était porté, et j'en titube encore aujourd'hui.

Vingt-trois

« Oui, on ferait mieux de rentrer, dit Michael, comme si là où nous allions était chose acquise.

— Tu as déjà quitté le motel ?

— Comme je t'ai dit, j'ai laissé mon sac à la gare.

— Alors, où vas-tu maintenant ? À l'aéroport ? »

Il hausse les épaules. Nous sommes remontés par le mur et nous fermons nos vestes contre la pluie. « Je ne pense pas.

— Où, alors ?

— Je rentre avec toi. » Mais ça a l'air d'une question, pas d'une affirmation.

« D'accord. Viens à la maison prendre un petit déjeuner.

— Tu es sérieuse ?

— Je t'ai rencontré en me promenant. Tu t'es laissé prendre par le marécage. Ce n'était pas vraiment dangereux, mais tu as mouillé et sali tes vêtements, et tu es loin de ton hôtel. Je t'ai proposé de venir à la maison. J'ai pensé que Donald pourrait te prêter des vêtements.

— Tu ne dis pas ça sérieusement.

— Tu as raison. Je ne dis pas ça sérieusement. Je ne peux pas te recevoir chez moi, Michael. Je ne sais pas ce que tu feras. Je ne sais pas ce que tu diras.

« — Si tu m'écoutes, je vais te le dire.

— Michael...

— Je t'en prie, Simone. Écoute-moi. » Il se tourne vers moi. Ses mains, légèrement fermées, se tendent vers moi comme si elles tenaient quelque chose qu'il va m'offrir. « Arrêtons tout ça. Rentre avec moi à Annassett. Tu connais l'endroit. Je sais que si tu fermes les yeux tu le vois. Tu sais comme c'est beau. Je ne te demande pas de venir quelque part où tu te sentirais une étrangère. Un lieu comme Annassett, ça ne change pas. Tu t'y sentiras chez toi. Combien de gens ont quelque chose qui les attend depuis toujours ? Il n'y a pas un jour où je n'aie pas pensé à ta présence là-bas.

— C'est impossible, dis-je dans un murmure qui ressemble à celui que j'adopte dans les églises. Ça ne peut pas être vrai.

— C'est vrai. Écoute, Simone, le mois prochain, ce sera les couleurs de l'automne et on retournera dans le Vermont. On ira dans les champs de pommiers. Ça t'avait plu, tu te rappelles ? On sortira en bateau et on ira pêcher avant la saison des tempêtes. Tu n'auras aucun souci à te faire. Je ne gagne pas énormément, mais on se débrouillera. J'aurai toujours du travail. Les touristes seront partis. Ce sera notre été à nous. On ira se promener dans les bois. Par une de ces journées sans vent où les feuilles forment sur le sol un tapis si épais qu'elles s'envolent à chaque pas. Jaunes et rouges et de toutes les couleurs de feu dont tu peux rêver. Et, même quand on est au fond des bois, on sent encore la mer. Tu sais qu'il y a des murs indiens, dans ces bois ? Quand on défriche, on retrouve des ossements. Le type qui tient l'épicerie, tu ne le reconnaîtras pas, ce n'est plus le même que de ton temps. Il pense que c'est un ancien cimetière indien. C'est complètement recouvert maintenant. Je te montrerai.

« La saison est passée, c'est très calme. Tu ne sais pas à quoi ça ressemble, l'hiver, avec la neige. Tu verras comme c'est beau. C'est le moment que je préfère, quand les routes deviennent mauvaises et que toute la ville se remplit de neige, une neige si épaisse que cela prend jusqu'à midi de la déblayer à la pelle. Personne ne vient de l'extérieur, à cette époque-là. Quand l'étang gèle tout le monde patine dessus, et le soir on suspend des lanternes aux arbres.

« On reste tard une fois que tout le monde est parti, quand il n'y a plus de lanternes, rien que les étoiles et la lune. De grosses étoiles brillantes qui éclairent bien. Quand tu écoutes, tout ce que tu entends, c'est le crissement de tes patins qui tournent. Tu ne sens pas le froid. Toi tu seras assise au bord de l'étang, à lacer tes patins, et moi je ferai des cercles sur la glace, en t'attendant. Tout ce que je verrai de toi, c'est la buée de ta respiration, mais je saurai où tu es. Où que j'aille, je sais toujours où tu es. Tu es ici en moi, Simone. Tu es maintenant la meilleure partie de moi-même. Toutes ces lettres que je t'ai écrites de l'hôpital. Je sais que tu ne les as jamais reçues. Je les ai déchirées, toutes, parce que j'avais honte que tu reçoives du courrier qui vienne de là.

« Ça ne sera plus comme ça, Simone. Toutes ces mauvaises périodes, c'est terminé. Il n'y aura rien pour te faire peur.

« Tu vas adorer les bois en hiver. Quand les feuilles des cornouillers tombent, les tiges deviennent rouges, tellement rouges qu'on croirait que quelqu'un est passé pour les teindre de cette couleur-là. Rouges comme des rubis. Et quand il gèle, tu entends ces tiges crépiter dans le vent comme si elles se parlaient. Et la glace sur l'étang craque avant de supporter ton poids. Tu sais, quelquefois tu pourrais presque croire qu'à force de rester là tu vas te mettre à donner un sens à tous ces bruits et à comprendre ce qu'ils se racontent. Tu connais l'endroit dont je parle. C'est l'étang de Silvermine, où je t'ai emmenée pêcher la perche.

« L'hiver passe très vite, en fait. Il y a plein de travail, les bateaux qu'il faut remettre en état pour la prochaine saison. Je passe beaucoup de temps au chantier, mais toi tu pourras faire ce que tu voudras. Ou bien travailler avec moi. Le soir, il y a des gens qui passent. Peut-être aussi qu'on voyagera. On prendra la camionnette et on descendra dans le Sud.

— Michael…

— Tu sais, Simone, j'ai toujours gardé cette image de toi, depuis le jour où tu es partie. Tu te rappelles comme tu mettais toujours des fleurs sur la table ? Des marguerites, des pâquerettes, je ne sais quoi. Ça me tuait que tu fasses ça, dans une pièce toujours pleine de cigarettes, de boîtes de bière, de joints. Quand je rentrais, je voyais ces fleurs dans le pot près de la fenêtre. Tu changeais tout le temps l'eau, et tu recoupais les tiges parce que tu disais que ça leur permettait de durer plus longtemps, tu te rappelles ? Tu ne supportais pas qu'il y ait une fleur morte dans la maison.

— Maintenant je ne m'occupe plus tellement des fleurs. J'ai deux enfants.

— Ce n'est pas un problème. C'est parfait. Ils n'ont qu'à venir tous les deux. Ça sera une vie formidable, pour eux. Je leur construirai une chambre. Je pourrais même leur construire un bateau. »

C'est pour ça qu'il est venu. Il a le visage qui brille. Je n'aurais jamais pensé qu'un visage pouvait littéralement briller, comme un cierge qui a attendu longtemps dans le froid, et qui sent la mèche de l'allume-feu le toucher, et sa propre flamme plonger puis se dresser droit en l'air. Michael a un visage de cire, très beau. Je me sens lourde à côté de lui.

« Au printemps, on a des cerisiers sauvages dans les bois, dit-il. Tu pourras en ramener des branches. Tu verras les bois à ce moment-là. Tu n'as jamais rien vu de si beau. C'est peut-être même encore mieux que la neige. C'est la première chose que j'ai vue quand je suis rentré, les arbres qui s'allument les uns après les autres, aussi loin que porte le regard. Et les branches noires comme la suie.

Elles portent toujours les fleurs vers le haut de l'arbre, comme si elles voulaient les pousser jusqu'à la lumière. Seigneur, c'est à mourir de voir ça. Mais je n'y ai jamais touché. Je ne m'en sentais pas le droit.

« Simone, je n'arrive pas à croire que c'est moi qui suis là, à te parler après tout ce temps. Tu vois ce que je veux dire ? Tu sens la même chose ? C'est comme si le monde entier se déversait sur moi. Seigneur, Simone. »

Ses bras pendent à ses côtés, il a les yeux humides. Son visage est transfiguré par quelque chose que je ne vois pas. Et je sais que quand ce moment sera passé le monde entier poursuivra sa route et le chagrin reviendra habiter sa vieille tanière. Le chagrin a vidé Michael. Cela fait des années que ça dure. C'est avec la guerre que ça a commencé, et même quand je l'ai connu il devait savoir qu'il ne serait plus jamais lui-même. Dieu sait à quoi ont ressemblé les années qui l'ont amené à l'hôpital.

Pour la première fois je vois comme cet homme est grand, avec ses bras qui pendent, comme cet homme est fort. Il me parle d'un rêve qu'il s'est bâti au cours de ces longues années où il comptait les minutes, les heures, puis les jours. Les rêves des gens, ça ne se discute pas.

« Je t'ai acheté un billet, dit-il.

— Tu m'as acheté un billet ?

— Je l'ai là, dans ma poche. »

Il met la main dans la poche intérieure de sa veste et en sort une pochette en carton de compagnie d'aviation, il agite les deux billets, pose le doigt sur l'un, puis sur l'autre.

« Voilà. Ça c'est le mien, ça c'est le tien. C'est un billet open, alors tu peux t'en servir quand tu veux.

— Tu n'aurais pas dû faire ça, Michael.

— Qu'est-ce que tu veux dire ? » demande-t-il de façon abrupte. Son visage se ferme.

« Je veux dire... c'est cher. Ce genre de billet coûte beaucoup d'argent.

— Ne t'en fais pas, dit-il, plus détendu. J'ai de l'argent.

Je sais que ça ne se voit pas, mais j'ai de l'argent. Et puis, à quoi d'autre est-ce que j'aurais envie de le dépenser ?

— Oh, Michael. »

Une rafale de pluie vient éclabousser les billets. « Mets-les de côté, vite, ils vont être trempés. » Il obéit. Il remet son avenir, et le mien, dans sa poche intérieure.

« Il faut qu'on bouge, Michael. On ne peut pas rester là.

— Alors, tu viendras ? »

Le moment bienheureux s'est consumé. Il ne voit plus les cerisiers blancs, ni l'étang avec une silhouette qui tourne inlassablement sur la glace dans un nuage de buée. Il y a encore comme un reflet d'espoir sur son visage, mais je ne sais pas jusqu'à quel point il y croit. Mes yeux me piquent, comme quand mon fils sort de l'école en remontant ses maigres épaules pour faire face aux déceptions de la journée qui vient de s'écouler. Je ne peux pas m'en charger à sa place. Je dois me retenir, car ce n'est pas moi qui peux le consoler. Ce n'est pas moi qui peux consoler Michael. Je suis le passé dans lequel il déverse tout, espérant que ce passé va se lever et marcher.

Mais il m'a prise au piège moi aussi. Que je ferme les yeux et je les verrai comme il les voit. Les fleurs à la fenêtre, et les tiges rouge rubis des cornouillers se détachant sur la neige qui tombe. La musique des mâts dans le port, le poids de l'Atlantique houleux et gris.

« Tu peux voir passer les baleines, en hiver, dit Michael. Si tu vas jusqu'à la Pointe, il y a des jours en hiver où tu es sûre de les voir. »

Je les vois à l'instant même. Michael a toujours su faire ça. Les dos gris luisants qui dépassent si peu de la surface de l'eau qu'on peut croire que les lames de houle vous jouent des tours. Jusqu'au moment où elles soufflent. Elles nous montrent leur dos au-dessus de l'eau, puis elles disparaissent vers une vie qui nous est inaccessible. Nous pouvons les tuer, mais nous ne pouvons pas toucher à leur vie. Et plus je vieillis plus elle s'éloigne, jusqu'au moment où je cesse même de la guetter.

Michael est encore debout à la Pointe à regarder les vagues devenir des baleines. Je recoupe encore les tiges des fleurs. Au printemps, je revois Donald m'apportant un bouquet d'anémones, les premières fleurs qu'il m'ait offertes depuis notre arrivée ici. Elles étaient rouge sang, et violettes, avec de la suie noire qui tombait de leurs étamines sur la table. Elles s'ouvrirent toutes grandes, comme des cœurs en papier, livrant leurs couleurs sans retenue.

Michael est debout, son visage s'éteint, il a les bras qui pendent.

Du côté de la mer, ici même, le rebord de la jetée est tranchant. On dirait qu'on a fini de le construire hier. Et puis il y a la pente qui descend jusqu'à la plage. Il ne faut pas nager ici à cause des bancs de sable et des marées.

« Michael, dis-je, il faut qu'on parte. » Je lui touche la main. Il sursaute légèrement, comme un dormeur qui se réveille.

« D'accord », dit-il.

Il remonte son capuchon, s'emmitoufle dedans et se met à marcher. Il est trop près de moi, et comme je suis du côté de la mer cela veut dire que je marche au bord de la digue. Je ne pense pas qu'il fasse exprès de me serrer de près, mais je n'aime pas ça. La pluie a rendu le dessus de la digue glissant. Je marche un peu plus vite pour passer devant lui et mettre un peu plus d'espace entre le bord de la digue et moi. Il allonge le pas et reste à ma hauteur.

« Michael. »

Il tourne son visage vers moi. La vie de ses yeux s'est renfoncée à l'intérieur de lui, là où les prisonniers cachent leurs pensées. Ses lèvres bougent. On dirait qu'il compte.

« Ne t'inquiète pas, Michael. On va rentrer facilement. Ce n'est pas trop loin. »

À nouveau il pleut fort, et maintenant que nous retournons vers l'ouest la pluie nous cingle le visage. Le dessus de la digue est ruisselant d'eau. Je lutte pour avancer, mes pieds sont si lourds que j'ai l'impression de faire du sur-place. L'air est gluant, c'est un vrai cauchemar. Nous n'arriverons jamais à la maison. Nous ne sommes pas sur la voie tracée, et je suis toujours trop près du bord, mais nous avons dépassé les bancs de sable, alors je m'inquiète un peu moins. Il y a à nouveau une plage de galets au-dessous de nous, et c'est le début des brise-lames. Le vent s'est mis à soulever la mer, en petites vagues courtes, agitées. Je ne voudrais pas être dans l'eau en ce moment.

Et puis tout d'un coup Michael est beaucoup trop près, il me presse du côté droit.

« Michael. » Je ne sais même pas s'il me touche vraiment, mais l'un de mes pieds glisse. Je trébuche, je tends les bras, et il se passe une longue seconde où je m'entends murmurer et non pas crier son nom : « *Michael.* » J'ai le souffle coupé, le rebord de béton roule sous mes pieds, ciel et mer tournoient sous mes yeux.

« *Michael !* »

Je me raccroche à lui. Il me rattrape. Je sens qu'il glisse lui aussi, mais en un sursaut il me tire devant lui, loin du bord, et je vais m'affaler sur la digue.

Il est derrière moi et je ne le vois pas tomber. Je suis à genoux sur la digue, cramponnée au béton. J'entends un grognement, un bruit mat. Un bruit assourdi. Une pièce où tout l'air a été comprimé. Je tourne les yeux, et il n'y a rien derrière moi que du vide. Je baisse les yeux et il y a devant moi mes doigts, qui s'agrippent à du vide.

Vingt-quatre

Michael est allongé sur le dos, sur la plage au pied du mur, les yeux levés vers moi. Il ne détourne pas le regard. Je vois les galets sous sa tête, ses jambes affalées, sa tête rejetée en arrière. Une mouette se détache d'un cercle tournoyant d'autres mouettes, se pose sur la plage et commence à marcher vers lui. J'agite les bras, je pousse des cris, et la mouette à son tour agite ses ailes, comme par moquerie, puis s'envole et reste là à planer, l'œil sur Michael. Les marches les plus proches sont à environ deux cents mètres. Je me mets à courir.

Il y a très peu de sang. Je vois où sa tête a cogné contre le mur quand il est tombé. Je la soulève avec précaution, et je tâte sa nuque sous les cheveux. C'est tiède et poisseux de sang. Il coule aussi du sang sur les galets, mais goutte à goutte. La tête de Michael retombe inerte.

Ses yeux sont ouverts, ils sont maintenant aussi pâles que les nuages. Ils ne me voient pas et ils n'ont que faire du lieu où nous nous trouvons. Un filet de sang coule de l'oreille droite. Lent, goutte à goutte. Michael est absent, il ne le sent pas. Je ne songe pas à éponger ce sang.

Je m'agenouille et je pose mon visage contre le sien. Il est tiède, mais ce n'est plus la chaleur de Michael, c'est le début du compte à rebours. Je redoute le moment où sa chair me rejettera, dure comme la pierre. Je pose la main sur le côté de son cou, puis je pose les doigts sur son poignet pour sentir le battement de rien. Le temps ne passe pas. Michael n'a plus à avoir peur de l'aiguille des minutes. Puis je me redresse sur mes talons. La pluie tombe régulièrement sur son visage, sur son front où les cheveux sont déjà mouillés, sur ses yeux ouverts. Elle coule en ruisselets comme si le visage était d'une substance que je vois pour la première fois. C'est la première fois que je vois un visage mort comme celui-ci, qui reçoit la pluie sans un tressaillement.

J'ouvre la fermeture éclair de sa veste et je glisse la main dans sa poche intérieure. Il y a là la pochette en carton avec les deux billets. Il vient de les y remettre. S'il pouvait parler, il dirait : « *Je viens de remettre les billets dans ma poche.* » Mais il ne parle pas. Ses lèvres sont fermées sur leur secret. Je sors les billets, puis j'explore ses autres poches. Il y a un portefeuille en cuir noir avec des billets de banque, anglais et américains. Pas de carte de crédit. Pas de permis de conduire ni de photos. Un morceau de papier avec un numéro de téléphone dessus. Dans une autre poche il y a une bouteille miniature de Johnnie Walker comme on en sert dans les avions. Je mets les billets et le portefeuille dans ma poche. La pluie tombe plus fort et je repense à la chanson.

> *L'un pour couper l'foin, digue digue,*
> *L'autre pour couper l'blé,*
> *Et nous, toi et moi,*
> *On est sous la couette.*

C'est le songe le plus profond. Deux personnes blotties à l'abri du monde. Peu importe que la chanson signifie la mort.

À l'horizon il y a un autre pétrolier. Il a l'air rouillé, mais c'est probablement la couleur dont il est peint. J'entends le bruit que fait Michael rabotant une planche de bois, et je sens l'odeur des copeaux pâles tombant en spirale. Là-bas dans le port, les mâts se heurtent avec un léger bruit métallique. C'est l'automne. Bientôt les bois seront pleins de feuilles qui tombent. La vie des arbres se réfugiera dans leurs branches. La sève s'épaissira et, même si vous coupez l'écorce, elle ne s'écoulera pas. Les cornouillers flambent tout l'hiver comme des rubis dans la neige. Je dévisse le bouchon de la bouteille de whisky et je porte le goulot à ma bouche. Le goût me donne l'impression que je vais vomir, mais je ne vomis pas. Il me faut dans l'estomac le petit coup de fouet du whisky. Je continue à avaler, à toutes petites gorgées, jusqu'à ce que la bouteille soit vide, puis je revisse le bouchon et je la mets dans ma poche. Quand je relève la tête, la plage tangue autour de moi.

Je ne peux pas te laisser allongé comme ça. Dès que je serai partie, ces mouettes vont descendre et venir vers toi, de plus en plus près. Il ne leur faudra pas longtemps pour comprendre qu'elles n'ont rien à craindre de toi. Être humain, ça vous protège, mais seulement tant qu'on est vivant. Elles te déchiquetteront. Elles savent reconnaître la mort. J'ai peur qu'elles ne te crèvent les yeux à coups de bec. Je les fermerais bien, mais je ne sais pas m'y prendre. J'ai peur de les fermer et de les voir se rouvrir, vides, inexpressifs.

Je passe les bras sous ton corps et je te retourne sur le ventre en me servant de la pente de la plage pour m'aider. Pendant que je te retourne, je sens une vive douleur dans le dos. Je suis en nage. Je sens mon odeur, une odeur âcre. Une fois que tu es à plat, je t'enlève ta veste puis j'enveloppe ta tête dedans pour protéger ton visage. Ça n'a pas l'air suffisant. Je ramasse des poignées de petits galets et j'enterre dessous les pans de la veste pour que les oiseaux ne puissent pas les soulever à coups de bec. Je recouvre le tissu de galets, comme toi tu avais enterré le préservatif dans le gravier mouillé. Mais mes mains tremblent, au souvenir des tiennes.

Vingt-cinq

Mes pensées sautent dans toutes les directions, comme agitées par un courant électrique. Elles sont rapides, précises, mais sans rapport entre elles.

Je pourrais rentrer à la maison. Aller trouver Donald, lui dire ce qui s'est passé, et il m'aiderait.

Je ne vais pas faire ça. Donald ne pourra plus jamais se le sortir de la tête. S'il est au courant, ce sera sans fin. Ça repassera en boucle, quoi qu'on fasse par ailleurs. Je verrai toujours la même chose dans les yeux de Donald, et je ne pourrai pas y échapper. Où que nous allions, les mêmes ombres nous feront sursauter. Et puis pour lui, aussi, pourquoi faudrait-il qu'il sache ? Il est innocent.

Michael fait la roue sous mes yeux. J'entends un bruit sourd, comme une détonation dans une carrière à des kilomètres. Un bruit mat qui soulève l'air et le secoue. Je ne sais pas ce que c'est. Sa tête heurte le béton. Je ferme les yeux, et il me tire sur le côté, hors de danger, loin du bord. S'il n'avait pas fait ça, il n'aurait peut-être pas perdu l'équilibre.

Je ne peux pas le laisser là. Il pleut à verse et il y a peu de chances qu'il passe des promeneurs par ici, si loin du sentier côtier. Si seulement je pouvais courir, crier, taper à la porte de quelqu'un et demander qu'on appelle l'ambulance, la police, mettre les choses en branle comme on fait pour un inconnu. On m'envelopperait les épaules d'un manteau, on me demanderait ce qui s'est passé et je raconterais.

Mais nous sommes là, sous la pluie. Il n'y a personne qui puisse venir prendre la relève, parce que Michael n'est pas un inconnu. Personne ne m'est moins inconnu que lui. Je nous revois tous les deux dans la glace. Le rouge à lèvres sur ses lèvres, le mascara que j'avais appliqué sur ses cils. La peau de ses joues fraîchement rasées luisant des couleurs irréelles du fard. *Pour un homme, la seule occasion d'être maquillé, c'est quand il est dans son cercueil.* C'est ce que tu avais dit. Avant que tu le dises, je ne m'étais jamais rendu compte que les pompes funèbres se servaient de fard, et ça m'avait fascinée. Tu parlais des types qui étaient rentrés chez eux cousus dans des sacs. Mais nous étions trop jeunes à l'époque pour savoir ce que c'est que d'être jeune. On ne pouvait pas croire qu'on aurait un jour à apprendre autre chose, ce que c'est que d'avoir des rides, et de s'alourdir, et de trouver drôles des choses qui ne nous auraient pas fait rire avant. Comme mes enfants, qui nous regardent offusqués, Donald et moi, quand nous éclatons de rire à propos de choses qu'ils prennent au sérieux. Toute cette jeunesse, lisse comme la peau d'une prune. Je pense à ta voix perdue qui dévidait ses confessions sans fin dans ton sommeil. Et le matin, je n'avais pas la sagesse de me taire.

« *Je ne veux pas que tu me comprennes, Simone. Ça vaut mieux pour toi.* » Bon, d'accord. Maintenant je suis une grande personne et j'ai tout entendu. Je t'absous. C'est ça que tu voulais ?

Le bateau. Ça te plairait, le bateau. Tu ne voudrais pas rester ici sur les galets avec les mouettes tout autour. Même la pluie n'est pas la bonne pluie. Tu n'es pas à ta place ici.

Tu as dit que cette mer n'était pas comme ton océan, mais au bout du compte toutes les mers finissent par se rejoindre. Sur l'océan, il n'y a pas de lignes tracées comme il y en a sur les cartes. Si tu partais d'ici, à la voile, tu arriverais en Amérique. C'est comme ça qu'il faut voir les choses. Ça te prendrait un bout de temps, mais tu finirais par arriver chez toi.

Le bateau est là, sous sa bâche, et les rames sont là aussi. Je pourrais le mettre à l'eau, personne n'en saurait jamais rien. Il y a des mois que personne n'y a touché, ça se voit. Ça n'est qu'un petit canot à rames. Je peux le manœuvrer facilement. La mer n'est pas agitée. Mais est-ce que je parviendrais à te soulever ? Si je tirais le bateau jusqu'ici et que je me serve de la pente comme je l'ai fait pour te retourner, j'y parviendrais. Le reste serait plus difficile. N'y pensons pas maintenant. J'y penserai plus tard.

Si seulement je pouvais repartir en suivant le rivage. Personne ne me verrait. Mais ça prendrait trop longtemps, avec tous les brise-lames et les galets qui empêchent de courir. Il faudra que je repasse par la digue et que je redescende sur la plage, en espérant que personne ne me verra.

C'est trop risqué de courir. On voit le haut de la digue à des kilomètres. On ne sait pas qui peut être là à regarder, en bas dans le marais. Quelqu'un qui se cache pour épier les oiseaux, ou quelqu'un qui surveille les moutons. Ou un enfant, tout simplement. Même avec cette pluie ils me verraient. Quelqu'un qui court, on s'en souvient.

« Michael », dis-je, commençant à expliquer. Mais plus les minutes passent, plus tu sembles t'enfoncer profondément dans les galets. J'ai peur. Je ne sais pas combien de temps cela prend à un corps d'homme de raidir. Si tu étais raide et dur, je ne parviendrais jamais à te bouger.

Je te tourne le dos. Je cours maladroitement sur la plage jusqu'aux marches, puis je grimpe jusqu'en haut de la digue. Je sens encore le whisky en moi, mais il m'en faudrait davantage. Ce serait mieux d'être ivre. En haut du mur, je suis prise par le vent. Il s'est mis à souffler fort. Je baisse la tête et je fonce face à lui, vite, comme si mes jambes étaient des pistons. Mais je ne cours pas. J'ai le cœur qui cogne dans ma poitrine, cela me fait mal, mais c'est seulement la peur, et le whisky. *J'y arriverai.*

Les os indiens. Je me demande si une fois qu'on les a déterrés, nettoyés, triés, on les réenterre. Je me demande si on le fait en respectant les rites. Le mieux, c'est de laisser les bulldozers les recouvrir de terre.

« J'ai laissé mon sac à la gare. J'ai quitté le motel. »

Il n'y a pas de photos dans ton sac. Tu me l'as promis. Je vois tes mains prenant jeans, sweaters, caleçons et les mettant soigneusement dans ton sac, un à un.

Maintenant je cours. Tant pis. Il n'y a personne, et la pluie tombe comme un rideau entre moi et la terre. Personne ne me verra. J'ai le souffle râpeux, bruyant, et mes pieds martèlent le sol comme si quelqu'un me poursuivait.

La bâche est luisante sous la pluie. Elle est solidement arrimée, et au début je tremble trop pour réussir à défaire les nœuds. Mes doigts n'arrivent à rien, j'en gémis de contrariété. Je me force à m'arrêter, je pose les mains sur mes genoux, je respire à fond, plusieurs fois. *C'est ma petite plage de galets où je suis venue me baigner cent fois.* Tout ce qu'il faut, c'est m'y prendre lentement, et j'arriverai à défaire la bâche, à tirer le bateau sur la plage, et à le mettre à l'eau.

Une fois que mes mains ont cessé de trembler, je défais les nœuds, un par un, et je tire sur la cordelette passée dans les œillets. L'eau de la bâche vient éclabousser mes vêtements pendant que je l'enroule et que je la plie pour en faire un paquet le plus petit possible, en laissant le côté sec à l'intérieur. C'est un petit bateau, il est vieux, il aurait besoin d'une couche de vernis, mais il fera l'affaire. Pas trop lourd. Assez grand pour deux. Les rames ont l'air plus neuves que le bateau. Bien qu'il soit petit, il est quand même lourd, et au début j'ai du mal à faire levier pour le mettre droit. Il reste plaqué contre les galets comme un escargot qui colle au béton. Je le balance, je le tire vers moi, finalement un côté se dégage et je le soulève. Le jour éclaire soudain le fond du bateau qui se retourne, nous y sommes. Un crabe dérangé quitte son abri en marchant de côté et va se réenfoncer dans le gravier mouillé.

Une fois au bord de l'eau, je fourre la bâche sous le siège, puis j'enlève mes bottes et mes chaussettes, et je retrousse le bas de mon jean. Je n'ai pas de mal à pousser le bateau dans l'eau, mais quand il y est il se balance d'une façon incontrôlable, et chaque fois que je veux pointer l'avant vers le large, le vent lui fait faire demi-tour. Je jette mes chaussures dedans, et je marche à côté, en le tenant par l'avant, le dirigeant là où il y a plus de fond. Puis je me hisse d'un coup à bord, en me servant de mon poids pour l'entraîner un peu plus vers le large. C'est comme d'essayer de monter sur un vélo qui roule déjà. En tombant à l'intérieur, je me cogne la hanche contre le siège. Et le bateau est déjà en train de virer de bord, essayant une fois de plus de venir accoster sur la plage. Je le repousse avec une des rames puis, le plus vite possible, je passe les rames dans les tolets, et je souque. La première fois, j'enfonce trop les pales. Il tangue mais n'avance pas. Au coup d'après, je m'y prends mieux, et il franchit la barre de petites vagues clapoteuses qui se pressent vers le rivage. Je replonge les pales, et encore, et encore. Je souque fort, j'arrive à cinq mètres du rivage, à l'abri de la zone de turbulence des petites vagues courtes qui viennent mordiller le banc de galets.

J'ai mal au dos de t'avoir soulevé. Je ne veux pas être trop loin du bord. Si je reste tout près de la côte, on ne me verra pas de la terre, je serai cachée par la digue. Plus tard, il faudra bien quand même que j'aille plus vers le large.

Une chance que je rame vers l'est. Le vent est avec moi, il me pousse. Et puis le bateau est léger, facile à manœuvrer. J'ai fini par trouver mon rythme, je me penche vers les rames, et je fais une longue tranchée dans l'eau, en douceur, m'éloignant suffisamment pour éviter les brise-lames. La mer est raboteuse. Si elle devenait plus agitée, je ne pourrais pas gouverner mon embarcation. *Mais j'y arriverai.*

Surveille les rames. Tiens le cap. Ne regarde pas vers le rivage. Ce n'est pas encore la peine.

Je manque de te dépasser sans m'en apercevoir. Peut-être que je n'ai pas les idées claires, même si tout me paraît limpide. Le temps fait des sautes. Et te voilà, comme je t'avais laissé. Vu de la mer, ton corps pourrait être n'importe quoi. Un sac que quelqu'un a oublié là. Mais les mouettes tournoient toujours en l'air autour de toi.

Je ne tire pas le bateau trop loin de la mer. Je le remonte un peu sur les galets, juste assez pour qu'il ne risque pas de repartir. Je ramasse sur la plage les plus grosses pierres que je peux trouver. Quand j'en ai suffisamment, je les ramène jusqu'au bateau et je les mets sous le siège, à côté de la bâche. Puis je remonte la plage et je reviens m'agenouiller à tes côtés. J'enlève les cailloux que j'avais mis pour retenir les pans de ta veste autour de ta tête. Et tu es là, exactement comme avant. J'ai l'impression que tu es plus pâle. Tu as l'air plus endormi, même si tes yeux sont toujours ouverts. J'aurais dû les fermer. C'est ce qu'il faut faire. J'ai peur de t'abîmer. La pensée de blesser ton visage mort fait remonter le whisky dans ma gorge. Tes yeux sont ouverts. Je reprends ton visage dans mes mains, et je glisse la veste sous toi, puis j'en enveloppe ta tête, bien serré. Tu ne sentiras pas les cailloux, cette fois.

Il faut que je te soulève un peu pour passer mes bras sous les tiens et te maintenir par les aisselles pour te tirer jusqu'au bateau. Mais je n'y arrive pas. Ta tête, enveloppée dans la veste, ballotte. Tu n'es plus aussi tiède, mais tes membres sont encore souples. À nouveau le whisky me monte à la gorge, et je me retourne pour le vomir sur les galets, avec le chocolat que tu m'avais donné.

Je transpire de partout. Je suis trop engagée, je ne peux

plus reculer. Il est trop tard pour choisir l'autre solution, courir sur la digue pour aller téléphoner à la police et à l'ambulance. Il est bien trop tard pour prétendre qu'il s'agit d'un accident.

Vas-y.

Il faut que je te fasse rouler jusqu'au bateau. Je glisse les mains sous ton flanc, et je te hisse et je te pousse jusqu'à ce que tu roules tant bien que mal et que tu retombes lourdement sur l'autre flanc. Les cailloux crissent sous toi. Et puis je recommence. *Tu ne sens rien.* J'essuie la sueur sur mon visage, je m'agenouille, je soulève, tu roules. Enfin, tu es près du bateau, remonté sur le banc de graviers. Je l'ai laissé à moitié dans l'eau à moitié hors de l'eau, mais la marée monte rapidement, et une vague déborde et vient t'éclabousser. J'arrive à faire passer une jambe par-dessus le bord, puis l'autre. Ton torse pend, je me débats comme je peux pour le soutenir. Et puis ça y est, tu es dans le bateau, au moment où la marée commence à le soulever et à le balancer. Je suis dans l'eau qui tourbillonne et le côté du bateau me cogne contre les jambes. L'espace d'une seconde, il est plus haut que moi, puis j'arrive à poser mes mains sur le bord, j'appuie pour le faire redescendre et je me hisse à l'intérieur. Un de mes pieds nus touche ta main nue. Tu es tombé en avant, plié en deux, et tu as la tête dans l'eau qui couvre le fond du bateau.

Je ne peux pas ramer sans te toucher. J'attrape les rames, je stabilise le bateau et je souque dur. Chaque fois que je tire sur les rames, ma cuisse frotte contre ton épaule. Ton poids nous fait pencher d'un côté, mais je parviens à maintenir l'équilibre. Je rentre les rames, puis je déplie la bâche et je t'en couvre, en t'enveloppant bien. Le bateau tourne sur lui-même, sans que je puisse rien faire, très enfoncé dans l'eau. Je me rassieds, et je commence à ramer vers le large, face à la terre et à la digue. Les vagues cognent et recognent contre la coque. Le bateau se remplit un peu plus d'eau. Je me lèche les lèvres, elles ont un goût de sel.

Vas-y. Pas le moment d'avoir peur. Je suis dedans jusqu'au cou. La mer n'est pas vraiment forte. Clapoteuse, c'est tout. Et la pluie tombe moins fort. Je vois la digue sur toute sa longueur, comme lorsque je nageais. Je cligne des yeux et on dirait que quelque chose se baisse brusquement. Une silhouette. Nouveau clignement : plus rien. Rien que le mur vide, le ciel d'un gris blanchâtre, les vagues d'un vert grisâtre, et les mouettes qui d'un unique coup d'ailes planent sur cent mètres. Elles décrivent des cercles de plus en plus larges, et j'ai l'impression qu'elles ne me perdent pas de vue.

Le bateau continue à avancer, ballotté par la mer. À un moment il faut que j'arrête de ramer pour écoper l'eau qui m'entoure les pieds et la rejeter par-dessus bord. Je suis à quatre cents mètres de la côte, six cents, huit cents. Plus. Sur l'eau, c'est difficile d'évaluer la distance. Le rivage a encore l'air beaucoup trop près, mais les vagues deviennent plus grosses, et j'ai peur de me faire submerger quand je ne serai plus sous la protection de la terre. Je continue malgré tout à ramer, en déplaçant mes mains pour alléger la pression qui me brûle les paumes. Il faut que je rame vite. Je regarde ton pied, que la bâche ne recouvre plus. Il faudrait que je m'arrête pour la remettre en place. Ton visage baigne dans l'eau au fond du bateau, mais je ne le vois pas parce que la veste est bien serrée. À l'heure qu'il est, tu serais noyé, dans cette eau, si tu étais encore vivant. Tu serais doublement mort. Je n'avais jamais compris pourquoi les tueurs s'acharnaient à frapper le corps de leur victime longtemps après qu'elle soit morte. Mais maintenant je comprends. Quand ils sont morts, ça ne suffit pas. On veut qu'en plus ils disparaissent, mais ils refusent. Je ne veux pas que tu disparaisses ; je veux simplement que tu me souries dans la glace et que tu fasses craquer la surface lisse du rouge que j'ai peint sur toi.

« Michael, dis-je, Michael. Écoute. » Je m'arrête de ramer, je sors les rames de l'eau. Le bateau dévie et frémit en prenant les vagues par le flanc. « Michael. » Je me penche en avant, je tire sur la bâche, puis je défais la veste qui t'enveloppe la tête. Ton visage est devenu tout brun, comme si une tache s'y était répandue de l'intérieur. Chaque fois que le bateau tangue, l'eau fait des bulles autour de tes narines.

Par une de ces journées sans vent où les feuilles forment sur le sol un tapis si épais qu'elles s'envolent à chaque pas. Jaunes et rouges et de toutes les couleurs de feu dont tu peux rêver. Et même quand on est au fond des bois, on sent encore la mer. Tu sais qu'il y a des murs indiens, dans ces bois ? Quand on défriche, on retrouve encore des ossements. Le type qui tient l'épicerie, tu ne le reconnaîtras pas, ce n'est plus le même que de ton temps. Il pense que c'est un ancien cimetière indien. C'est complètement recouvert maintenant. Je te montrerai.

Vingt-six

Je soulève ta main. Elle est froide, mais le poignet plie encore. Il faut maintenant que je te déplace. Je m'arc-boute contre le tangage, et je me débats pour essayer de te remettre ta veste, mais c'est impossible. De toute façon, je n'arriverais pas à remonter la fermeture éclair, avec toi allongé sur le ventre. Je vais prendre les pierres sous le siège, pour les fourrer dans les poches de ton jean. Mais la pression que fait ta chair ne laisse pas de place.

C'est la fin de l'après-midi, presque le soir. Les gosses sont sortis de l'eau, ils se changent, sous la surveillance de Jim et de MaryBeth. J'ai deux heures à moi, jusqu'au feu de camp. Je viens de me tartiner de la crème antimoustiques sur les bras et les jambes. La piscine est bleue et calme, les plongeoirs sont vides. Les dalles autour du bassin sont déjà sèches. C'est comme si la longue journée pleine de criailleries et d'ébats dans l'eau n'avait jamais existé. L'herbe derrière moi est peuplée de grillons.

Tout est plus grand, plus vif, plus violent que ce dont j'ai l'habitude. Il y a dans les bois du sumac vénéneux et des serpents. Derrière le vestiaire de la piscine, une invasion de chenilles a dévoré toute la ceinture d'arbres, les feuilles sont de la dentelle. Hier soir, en voiture, on a écrasé une moufette, et son affreuse odeur a pénétré la climatisation. Tous les matins, le soleil se lève, brûlant. Mon avion a atterri après un ouragan, et quand on est sortis à l'air libre, on avait l'impression d'être fouettés par des serviettes mouillées chaudes.

Les enfants dont j'ai la charge sont riches et bronzés. Ils ont une peau saine nourrie depuis toujours de steaks et de vitamines. Je suis censée être leur animatrice, mais ils connaissent par cœur les camps de vacances. Ce sont des gosses sympathiques, rien à redire. Ils ont des dents blanches, brillantes, parfaites, ou sinon ils portent encore des appareils en attendant qu'elles deviennent parfaites. Quand je souris je suis consciente de mes plombages anglais, gratuits et obligatoires, à l'arrière de ma bouche. Mais ils aiment bien ma façon de parler. Je ne leur crie jamais après, c'est peut-être pour ça. Les autres animateurs passent leur temps à les engueuler. De loin, j'entends MaryBeth qui houspille un gosse qui s'est rhabillé sans avoir pris sa douche.

J'ai délicieusement chaud aux bras, avec un léger picote-ment d'avoir été au soleil toute la journée. Je soulève le bracelet de ma montre pour vérifier où j'en suis de mon bronzage. Dans un moment j'irai nager. J'attends Julie, qui va venir avec des amis. Ils ont une voiture, et ensuite on ira se promener et prendre une bière. Je n'en reviens pas de voir à quel point, ici, on prend au sérieux l'interdiction de boire pour les mineurs. Chez moi, j'ai commencé à fréquenter les pubs à l'âge de treize ans.

La lumière de ce début de soirée est tiède et onctueuse comme du beurre fondu. Je m'allonge sur ma serviette de bain et je ferme les yeux pour avoir le visage baigné par les derniers rayons du soleil. Je passe mes bras au-dessus de ma tête, je m'étire voluptueusement. Je n'aurais jamais cru que le silence pouvait être à ce point tangible, comme un cadeau. Maintenant que c'est le soir et que les enfants ne sont plus là, j'ai mis mon Bikini de coton blanc. Dans la journée je porte un maillot une pièce, parce que je donne des leçons de

278

plongeon. Je crois que le premier jour ils ont été étonnés de voir que je savais mieux plonger que n'importe lequel d'entre eux, avec mon corps anglais tout blanc. Saut de l'ange, plongeon simple, avec élan, départ de course. Ces gosses n'ont pas idée de ce que c'est qu'une piscine munici-pale un samedi pluvieux, avec l'odeur de chlore, où en remontant d'un plongeon on se trouve nez à nez avec un vieux sparadrap.

Les ombres passent sur moi. Je les sens sans ouvrir les yeux. C'est Julie, avec trois garçons et une fille qui s'appelle Anne et qui doit partir comme animatrice dans un autre camp la semaine prochaine. Je plisse les yeux à travers les rayons obliques du soleil pour les regarder. Ils foncent sur moi d'un coup. Anne m'attrape par la jambe gauche, Julie par la droite. Quelqu'un d'autre me saisit par-derrière au moment où je cherche à me redresser. Ils sentent déjà la bière, et ils chahutent comme des gosses, tout excités d'avoir été entassés les uns contre les autres dans la voiture. Sans résister, je les laisse me soulever, m'amener au bord de la piscine, et me lancer à l'eau. Au moment où ils me lâchent, je me retourne un peu, et l'eau vient me gifler. Je descends, je descends, expirant à fond comme on fait pour plonger le plus profond possible, pagayant avec les mains pour ne pas remonter trop vite. J'envoie un paquet de bulles à la surface.

J'enlève mon imper, j'attache les manches ensemble par le haut, je fourre des pierres dedans, les attache par les poignets. Je passe l'imper autour de ta jambe gauche et je le noue, aussi serré que possible. Puis je le tords bien. Mais la marée est forte. Ce qui est assez lourd pour te faire descendre au fond ne le sera pas forcément assez pour t'empêcher de remonter.

Je veux que tu expires l'air de tes poumons. Je veux que ce soit toi qui le fasses, pas moi.

Du fond de la piscine, je donne un coup de pied pour remonter. Je crève la membrane de l'eau, et tu es là, à me regarder. Pas tout au bord comme les autres, mais à quelques pas, avec un léger sourire. Tu savais que je n'étais pas en danger. Pendant que je sors de l'eau, je sens ton regard sur mes seins. Je suis debout face à la piscine, j'agrippe le rebord avec mes orteils. Je me soulève sur les talons, je projette tout mon poids en avant, et je plonge. Un plongeon parfait, je le sais à l'instant où mon corps fend l'eau comme une lame. Je remonte, je me tourne sur le dos et je fais la planche. Le ciel au-dessus de moi est du bleu profond des soirs d'été, avec, très haut, le sillage blanc, en spirale, d'un avion. Je me dis que je suis loin, loin de chez moi et je me sens complètement heureuse. Quand je sors de la piscine et que je m'assieds en haut des marches pour essorer mes cheveux, tu es encore là à me regarder. Je sais que dans une minute tu vas t'approcher de moi. Mais je baisse les yeux, je prolonge le moment qui précède, le meilleur moment, et je fais couler des ruisselets d'eau sur les dalles blanc ivoire.

Le bateau tangue violemment. J'ai peur que nous ne chavirions tous les deux, mes pieds s'emmêlant dans les tiens. Si tu tombes d'un bateau, tu as à peu près cinq minutes pour le rattraper. Même par temps calme, le bateau avance plus vite que tu ne peux nager. C'est toi qui m'as appris ça. Je soulève ta jambe gauche, alourdie par le poids, et je la pose sur le côté du bateau. Je m'agenouille et je bande mes forces en prenant appui sur le fond, pour te soulever. Tu ne bouges pas. Je pousse et je tire. Je saisis une rame, je la glisse sous toi puis je l'appuie contre le siège pour faire levier et te soulever. Le bateau pique du nez, et il entre de l'eau par le côté. Et à ce moment-là tu bouges. Au début, c'est si lent que je ne me rends pas compte que c'est suffisant. Ça va aller. Tu as commencé à perdre l'équilibre, et une fois que le mouvement est amorcé rien ne peut l'interrompre. Je sens, au début de ta chute, ton poids qui bascule. Tu es en train de passer par-dessus bord, mais je ne m'en aperçois pas, et je continue à ahaner alors que toi tu glisses dans l'eau, comme un bébé. Le bateau se soulève, et je manque de tomber après toi, puis d'un coup il redescend en claquant contre les vagues et retrouve son équilibre. Cela ne fait pas d'écla-boussures quand tu glisses dans l'eau, tête en bas, tes vête-ments gonflés de l'air qu'ils emprisonnent. Puis ta jambe gauche bascule, entraînée petit à petit par le poids des pierres. Tout d'un coup tu es droit, debout dans l'eau. Et je vois qu'elle gagne, qu'elle te recouvre peu à peu tandis que tu coules, vertical, la tête penchée comme un homme en prière. Je te vois distinctement, d'abord ton corps en entier, puis le dessus de ta tête, noir, avec ton corps tassé dessous. Puis ça s'enfonce. La texture de l'eau sombre comme la nuit, et tu as disparu.

Tu t'accroupis derrière moi et tu soulèves dans tes mains le poids de mes cheveux mouillés. « Laissez-moi vous aider », dis-tu. Je sens une odeur de bière et de fumée de cigarette. Ton corps, ta peau, tes cheveux.

Vingt-sept

« Vous ne me verrez plus beaucoup après la fin du mois. » L'huissier surgit de nulle part avec un tel empressement que je le soupçonne d'avoir traîné dans les parages pour ne pas me manquer. Je suis arrivée de bonne heure pour compulser mes dossiers ; j'ai une audience publique à dix heures. Un frisson de panique me parcourt. Est-ce qu'il sait quelque chose que j'ignore ? Qu'est-ce qu'il essaie de me dire ? *Tu n'es pas encore hors de danger, ne crois pas ça. Quelques semaines de plus, avant de pouvoir être tranquille.*

Mais il ne peut pas savoir. Ce n'est que l'huissier. Il faut que je cesse de sursauter pour un oui ou pour un non. Il est devant moi, il me barre le passage, à se frotter ses grosses pattes l'une contre l'autre.

« Oui, dit-il, ça y est. J'ai fait mon temps.

— Vous partez à la retraite ?

— J'ai toutes les annuités qu'il faut.

— Ah, mais c'est bien.

— Et maintenant, je peux vous le dire, je suis content de m'en aller. Je ne pensais pas qu'un jour je dirais ça, mais je ne pensais pas que les choses changeraient à ce point. Ce travail a perdu sa dignité. La bousculade tout le temps, tête baissée, des monceaux de paperasserie dès que quelqu'un va aux chiottes, si vous me passez l'expression. Et puis les juges qu'on a de nos jours ne sont plus ce qu'ils étaient, je ne parle pas des personnes présentes. Ils manquent de classe. Des fonctionnaires, tous autant qu'ils sont. » Il lâche tout ça en retroussant ses babines. Il y a longtemps qu'il attend de pouvoir le dire, ce serviteur extrêmement zélé du tribunal.

« Avant, on avait affaire à des gens qui étaient quelqu'un, mais il y a longtemps que c'est fini. Mon erreur, ça a été de passer à la juridiction civile. Je pourrais être à la cour d'assises de Londres, à l'heure qu'il est, si j'avais bien joué et que je sois resté avec les juridictions criminelles.

— Vous déménagerez, donc, quand vous aurez pris votre retraite ? » C'est fou à quel point j'ai envie qu'il dise oui. J'ai envie de ne plus le voir, envie qu'il parte dans une grande ville anonyme où je n'aurai plus jamais à penser à lui. *Il en sait trop long.* Ça me passe par la tête, et ça manque de passer par le bout de ma langue. *Laissez-moi tranquille. Vous en savez trop.* Mais ce n'est pas vrai ; bien sûr que non. Il ne sait rien du tout. Pour lui, je suis ce dont j'ai l'air. Un juge d'instance qui manque de classe et qui doit sans doute son poste au fait d'être une femme. Qui mange des sandwiches dans son cabinet. Pas ce qu'on appellerait quelqu'un. Un signe des temps, qui montre bien où va la justice. Il sera content de s'en aller.

« Oh non, je me plais bien ici. J'ai une petite bicoque sur la côte, à huit kilomètres de Wrerne Bay, je suppose que vous connaissez.

— Oui.

— C'est beau par là. Il faut s'habituer, ça n'est pas pour les gens qui aiment les plages de sable et les fêtes foraines. Mais on s'y attache. Je fais des kilomètres à pied dans les marais.

— Je vous comprends.

— Vous, vous êtes quoi ? À neuf ou dix kilomètres de l'autre côté ?

283

« — Oui.

— Vous allez voir la différence, après Londres. Au début, ça a dû vous faire un choc, non ?

— Non, dis-je posément. Je connais bien la région. Je venais ici tous les étés quand j'étais petite. »

Il me réévalue, intégrant aussitôt dans le paysage cet élément d'information. « Évidemment, dit-il, de nos jours, Londres n'est pas un endroit où élever des enfants. »

Je pense aux bandes de jeunes, abrutis de cidre et d'ennui, qui traînent autour du monument aux morts, dans le village, le samedi soir quand il pleut. Trop jeunes pour aller au pub, trop vieux pour rester chez eux, et le point d'orgue de leur soirée c'est le moment où ils finissent par dégueuler sur le trottoir.

« Nous étions heureux là-bas, dis-je en le regardant droit dans les yeux. À Londres.

— Oh, il faut de tout pour faire un monde, dit-il, mettant chaque chose à sa place. Rien ne vaut les marais par une belle soirée d'été. Entre neuf et dix heures, quand le jour tombe. Ça, ils n'arriveront pas à le changer. »

Et je le vois, canne à la main, son corps massif face à la lumière qui vient de la mer et cette étrange lumière des soirs d'été qui semble provenir du marais lui-même. Il a un chien avec lui. Un colley qui court devant en remuant le drapeau de sa queue. Il le laisse courir comme un fou sur la plage, le rappelant sévèrement à l'ordre lorsqu'il déterre un crabe mort ou...

« Non, dit-il. Après la fin du mois, je ne serai plus là pour ouvrir et fermer ces portes.

— Je vous souhaite bonne chance », dis-je.

Il opine, retroussant une fois encore ses babines dans une grimace que je prenais jusqu'ici pour de la déférence.

« Vous de même, dit-il. En toute sincérité, madame. »

Je passe devant lui, ma boîte à perruque et mon attaché-case dans une main, le sac qui contient ma robe et mes rabats dans l'autre. J'ai à nouveau le cœur qui cogne dans ma poitrine, trop fort. Je suis allée chez le médecin la semaine dernière, après des nuits passées sans dormir, à essayer d'en ralentir les battements. Je ne peux pas être malade. Il m'a examinée, et il a dit qu'il pensait que j'avais besoin de vacances. Ou de séances de relaxation. Il y avait maintenant, rattaché à son cabinet, un psychothérapeute qui donnait des cours de relaxation. Ça avait été d'un grand secours à plusieurs de ses patients.

« Ce n'est pas ce qu'il me faut, avais-je dit en reprenant mon sac. Je ne peux pas me permettre de me détendre. J'ai mon travail qui m'attend. » J'ai souri, pour montrer que je plaisantais.

« Pour ça, je ne peux pas vous donner d'ordonnance », a-t-il dit en souriant à son tour.

Maintenant je pose mes poings sur le rebord de la fenêtre, je m'appuie dessus et je regarde dehors. C'est la journée d'automne parfaite, l'air est clair et vif. Le ciel donnerait envie de le boire. Il y a un très léger sillage, tout là-haut, et le point brillant d'un avion qui se déplace vers l'ouest. Aucun son ne pénètre par les doubles vitrages. Je m'aperçois que j'ai levé mes mains et que je les ai posées à plat sur la vitre.

Je me rappelle une fois, quand j'avais ma propre clientèle et que je traitais encore des affaires criminelles, j'avais dû aller voir un client détenu dans un quartier de haute surveillance de la prison locale. À l'entrée, la porte extérieure s'ouvrait, mais pas la porte intérieure. Vous attendiez entre les portes vitrées, sandwich humain pris entre deux parois de verre, que le minuteur ait fonctionné. Je ne sais pas combien de temps je suis restée là. Trente secondes peut-être. Un gardien me surveillait. Il avait le petit air en coin que prennent certains d'entre eux quand une avocate vient voir un prisonnier réputé dangereux. *Si on n'était pas là, vous verriez*, voilà ce que veut dire leur air en coin.

Mon cabinet est étouffant. J'aurais dû lire mes dossiers, mais tout ce que j'ai fait, c'est de regarder par la fenêtre et de sentir mon cœur battre sans relâche, bien plus vite que la normale. Je mets ma robe, mes rabats, j'arrange ma perruque, je regarde ma montre. Il est dix heures moins dix. Je m'aperçois que, sans trop savoir pourquoi, je repense à M. Rossiter. Je me demande s'il voit ses enfants tous les dimanches de deux à cinq. Je me demande s'il note toujours dans son agenda les fois où il est allé les chercher pour découvrir qu'ils étaient malades, ou qu'ils aidaient à la kermesse de l'école, ou qu'ils avaient été invités à l'improviste à un anniversaire. Je le revois m'attendant près du parking. Je ne me rappelle pas tout ce que je lui avais dit. J'espère que j'avais dit ce qu'il fallait.

« Messieurs, la Cour », annonce l'huissier, et j'entre. Je m'incline, ils s'inclinent, je m'assieds, ils s'asseyent. J'étale mes papiers sur le bureau, je mets les dépositions dans l'ordre. Dans un instant le greffier va me demander si je suis prête à commencer. Je ne suis pas prête. Je regarde les avocats, leurs clients derrière eux, les témoins. C'est une affaire d'accident de la route.

« Madame, vous êtes prête à commencer ? demande le greffier, et je fais signe de la tête.

— Oui, je vous en prie. »

Le greffier lit l'affaire Islett contre Conrad.

Mme Islett a trente-quatre ans, elle a deux enfants qui vont à l'école primaire Cabot Lodge située sur Slatter Road. Elle partage la conduite des enfants avec deux amies, dont chacune a un enfant qui va à la même école. Ce jour-là, Mme Islett a quatre enfants dans sa voiture, un devant et trois derrière. L'enfant qui est devant a sa ceinture de sécurité, mais pas ceux de derrière, bien que la voiture en soit équipée. Mme Islett n'a pas remarqué que les enfants n'avaient pas leur ceinture. D'après sa déclaration, elle a vérifié que les ceintures étaient mises avant de démarrer.

M. Conrad a vingt-huit ans, il est représentant des Vitres Glaston. Le matin en question, il roulait sur

Ellesleigh Road, vers l'est, à une vitesse de quarante ou quarante-cinq kilomètres à l'heure. Mme Islett était à l'arrêt au croisement d'Ellesleigh Road et de Clare Avenue, attendant de tourner à droite. M. Conrad avait la priorité. Quand il est arrivé au carrefour, il avait son clignotant à gauche. Mme Islett, présumant qu'il comptait tourner à gauche sur Clare Avenue, a vérifié que personne ne venait dans l'autre sens et a tourné sur Ellesleigh Road. Mais M. Conrad n'a pas tourné à gauche. Il a continué tout droit, et son véhicule a heurté celui de Mme Islett. Résultat : Kylie Barrett, huit ans, qui était dans la voiture de Mme Islett, a eu une fracture du coude. Mme Islett a souffert de chocs, de contusions et d'un léger traumatisme cervical. Depuis l'accident, elle n'est plus en état de conduire et est actuellement traitée pour dépression.

Les déclarations des témoins confirment que M. Conrad avait son clignotant à gauche. Un témoin déclare qu'il a peut-être également légèrement ralenti. Qu'il ait ralenti ou qu'il ait maintenu la même allure, les trois témoins confirment qu'il a continué tout droit et a heurté le véhicule de Mme Islett. Ils confirment aussi la déclaration de Mme Islett selon laquelle M. Conrad a bondi de son véhicule après l'accident et l'a copieusement injuriée.

Je regarde Mme Islett. Elle est mince et tendue, elle porte un élégant tailleur vert tilleul qui aspire tout ce qu'il pourrait subsister de couleur sur son visage. Elle marche avec raideur, en regardant droit devant elle. En s'approchant pour faire sa déclaration à la barre, elle trébuche et se cogne la jambe contre le rebord d'un banc de bois. Elle pousse un petit couinement de peur et de douleur. M. Conrad la regarde, bras croisés. Son visage est impassible. Rasé de près, costume sombre, chemise d'un blanc électrique. Il se penche en avant pour dire quelque chose à son avocat, croise mon regard, renonce à son idée et va se caler contre son dossier.

M. Conrad explique qu'il avait tourné à gauche sur Sheraton Hill pour emprunter Ellesleigh Road, trois cents mètres plus haut. Il ne l'a pas remarqué sur le moment, mais il a dû laisser son clignotant. Non, il ne croit pas avoir ralenti. Il faisait du quarante ou du quarante-cinq à l'heure, trop vite pour prendre le virage d'Ellesleigh Road et de Clare Avenue. S'il avait voulu tourner à gauche, il aurait ralenti pour faire autour de quinze à l'heure. Quand il répond au contre-interrogatoire de l'avocat de Mme Islett, il répète ce qu'il a dit dans sa déposition. Non, il n'a jamais changé d'avis et décidé de continuer tout droit à la dernière seconde. Il parle bien et ne se laisse pas pousser par le silence de l'avocat à en dire plus long qu'il ne veut en dire. Il contraste, à son avantage, avec Mme Islett, qui a l'air d'avoir un mal fou à se souvenir de ce qui s'est passé.

Peut-être qu'elle a un mal fou à se souvenir de ce qui s'est passé. Les témoins se souviennent, et M. Conrad se souvient. Il se trouve même qu'il a regardé son compteur de vitesse juste avant l'accident. Et tout le monde se souvient du fait que les enfants n'avaient pas leur ceinture de sécurité.

Pendant que les témoignages se succèdent, je regarde dans la salle, vers les bancs du public. Il y a une femme qui ressemble à une version plus âgée, plus menue de Mme Islett, assise à côté d'un rouquin qui se tient bien droit, comme s'il attendait pour passer dans le bureau du proviseur. Il y a deux autres femmes, plutôt jeunes. Je me demande si ce sont les mères dont Mme Islett transportait les enfants.

Ce doit être elles. Je crois que c'est cela toute la question. Mme Islett ne supporte pas l'idée de ce qui s'est passé, et de ce qui aurait pu arriver à ces enfants à l'arrière de la voiture qui n'avaient pas leur ceinture et qui n'étaient pas ses enfants à elle. Elle trouve cela si intolérable qu'elle a presque réussi à oblitérer l'accident de sa mémoire, et ne peut même pas l'évoquer de façon convaincante quand elle en parle à la barre. À la place des souvenirs, elle fait de la dépression. Mais s'il est prouvé que l'accident était de la faute de M. Conrad, elle pourra se présenter la tête haute devant les autres mères. Elle pourra se souvenir.

À travers les dépositions des témoins et les contre-interrogatoires commence à se dessiner une image de l'accident. Une femme qui se dépêche, quatre enfants entassés dans la voiture, qui se chamaillent et poussent des cris. L'un des enfants arrive en retard chez Mme Islett, si bien qu'il y a de la circulation durant tout le trajet, et du coup ils sont encore plus en retard. Des ceintures de sécurité qui étaient peut-être attachées, comme l'affirme Mme Islett, quand la voiture a démarré. Des enfants qui chahutent et ne tiennent pas en place à l'arrière de la voiture, comme le précise un autre témoin qui circulait derrière Mme Islett. Le même témoin rapporte que la conductrice de la voiture, qu'il identifie comme étant Mme Islett, s'est retournée à un feu rouge pour engueuler les enfants. Il s'en est souvenu parce qu'il a compati. Tous ces gosses.

Mme Islett était à nouveau en retard à son travail, pour la troisième fois depuis quinze jours. Elle risquait un blâme officiel, son employeur l'en avait menacée si elle arrivait en retard une nouvelle fois.

J'écoute l'avocat de M. Conrad qui résume l'affaire. Il est bon : un jeune avocat qui plaide ses premières affaires, et qui fait ça bien. On ne perçoit pas la moindre nervosité chez lui, pas plus que chez son client. Je lui pose une question et il répond avec le juste mélange de courtoisie et de fermeté. M. Conrad et Mme Islett sont les barreaux d'une échelle qu'il va escalader sans perdre de temps.

Je regarde Mme Islett. Elle est devenue très pâle. Je pense qu'elle se rend compte que les témoignages ne tournent pas à son avantage. La salle est étouffante, comme souvent avant qu'un jugement soit rendu. Je fais signe au greffier.

« Je vais me retirer quelques instants avant de rendre le jugement. »

Une fois dans mon cabinet, je pose la main sur ma poitrine et j'appuie fort. Je marche dans la pièce, essayant de m'éclaircir les idées.

Je connais la vie de Mme Islett. Je la connais comme si c'était la mienne, même si je ne lui ressemble en rien. Elle a des enfants. Et elle ferait n'importe quoi pour eux. Et maintenant, regardez ce qu'elle a fait. Une petite affaire, jugée par un petit juge, et cela va la détruire. Elle est du genre à penser pour le restant de ses jours qu'un jugement rendu contre elle va l'exposer publiquement comme menteuse. Et pourquoi ne le penserait-elle pas ? Elle se dit que personne ne lui fera plus jamais confiance. Des parents lui ont confié leurs enfants, et elle n'a pas su les protéger. Elle les a laissés faire les fous à l'arrière de sa voiture, sans leur ceinture de sécurité. Elle a débouché sur une voie à grande circulation sans vérifier les voitures qui débouchaient, ainsi qu'elle aurait dû le faire. Elle aura tout le temps des petites pensées qui lui perceront la chair comme des aiguilles. *Comment pourrai-je jamais affronter la mère de Kylie ? Il m'a insultée. Il a ouvert la portière et il m'a insultée. Il a dit que j'étais une connasse. Il a dit que je ne devrais pas être au volant si je n'étais pas foutue de regarder où j'allais.*

J'ai envie de la prendre par la main et de l'emmener hors d'ici et de la faire s'asseoir quelque part et de lui dire : « Vous savez, ce n'est pas un crime, ce que vous avez fait. »

Michael avait raison. Je ne peux plus exercer ce métier. J'ai de la sueur sur le front, alors je me tourne vers la glace pour l'essuyer. Mon visage me rend mon regard, étrange sous sa perruque. Je l'enlève, et mon visage apparaît tel que je le connais, doux, surpris, les cheveux qui rebiquent là où la perruque les a écrasés. Je me penche vers la glace, je regarde mes yeux. Je me demande si je ferais confiance à cette personne, si je croirais ce qu'elle me raconte. Je me recoiffe, je remets la perruque. Une fois en place, elle fait de moi un monochrome, en noir et blanc. J'ai les mains qui transpirent. Même si les ampoules que j'ai attrapées en ramant s'atténuent, elles sont encore là. Il faudrait que je me lave les mains, mais j'ai l'impression que je suis ici depuis un bout de temps déjà. Sans doute il ne s'agit que de quelques minutes. Je n'ai pas regardé ma montre quand je me suis retirée. J'aurais dû. J'ai des absences.

Une fois qu'une habitude vous quitte, les autres en font autant. Il faut s'accrocher, sinon on peut se retrouver en train de se promener dans la rue en chemise de nuit. L'habitude, c'est capital.

Je ne miserais pas lourd sur les chances de Mme Islett. Elle a l'air au bout du rouleau. Elle s'accroche au procès mais si elle perd, elle lâchera prise et elle s'enfoncera. Je me rappelle une de mes clientes, une femme à qui on avait enlevé ses enfants à la suite d'une longue procédure à propos du droit de garde. C'était l'ancienne époque. Elle avait tenu bon un certain temps, vivant dans une chambre meublée et gardant un travail pendant que les enfants habitaient avec son ancien mari et sa nouvelle femme dans la maison où elle avait elle-même vécu. Je le sais, parce qu'un jour elle était venue me voir. Elle voulait parler à quelqu'un. Ensuite, je l'avais perdue de vue.

Et puis un jour, à l'heure du déjeuner, en allant en coup de vent chez le boulanger, je suis tombée sur elle. Elle était assise sur le trottoir, les pieds dans le caniveau. Elle avait une bouteille de vin anglais et elle berçait une housse de bouillotte en peau de mouton. Elle ne m'avait pas reconnue, mais je lui ai dit bonjour sans réfléchir. Je l'ai regretté ensuite. Elle s'est rappelé qui j'étais, et les résidus de son ancien moi sont remontés à la surface comme les bulles remontent d'une épave. Elle s'est remise à pouponner sa peau de mouton, ses yeux sont partis dans le vague, et moi j'ai filé chercher mon pain. Je me suis bien gardée de revenir par là. Et ça, c'était une femme qui avait une maison dans une résidence, un job chez Tesco, deux enfants, des moquettes. Elle avait tout quitté, parce qu'elle était tombée amoureuse.

Je retourne dans la salle du tribunal, une fois de plus le public se lève. Une fois de plus nous nous livrons au petit ballet rituel qui est le préalable obligé à tout. Je regarde Mme Islett, M. Conrad, et je rassemble mes papiers devant moi. Je m'éclaircis la voix.

La porte s'ouvre. C'est l'huissier, qui la tient grande ouverte avec ostentation. Des gens qui viennent assister à l'audience alors que l'affaire est presque terminée. Les étudiants en droit sont les pires.

L'huissier entre, et la porte se referme derrière lui. Mais pendant qu'elle est encore entrouverte, je vois entrer quelqu'un d'autre. Je pose mes mains à plat sur les papiers devant moi. Je me sens prête à me lever, mais je me force à rester assise.

Il se glisse jusqu'aux bancs réservés au public et s'assied, me regardant. C'est un regard franc et curieux, amical, comme quelqu'un qui attend juste de voir ce que je vais faire. Je n'ai encore jamais vu ce regard chez Michael. Ça vient de bien longtemps avant que je l'aie connu, du temps de son enfance. À l'époque où il ne savait pas encore jouer au basket-ball. Il est assis pesamment, confortablement, les cuisses écartées sur le banc. Il porte un jean et une chemise à manches courtes. Il n'y a aucune marque sur lui, pas de sang. Il s'installe avec la même aisance que s'il arrivait de la pièce d'à côté. Il attend. Je m'éclaircis la voix et je cherche le verre d'eau sur mon bureau. Tous les visages dans la salle sont tendus vers moi, mais c'est normal. Ça ne veut rien dire. L'huissier me fixe des yeux depuis la porte. Il a une expression tendue, comme s'il regardait son chien quand il a trouvé quelque chose. Une onde de malaise parcourt la salle. Je vois les deux avocats jeter un coup d'œil derrière eux puis reporter leur regard sur moi. Le greffier se penche vers moi et dit à mi-voix : « Madame…

— Tout va bien. »

Il est toujours assis. Il est beau. Sous la chair du Michael de quarante-huit ans, je vois l'ombre du Michael que j'ai connu. Comme si rien ne disparaissait jamais. C'est juste rangé quelque part où on ne le voit pas. Je vois la mèche drue de cheveux bruns que je passais sur mes lèvres, et les cheveux gris tout courts que la mer dressait sur sa tête en l'attirant vers le bas.

Je le regarde, je le dévore des yeux jusqu'à en avoir mal. Puis je détourne mon regard, je reviens à mes papiers. Mme Islett attend. Je pourrais diviser le tort en deux, comme un bébé, mais ce ne serait pas équitable. C'est un procès où l'on juge sur pièces.

J'entends les criailleries des enfants sur le siège arrière, et j'ai la nuque qui me picote d'irritation. Ils s'esclaffent à propos d'une plaisanterie qu'aucun adulte ne peut partager avec eux. Ils se la racontent et se la re-racontent. Cela dégénère en cris, ils se renversent et tapent des pieds sur le dossier du siège. Je me gare le long du trottoir et j'arrête la voiture. Je me retourne et les cingle de ma colère. Ce sont maintenant mes enfants, Matt et Joe.

Je vois leurs visages se recroqueviller cependant que ma rage les rejette à leur place. Je vois leurs doigts tâtonner pour remettre leur ceinture. Ce sont mes enfants. Je ferais n'importe quoi pour eux. *J'ai tout fait pour eux. Vous ne comprenez pas, dis-je. J'ai fait ça pour vous. C'est pour vous. Il fallait que je vous protège.* Mais ils ne regardent pas de mon côté. Ils se prennent subrepticement par la main, comme si quelque chose en moi leur faisait peur. Je continue à rouler. Quand j'aperçois leurs yeux dans le rétroviseur, ils baissent la tête.

293

Mon visage est doux, mais il faut être dure pour arriver là où je suis.

Je fais face à la salle où se trouve Michael, et je commence à rendre mon jugement.

Vingt-huit

Je ne crois pas aux fantômes. Je pourrais traverser un cimetière à minuit sans avoir peur. Quand les enfants avaient peur, je les prenais par la main et je les emmenais d'une pièce à l'autre sans allumer la lumière, en avançant à tâtons. *Regardez, il n'y a rien qui puisse faire peur.* Mais dans le noir, je sens l'empreinte que tu laisses sur moi.

Je suis chez moi, dans le noir. Donald dort, et les enfants aussi, tous dorment de ce sommeil confiant que je ne connais plus. Donald dit qu'il va arrêter de boire. Il dit que le soir on se fera simplement plein de café. Je le regarde comme s'il était fou. Il a fini de remplir le bûcher de bois, il y a de quoi tenir tout l'hiver. La maîtresse de Matt nous a donné un cageot de pommes de son jardin, et Matt a enveloppé chaque pomme dans du papier journal et les a posées sur une étagère que Donald a montée dans le bûcher. Le bûcher sent bon le bois et la pomme.

« Je trouve qu'on commence à se sentir chez nous », dit Donald.

Ils dorment de leur sommeil confiant. Je voudrais les recouvrir pour que le vent ne leur souffle pas dessus. Mais maintenant, quand je veux les serrer dans mes bras, les garçons se tortillent et m'échappent. C'est vers Donald qu'ils accourent pour lui montrer des choses, pas vers moi.

295

Je ne sais pas pourquoi tu restes ici. Mes mains me font mal. Je les mets à la lumière pour voir s'il y a encore des ampoules sous la surface de la peau, mais s'il y en a je ne les vois pas. Pourquoi est-ce que tu restes ici ?

Je crois que tu recherches ma compagnie. Tu me tires vers toi, et je sens que je cède. C'est comme un bras autour de ma taille, ferme et tiède. Pas du tout comme un fantôme.

Tu te rappelles ces os indiens ? Tu m'avais dit une fois : « Tout le pays est bâti sur des ossements indiens. » Et j'avais répondu : « Peut-être, mais si on raisonnait comme ça, on ne pourrait pas vivre. Le monde est ainsi fait. » Il y avait deux mois que j'étais en Amérique. Et tu avais dit : « Tiens donc, le monde est ainsi fait ! » Et tu avais souri d'une façon que j'avais toujours crue sarcastique, mais maintenant je ne crois pas que ça l'était. Je crois plutôt que ça t'attendrissait, ce que je trouvais, moi, embarrassant chez moi. Et puis tu avais su voir ma dureté, que je n'osais montrer à personne d'autre. Plus tard ce jour-là tu nous avais fait griller des steaks. Tu les avais martelés contre une planche de bois, d'un côté puis de l'autre. Je n'avais jamais vu faire ça.

« Il faut briser les fibres pour attendrir la viande », avais-tu dit, tout en continuant à taper dessus jusqu'à ce qu'elle soit plate. Tu avais haché un bouquet de persil et tu en avais parsemé la viande, puis tu l'avais retournée. Tu avais écrasé des grains de poivre et tu en avais également parsemé les steaks. La poêle dégageait une fumée bleue sur le feu, et quand tu les y avais jetés, il y avait eu un grand sifflement et un jet de vapeur. Tu les avais laissés carboniser d'un côté, puis tu les avais retournés. Tu avais préparé deux assiettes, mais pas de pommes de terre, pas de champignons, pas de tomates. Tu avais vu mon regard et tu m'avais dit : « Avec de la si bonne viande, on n'a pas besoin de tout le reste. »

Je n'avais jamais mangé un steak aussi gros, il prenait toute l'assiette. Tu nous avais versé de la vodka au poivre que t'avait donnée Calvin, et j'avais mangé tout le steak, une bouchée de chair tendre et carbonisée, puis une gorgée d'eau-de-vie brûlante. Ensuite on s'était affalés, repus, en sueur. Un peu plus tard, tu avais mis tes mains derrière ta tête, et au début j'avais cru que tu me parlais, puis je m'étais aperçue que tu récitais quelque chose. Un poème, ou les paroles d'une chanson, sur Buffalo Bill :

Buffalo Bill
a péri
lui qui
montait un étalon
argent lisse comme l'eau
et qui tordait le cou aux pigeons undeuxtroisquatrecinq
enuntournemain
                                                Seigneur
c'était un bel homme
                        et ce que je voudrais savoir c'est
vous le trouvez comment votre gars aux yeux bleus
madame la Mort

J'ai failli dire que je ne savais pas que tu aimais la poésie, mais je n'ai pas ouvert la bouche. Plus tard, j'ai trouvé le poème dans une anthologie, à la bibliothèque municipale, et je l'ai recopié. Ça n'avait pas la même allure sur la page, et ça avait l'air plus difficile que quand tu l'avais dit. Quand tu l'avais dit, les mots coulaient de ta bouche comme s'ils faisaient partie de toi. Je ne t'ai jamais entendu réciter un autre poème, ni parler de poésie. Tu l'avais appris il y avait longtemps, et tu l'avais gardé avec toi. Tu m'avais dit que quand ça n'allait pas tu te le récitais, sans fin, comme un charme. C'était beau, c'était léger, tu en comprenais les moindres modulations, car c'était ton histoire.

vous le trouvez comment votre gars aux yeux bleus
madame la Mort

Les aboiements lointains d'un chien de ferme mar-tèlent le silence. Je me lève sans bruit, je vais à la fenêtre, et je regarde dehors. Je reste sans bouger. Je vois très loin, aussi loin que la digue, qu'on distingue mal. Au-delà, il y a la mer, qui remue ses entrailles, qui vient s'infiltrer dans les fissures de la terre, amenant avec elle tous ses fardeaux. Le vent remue, et les ombres des arbres furètent et fouillent sur le sol, comme si elles s'approchaient de la maison.

Je crois t'apercevoir. Tout contre le montant du portail, là où il fait le plus noir. Tu restes sans faire un geste, pour que la lune ne vienne pas capter ta silhouette et t'éclairer si tu te mettais à bouger. Tu es immobile et tu regardes dans ma direction. Tu comptes les fenêtres blanchies par les reflets de la lune.

J'ai fermé toutes les fenêtres du rez-de-chaussée. Mais peut-être que, par inadvertance, j'en ai laissé une ouverte.

Cet ouvrage a été composé par Facompo
et imprimé par **Bussière Camedan Imprimeries**
à Saint-Amand-Montrond (Cher)
pour le compte des Éditions Belfond

Achevé d'imprimer en mars 2000

N° d'édition : 03632/02. N° d'impression : 001358/1.
Dépôt légal : janvier 2000.
Imprimé en France